新潮文庫

あほうがらす

池波正太郎著

新潮社版

3357

目次

あほうがらす

火消しの殿

一

「なるほど……ふむ、ふむ。なるほどなあ……」

沢口久馬《さわぐちきゅうま》をひと目見るなり、奥村忠右衛門が、思わず感嘆の声をもらした。

その嘆声が、自分の美貌《びぼう》へ向けられたものだということを、久馬は充分に心得ている。

だが、あくまでもつつましく、前髪の下の面《おもて》を淡紅色《うすべにいろ》に上気させ、久馬は精一杯にかしこまっていた。

十六歳の、しなやかな肢体を包んでいる衣類は粗末なものであったが、袴《はかま》だけは父親の心づくしでま新しかった。

双眸《そうぼう》はいくらか青みがかってい、そして何時《いつ》もうるんでいた。唇は、ぷっくりとした受けくちである。

「まだ、はっきりと決まったわけではござらぬが、先《ま》ず殿様に一度お目見えが叶《かの》うてからのことと思うてもらいたい」

「はい」

「では、今日のところは、これで——」

「よろしゅうお願い申しまする」

両手をつき一礼する久馬の白い項《うなじ》の肌が匂《にお》いたつようであった。

播州《ばんしゅう》・赤穂《あこう》の領主・浅野内匠頭長矩《たくみのかみながのり》の用人をつとめている奥村忠右衛門にも、久馬と同じ年ごろの息子がいる。

（薄ひげの生えかかった、脂《あぶら》くさい、わしの伜《せがれ》とは大違いじゃ。これなら……）

これなら——久馬なら、国もとに七人もいる児小姓《こごしょう》たちのどれとくらべても退《ひ》けはとるまいと奥村は思った。

久馬が去ると、中座していた斎藤宮内《くない》が戻って来て、

「いかが?」と訊《き》いた。

「いや、思いのほかに……」と奥村。

「そうでござろう。あれなれば、浅野侯でのうても、ちょいと手を……」

「そのことよ。わしも、思わずあれの項へ吸いつきとうなりましてな」

「いや、これは——は、は、は……」

あとは酒になった。いま流行の踊り子たちも呼ばれた。

浅草橋北詰・平右衛門町にある船宿の一室であった。

斎藤宮内は、高家《こうけ》筆頭・吉良上野介《きらこうずけのすけ》の側用人《そばようにん》をつとめている。

奥村と斎藤とは、ひそかに赤坂裏伝馬町《てんまちょう》の売春宿で、比丘尼《びくに》買いをしているうちに知り合った遊び友達であった。

酒と女の香に酔いながら、この日の二人は、それぞれの主人が、近いうちに恐ろしい紛擾《ふんじょう》へ巻きこまれようとは思ってもみなかったのである。

二

間もなく沢口久馬は、浅野家へ奉公することにきまった。

内匠頭の児小姓としてである。

内匠頭は久馬を見て、すぐに、「抱えよ」こう言い捨て、さっさと奥へ入ってしまった。

久馬の仕度金として三十五両が下《お》りたのだが、このうちの二十両を、奥村忠右衛門がくすねてしまった。くすねた中には、久馬を斡旋《あっせん》してくれた斎藤宮内への礼金もふくまれている。

だが、久馬は何も知らない。

「何せ、代々御倹約の御家柄ゆえ、些少《さしょう》だが勘弁せいよ」

こう言われて、奥村から手渡された十五両を父の精助に見せると、

「仕度金などはどうでもよい。浅野家は五万三千石ながら御内福の家柄だと言う。これからはお前の心がけ次第。せっかく御奉公が叶うたのだから、立派に身を立ててくれい」

心から、父はよろこんでくれた。

久馬の父・沢口精助は、もと松平綱昌の家来で、十五年前に主家が改易となった際、浪人の身となった。

間もなく、母が病歿《びょうぼつ》した。

久馬は父親と共に、上州沼田の遠縁のもののところで暮したり、信州飯山《いいやま》藩に奉公している伯父のところへ厄介になったりした。

江戸へ出て来たのは、二年前のことである。

父は躰《からだ》も丈夫だし、当初のうちは小金もいくらかあったので、浪人ながら久馬の衣食に事を欠かすようなことはなかったが、今では浅草諏訪明神《すわみょうじん》裏の長屋に住み、父親は手習の師匠などをしている。まず清貧にあまんじているといった暮しぶりであった。

久馬の美貌は、近辺でも評判になっていた。

あたりの町娘たちが、久馬の顔をのぞきに、わざわざ長屋の路地へ押しかけて来ることもたびたびである。

この評判が、斎藤宮内の耳に入った。

久馬の家から程近い駒形堂の裏に、宮内の妾宅《しょうたく》があったからである。

あるとき、共に新吉原へ遊んだ折、久馬の評判を、宮内が奥村忠右衛門に語ると、

「そりゃ一度、首実検をして見ましょう」

と、奥村は乗気になった。

前にも一度、美貌の児小姓を世話して、色子《いろこ》好みの内匠頭に褒められたことがある奥村用人であった。

「でかした。また頼むぞ」

糠味噌《ぬかみそ》の中にまで眼が届きそうな倹約家の内匠頭が、ぽんと気前よく仕度金を出してよこす。

前のときは二十五両だった。それを久馬には、奥村が恐る恐る持ちかけてみた三十五両を、

「よきにはからえ」

あっさりと出してくれたのである。よほど久馬が気に入ったものと見えた。

沢口久馬が、築地鉄砲洲《てっぽうず》の浅野家江戸屋敷へ上ったのは、元禄《げんろく》十三年（一七〇〇年）の初冬であったが、このとき久馬は、まさかに自分が殿様の寝所へはべる役目をも――いや、その役目こそ奉公の主要目的だということは思ってもみなかったのである。

ともかく、屋敷へ上ったその深夜に、久馬は、けたたましく邸内に鳴りひびく番

木・太鼓の音に目ざめた。

児小姓たちの寝所は、奥御殿と表御殿の境になっている大廊下を右に切れこんだ突当り十帖《じょう》ほどの部屋であった。

（や……？）

久馬は飛び起きた。

「火事でござる!!」

「大台処《おおだいどころ》より出火!!」

諸方の廊下から大声に触れて走る声と足音が、次第に高まって来るのだ。

「おのおの方、出火です!!　お起き下さい!!」

すばやく衣服を身につけながら、久馬が床を並べて寝ている二人の児小姓に声をかけた。

昼間、奥村用人から引き合わされた同僚の児小姓は三名だったと記憶している久馬なのだが、そのうちの一人が今ここに眠っていない、などということに気がつく余裕もなかった。

袴をつけ、脇差《わきざし》をさし、身仕度をととのえた久馬が何度叫んでも、二人の児小姓は夜具の中で身じろぎもしないのである。

たまりかねて、久馬は廊下へ飛び出した。

大廊下へ出ると、火事装束に身を固めた侍達が十名ほど、どどっと走り抜けて行った。

宏大な屋敷内の諸方で呼びかわす声と足音とが、夜の闇《やみ》の中に流れ、渦巻いている。廊下の掛行燈《かけあんどん》の光で、ぼんやりと浮いて見えるあたりのどこにも、まだ火炎の色や煙の流れを見出すことは出来なかったが、久馬は夢中で、大台処の方向へ走り出していた。

手燭《てしよく》をかかげた侍女の一団が整然と薙刀《なぎなた》を抱え、何処《どこ》かへ馳《は》せつけて行くのが、彼方《かなた》の廊下に見えた。

大台処へ駆けているつもりだったが、何しろ今日来たばかりの宏大な邸内なのである。

いくつも廊下を曲り、走っているうちに、十六歳の久馬は、心細くなり、どこかの暗い小廊下に立ちすくんでしまった。

(おや……?)

気がつくと、人びとの叫び声も足音も嘘《うそ》のように消えていた。

まして火や煙の気配は、邸内のどこにも感じられない。

狐に化かされたような気になり、久馬は、とぼとぼと廊下をたどって行った。

祐筆《ゆうひつ》部屋の少し手前の、これは見おぼえのあるあたりへ出て来ると、火事装束や襷《たすき》鉢巻《はちまき》に身を固めた藩士達が、あくまでも静粛に、くろぐろと寄り集まっていた。

久馬は息を呑《の》み、廊下の曲り角に立ちつくした。

このとき、さっと大廊下のあたりから手燭や雪洞《ぼんぼり》の灯の群れが近寄り、諸方の襖《ふすま》を打払った大広間の上座へ動いて行った。

（あ――殿様だ!!）

明るくなった大広間の床几《しょうぎ》へ、つかつかと進み寄って腰をかけたのは、つい五日ほど前、目通りを許されたときに見おぼえている浅野内匠頭長矩なのである。

内匠頭は、火事装束でいかめしく身をよろっていた。頭巾にも火事羽織にも金糸銀糸が絢爛《けんらん》と縫いつけられ、家紋を金で大きく浮き出させた革の胸当や、緞子《どんす》の馬乗袴までが、集中された灯をあびて、ぴかぴかと輝いている。

家来一同、一せいに平伏した。

久馬は柱の陰にいて、がたがたと膝《ひざ》をついた。急に十二月の寒気が躰中に沁《し》みわたってきた。

「一同、集まりおるか!!」

内匠頭が手にもった大薙刀の柄《え》を、とんと突き、大声に呼びかけた。

「ははッ」というような答えが、家臣全体の声となって整然とひびく。

「よし!!」

兜《かぶと》の下の内匠頭の、やや鉤鼻《かぎばな》気味の長いとがった鼻が、こくりとうなずき、

「このたびはよし!!　一同、手ぬかりなく働いたの。このたびの働きを、ゆめ忘るるな!!」

かん高い主君の声を頭上に聞き、家臣たちは平伏したままであった。

「よし、よし!!　休め」

薙刀を近習に渡し、内匠頭は床几から立ち、颯爽《さっそう》と奥御殿へ、灯の群れに囲まれて去った。

久馬は眼を輝かせ、感嘆して、うっとりと殿様を見つめていた。

火事を消しとめたらしいことは、久馬にもわかったが、短い間に、殿様みずからが一分の隙《すき》もない火事装束に身を固め、消防の指揮に当ったという勇ましさが、久馬を興奮させた。

(このようなお家に御奉公出来て、仕合せだった!!)

大広間から広縁、大玄関まで明け放った向うに、多勢の下士や足軽も控えていたようである。

久馬が、薄暗い小廊下をいくつもまわって部屋へ戻ると、二人の児小姓は、まだ夜具に埋れたままであった。

久馬に、激しい怒りがこみあげてきた。

そのとき、鈴木重八という児小姓が夜具のうちから声をかけてきた。

「久馬。火消しの演習はすんだか?」

「………?」

「く、く、……」と重八が笑って、

「おい。われら児小姓のみはな、いちいち出て行かぬでもよいのよ。殿様の仰《おお》せなのだものな」

「火消しの……えんしゅう?」

「殿様のお好みでなあ、たびたびあるのよ。く、く、く、……」

三

浅野家の消防演習は夜間のみか、早朝や白昼にも行われた。年の暮れの早朝に一度。年が明けて元禄十四年の正月の、しかも松飾りもとらぬ三日の昼下りに一度あった。

日中の演習には、児小姓たちも内匠頭の後につき従う。

出火の場所は殿様自身が想定する。それによって「何処何処より出火!!」の号令がかかると、藩士たちは、かねてからの訓練によって編成された隊伍をととのえ持場へ駆けつけ、出火場所から火勢を食い止めるための演習をやるのだ。

「それ、風が東に変ったぞ!!」とか、

「それ、厩《うまや》に火がかかったぞ!! 馬を救い出せえ」とか、

「米蔵じゃ、米蔵じゃ!! 中の米はどうする!!」

などと、内匠頭は例の大薙刀を小脇にかいこみ、馬上にあって邸外を駆けまわりつつ、次々に火事の情況を想定した号令を下すのである。

むろん、藩士一同、上も下もなく必死に働く。

鳶口《とびぐち》、長短の梯子《はしご》、竜吐水《りゅうどすい》などの消防用具は完備してあって、あたりいちめんは水びたしになることもある。

何しろ殿様の一存で、いつ「出火」の号令がかかるかわかったものではない。

しかも、自分の「号令」に対し、少しでも家来たちの失敗があったり、聞き間違いがあったりすると、青ぐろい顔貌《がんぼう》を見る見る怒らせ、薙刀をふりまわして、

「おのれ!! 何たるざまじゃ。そのようなたるい働きで火が消えると思うのか、おのれは何のために俸禄《ほうろく》をいただき、何のために浅野の家来となっておるのじゃ!!」

正月のときの演習では、米蔵の裏側の料理人などが住む長屋の一角へ火が移ろうとする想定のもとに、足軽の一隊をひきいて働いていた大隅《おおすみ》与左衛門という侍が火勢の動きが読めず、手違いをやったというので、内匠頭は烈火のようになり、

「おのれは——おのれは、何たるざまを……おのれ!!　手討ちにしてくれる」

蒼白《そうはく》となった大隅の前へ、薙刀を突きつけて叱《しか》りつけた。

さすがに手討ちにはならなかったが、大隅は一カ月の謹慎を申しつけられた。万事がこのように激烈な演習ぶりなので、それは武家の嗜《たしな》みとして立派なものと言えば言えようが、あまりにも気違いじみている。

沢口久馬も、はじめて演習を見たときには感激したものだったが、二度三度と、まるで、〔火消し狂《ぐる》い〕とでも言ってよい内匠頭の度を越えた演習ぶりを見て、〔殿様は、どうかされているのではないだろうか……〕

何となく、そら恐ろしくなりさえもした。

「お国もとでは、もっともっとすさまじいぞ」

児小姓の杉山和一郎というのが、久馬に言った。

杉山の語るところによると、殿様の〔火消し上手〕は有名なもので、また浅野家の消防と言えば大名たちの間にも評判をとるほどの見事なものだという。

以前は、奉書火消《ほうしょびけ》しを幕府から命ぜられ、江戸の町の出火の際に、臨時の大名火消しとして出動することがあったものだそうだが、内匠頭が火消しに出たと聞くと、どこの大名の家でも「もはや大丈夫。浅野侯が出たからには、火は消えよう」とまで言われているらしい。

六年前に、赤坂にある浅野本家（芸州侯）が火災を起したときも奉書火消しを命ぜられ、内匠頭は勇躍して駆け向った。そのときの陣頭に立っての指揮ぶりのあざやかさ見事さは、今も語り草になっているらしい。

「何しろ殿様おんみずから火の中へ飛びこまれるのだもの、家来たちが後へつづかぬわけには行かぬというもの。わしも、殿様の、そんなお勇ましいお姿を一度でよいから……」見たいものだと、杉山和一郎は、うっとり眼を細めて言うのであった。

児小姓は久馬をのぞいて七名いるという。そのうちの三名が、去年の夏に出府した殿様について来ているわけであった。

この初秋に内匠頭が帰国するとき、久馬もこれに従い、初めて赤穂の土をふむことになる。

江戸屋敷にいる児小姓は、鈴木重八（一七）、杉山和一郎（一八）、永野勘之丞《かんのじよう》（一八）の三名で、いずれも美貌である。

二名ずつ交替でつとめるのだが、久馬は鈴木重八について、日々のつとめを見習っている。

内匠頭も、児小姓たちにはやさしかった。

つきそって見るとわかるのだが、江戸家老の安井彦右衛門や奥村用人など、何時《いつ》も呼びつけられては叱りつけられている。ことに勘定方の書類を差し出させては、みず

から微細に目を通し、少しの手ぬかりでもあると、

「家の金を溝《どぶ》へ捨てるつもりか!!」

内匠頭の額には血管がふくれ上り、怒声は止《や》むことを知らない。

かと思うと、突然、表御殿へ出て諸役の用部屋はじめ大台処や物置などの点検を行う。

五万石の殿様自身でである。

「このような炭の用い方をして、この物価高の世に生きて行けると思うか!!」その次には、またも(家の金を溝に……)となるのであった。

下情によく通じているらしい。いや通じすぎてせせこましい……と、これは年少の久馬にも感じられるほどだから、家来たちは、倹約家の殿様の癇癖《かんぺき》にぴりぴりしているらしい。

こんな内匠頭なのだが、児小姓たちを見る眼《まな》ざしは全く違っていた。

間もなく、久馬が一人でつきそうようになってからも、太刀を捧《ささ》げて控えている久馬を、ちらりちらりと見やっては、不気味な微笑を投げかけてくるのだ。

青ぐろい顔も鼻も長く、背も高い内匠頭が笑いかけると、久馬はひやりとした。

顔中が笑っていても眼は笑っていない。眼は獲物を狙《ねら》う鷹《たか》のような光を、じいっとたたえているのである。

「そち、つとめには馴れたか？」

ねっちりとした低い声で訊《き》かれたことがある。

「はい」

「いまに、もっと馴れねばならぬことがある」

そう呟《つぶや》き、内匠頭は、ふくみ笑いをした。

「ま、気長にの——気長にいたそう。な、久馬……」

「は——」と答えたが、気長に何をいたすのか、さっぱりわからなかった。

鈴木重八に訊いてみると、重八は、にやりとして、

「そりゃな、久馬——われわれから話してもよいが、話すと殿様に叱られる。いまにわかる。悪いことではないのよ」と言うのみであった。

二日おきに、小姓のうちの一人が奥御殿へ入ったまま帰って来ないのを、すでに久馬は知っていたが、それも単なる宿直《とのい》だとばかり思っていた。

宿直から部屋へ戻って来る小姓を、二人の小姓が取り囲んで、ひそひそと、ふくみ笑いを交えながら何か秘密の囁《ささや》きをかわしているのを見たこともある。

同僚たちは、まだ何も久馬の不審を解いてくれはしなかったが、何となく、自分のつとめに異常なものを久馬が感じていたのはたしかなことであった。

それに、屋敷内に住む藩士達や侍女までが、久馬たち児小姓へ向ける眼の中に軽侮

と憎悪《ぞうお》の色が、はっきりと浮かんでいることを、久馬は知った。

(何故《なにゆえ》……何故なのだろう?)

正月二十五日の夕暮れであったが、奥御殿の居間で、何か書き物をしている内匠頭の傍《そば》で、久馬が墨を磨《す》っていると、急に項《うなじ》のあたりへ熱い呼吸を感じた。

(あ……)

内匠頭が、そっと傍へ来ていたのである。

すぐに、久馬は身を退《よ》けようとした。その手をつかみ、内匠頭は、きらきらと光る双眸《そうぼう》を久馬の全身へ射つけつつ、ゆっくりと、久馬の白い指を両手に握りしめ、愛撫《あいぶ》した。

久馬は、赤くなって、うつ向いたが、すぐに殿様の手を懸命に振り放した。本能的に嫌悪感が背すじを走ったからだ。しかし振り放したとたんに、殿様の怒声を久馬は予期した。

内匠頭は笑っていた。

「ま、よい。そちのようなのが、却《かえ》って楽しみじゃ」

「………?」

「ま、気長にいたそう。のう、久馬……」

「は……」

その夜は、永野勘之丞が奥御殿へ呼ばれて行った。

ここまできても、まだ久馬は、自分が殿様の色子になることを予見出来なかった。男色《なんしょく》が武家や大名の間で盛んに行われていた時代なのだが、物がたくて素朴な父親の手ひとつに育てられた十六歳の久馬は、男と男が、男と女のように愛撫し合うなどということを考えても見なかったのである。

もうひとつ、気にかかったことがあった。

それは、殿様の奥方が姿を見せないことであった。

殿様には、ほとんど児小姓がつきそい、侍女たちはいても、奥方は奥御殿の一郭にこもったまま、めったに姿をあらわさない。一、二度、奥庭の彼方の廊下を侍女に囲まれて歩む後姿を見かけたことはあったが……。

しかも、殿様には一人の子もないらしい。

それは、二月に入って間もない或る日のことであった。久馬はその日を、たしか四日だと記憶している。

ちょうど当番だった久馬が、江戸城中から帰邸した殿様について奥御殿の居室へついて行くと、後から来た江戸家老の安井彦右衛門に、内匠頭が言った。

「彦右衛門。また物入りじゃ」

さもいまいましげに舌打ちをした。

「は？　物入りとは、また……」

「伊達《だて》殿と共に、勅使御饗応《ごきょうおう》の役目じゃ。本日、仰せつかっての」と、またも舌打ちである。

「さようで……それはまた、お目出度う……」

「馬鹿もの!!　何が目出度い。またしても無駄な出費を強いられるのじゃ。たまったものではない」

「は——御意《ぎょい》」

「この前に、御役をつとめたのは、天和《てんな》三年（一六八三年）であったの。饗応役など一度でたくさんじゃ。よりによって何故またも……よし。このたびは、よほど切りつめねばならぬ、よいか」

「はッ」

内匠頭は、いらだたしげに侍女を叱りつけながら、着替えにかかった。

次の間に控えている久馬の耳に、内匠頭の舌打ちが何度もくり返されるのが聞えた。

久馬はそのとき、殿様の〔火事狂い〕は、火事を憎み、火事によって金品が消失することを恐れているからだ……ふっと、そう思った。

四

将軍家から京の朝廷へ年始の祝儀《しゅうぎ》のために使者が行き、その答礼として勅使が江戸へ参向するという儀式は例年のものである。

浅野内匠頭は、天和三年に十七歳で勅使饗応役をつとめたが、そのときは、いま国もとで城代家老をつとめている大石内蔵助《くらのすけ》の亡父頼母《たのも》が国もとから駆けつけ、年少の殿様を助けて万事に采配《さいはい》をふるった。

そのときの書類・帳簿をつぶさに点検したのち、内匠頭は、使者を馳《は》せて、四年ほど前にこの役目をした伊東出雲守《いずものかみ》へ、その折の入費を聞き合わせにやった。出雲守とは比較的に親しかったからだ。

返事が来た。千二百両かかったという。

「躬《み》が十八年前につとめしときは四百両。四年前が千二百両。物の値の上りようもすさまじいものじゃ」と、内匠頭は嘆いたが、

「よし。四、五百両ではすむまい。と言うて、出雲殿ほど見栄をはることもなし。八百両ほどにて切りもりせよ」

「では、早速に吉良様まで御挨拶《あいさつ》に……」

安井家老がこう言って立ちかけた。三日にわたる勅使参向の儀式について、饗応役の大名は、いずれも高家《こうけ》筆頭・吉良上野介の指揮を受けねばならない。このため、役目をすます前後に、吉良邸へ挨拶に行くのが慣例となっており、そのときに金二枚ずつを付け届けとして贈るのも慣例となっている。

「このたびは御役すみてのちに、祝儀として金一枚を持ち行け。先《ま》ずは挨拶のみでよい」

と、内匠頭が言った。

二枚を一枚にへらせというのだ。

安井家老は、居合わせた藤井又左衛門という国もとから来ている家老と一寸《ちよつと》顔を見合わせたが、殿様の吝《しわ》いのは肝に銘じている。口を出して叱りつけられるのは厭《いや》だから、二人とも「承知つかまつりました」と引き下った。

数日して、吉良家の用人・斎藤宮内が遊び仲間の浅野家用人・奥村忠右衛門と、例の船宿で飲んだときに、宮内が言った。

「そちらから挨拶に見えられたが、慣例の付け届けの金一枚、どうして惜しみなされたのじゃ」

「それがのう、斎藤殿」と、奥村は頭を振って、

「わが殿の吝いのにも、ほとほと呆《あき》れ申した。さだめし御不快であったろうな?」

「そりゃ、まあな。手前あるじの耳へも、いずれは入ることでござろうが、やはり、よい気持はなさるまい。何も金一枚ほしいと言うのではない。金のやりとり、付け届けの仕様は、いまの世のならいでござる。そのならわしを破られては、礼儀に欠くるというものじゃ」

「いかにも……」

「いや、そう恐縮なされては、こちらが困る。互いに主人同士のことじゃ」

「そりゃまあ、そうじゃが……」

「ときに、例のほれ、沢口久馬は如何《いか》に？」

「まだ、お手がつかぬらしい」

「浅野様の御気に入らなんだので？」

「いや、お気に入ったればこそ、長引いておるので」

「そりゃまた、何故？」

「楽しみは待つが長いほどよいとか、申しますな。つまり、あれでござるよ」

「なある……気短かな浅野様にも、そういうところが」

「いかにもな。色子と火消しについては、まるでお人が変り申す。付け届けの金一枚は惜しんでも、色子の仕度金と、火事羽織の誂《あつら》えには、ぽんと気前よく……」

「ほほう、ほほう。火事羽織をな……」

「おそらく二十にあまる火事羽織をお持ちでな、やれ絵柄《えがら》がどうの、金箔《きんぱく》の具合がどうのと、お気に入るまで金をおかけなさるので」

「ほほう、ほほう……」

こんな話があったことを、久馬は知らない。

内匠頭は、てきぱきと一切の指図をしてしまうと、またもとの日常に戻った。

勅使が江戸へ着くまでは、まだ一と月近くもあった。

沢口久馬に、初めて夜の宿直が命ぜられた。

ま新しい肌着、紋服などが届けられ、久馬は、鈴木重八の指導のもとに、入浴、結髪をすまし、肌着には香をたきこめられた。

あまりに物々しいので目をみはっていると、重八が妬《ねた》ましげに、

「久馬。首尾ような」と言い、いきなり久馬の二の腕をつねった。

「痛い」

「はじめはな、痛むぞよ。く、く、く……」

夜になって奥御殿へ行くと、四人の侍女が寝所の次の間へ連れ込み、手荒く久馬の衣服をはぎとって白の寝衣に着替えさせた。

侍女たちは押し黙ったまま、能面のような顔をして、久馬の躰《からだ》を小突きまわすように扱った。そして久馬一人を残し、襖《ふすま》をしめて去った。

間もなく、寝所から内匠頭の声がかかった。

「久馬。入れ」

得体の知れぬ不安で手足をふるわせながら寝所へ入ると、殿様は、何枚も重ねた夜具の中から、

「来い。来ぬか、久馬」と、おっしゃる。

おずおずと近寄った久馬の手をつかみ、いきなり内匠頭は夜具の中へ引き込んだ。

「あ――」

声にならなかった。内匠頭の生ぬるい唇が久馬の唇を強く吸ったからである。

久馬はもがいた。力一杯、内匠頭の腕をはねのけて、夜具の外へころがり出た。

「厭か?……これ、厭か?」

ふるえながら、きちんと坐り直し、久馬はうつ向いたままであった。

涙が、ぽろぽろとこぼれてきた。

「何を泣く?」

手討ちになっても厭だと思った。一時も早く、自分の唇を洗いたかった。

「そちは、美しいの」と、殿様がお世辞を言ってくれたが、自分の美しさが、こんなことのために必要だったのかと思うと、久馬は口惜しくてたまらなかった。

「よい、よい。そちのようなのが却って楽しみじゃ。気長にいたそうな。のう、久馬

「……」

「は……」

唇を早く洗いたかった。

（男と男で、こんな……きたならしい）

久馬の唇は、すでに女の唇の感触を味わっていた。

たおやかな美少年ではあるが、沢口久馬は生得《しょうとく》の〔男〕であったのだ。

五

勅使が江戸へ到着する日も迫った。

内匠頭も家中《かちゅう》のものも、毎日忙しくなった。年始祝儀の使者として京へ行っていた饗応指南役の吉良上野介が、勅使に先立ち二月二十九日に江戸へ帰って来たからである。

饗応役を命ぜられた浅野内匠頭と伊達左京亮《さきょうのすけ》（伊予・吉田の領主）は、ほとんど毎日、江戸城中へつめきって、上野介の指図のもとに諸般の打合わせや仕度に忙殺された。

消防演習も、このところは行われない。

それはよいのだが、どうも吉良上野介と内匠頭の間がうまく行かないという噂《うわさ》が屋敷内の其処此処《そこここ》で、ひそやかに聞えるようになった。

「殿が吝《しわ》いのはわかっていることだ。家老ともあろうものがうまく取りしきって、付け届けるものは、ちゃんと届ければよい」と言うものもあるし、

「それにしても吉良殿が、ことごとに、わが殿をないがしろにし、伊達侯のみへ親切をつくしているそうな。いかに賄賂《まいない》横行の世とは言え、あまりに目に見えすぎるわ」

と息まくものもいる。

久馬が耳にはさんだところによると、伊達侯は千四百五十両の予算を計上した上、吉良家への付け届けは勿論《もちろん》のこと、かなりの進物までも届けたらしい。

けれども内匠頭は、緊張しているためか、生まれつきの癇癪《かんしゃく》もたてないようで、毎日登城しては、夕暮れに帰り、却って黙然《もくねん》とした様子が見える。夜も、児小姓を呼ばない。

何時《いつ》もより静かな殿様なのだが、家臣たちは、何となく内匠頭の挙動から不安なものを感じた。

三月七日に、勅使の宿所に当てられた竜ノ口の伝奏屋敷の畳替え（浅野家の受けもち）がすみ、これを吉良上野介が検分した。

このとき、内匠頭と上野介との間に口論があった。

少ない予算でやりとげてしまおうというので、畳表や縁《へり》なども、例年にくらべて品

が落ちていたのを、吉良が見とがめたのである。

「もし後になって、あの畳表、畳の縁は何事だということになれば、それはみな、この上野介が責めらるるのでござるぞ」

吉良の叱責《しっせき》を、内匠頭はびくともせず、こう答えたものだ。

「私は、ただ無駄の入費をさけたまででござる。畳表、畳縁など、このたびの仕様が先例となれば、却って結構なことと思われます」

吉良上野介は厭な顔をした。そして何も言わず、憤然として去ったという。これは、内匠頭に付いていた家中のものが、はっきりと見ていたことであった。

「御倹約は、むろん悪いことではない。しかし、伊達侯とくらべられた場合に、どうもな……」

と、そんな声もする。

明日は内匠頭自身が伝奏屋敷へ移り、翌々十一日に江戸へ到着する勅使一行を迎えようという三月九日の夕刻であった。

帰邸した内匠頭の佩刀《はいとう》をささげ、久馬が奥御殿へ入ってすぐ、用人のひとり片岡源五右衛門が伺候《しこう》した。

片岡は内匠頭より一つ上の三十六歳だが、文字通り眉目《びもく》秀麗の美男子で、年少のころは殿様の寵愛《ちょうあい》ただならぬものがあったという噂も、なるほどとうなずける。

「おお、源五か」と、内匠頭も片岡には愛情のこもった眼ざしを与える。

「何じゃ？　何か用か？」

「は——別に……ただ、……」

「ただ？　何じゃ……」

「は——」

「ふむ……わかった。なに心配するな。吉良殿とのことを心にかけてじゃな？」

「おそれいりたてまつる」

こういうところは内匠頭も頭がするどい。

久馬も見ていて、ちょっと感心をした。

「躬《み》も気は短いが、吉良殿ごときに何のということはない。そちが心配するほど、躬が何も知らぬわけではないわ」

「は——」

「勘定ずくの今の世に、大名の家で財政が苦しゅうないものはない。躬は先んじて、このような御役目の無駄な費《つい》えをはぶこうとしておるのじゃ。何事にも慣例慣例と、吉良殿はうるさいが、躬は平気だわ」

内匠頭は、むしろふてぶてしく笑った。

「あの老人がどんなに厭な顔をしようとも、躬は押し切って見せる!!　なに、あと四、五日のことじゃ」

「御心労のほど……」

「よい。よい。伊達殿が千四百両もかけたるところを、躬が八百両ですましたことが知れたなら、他家もおどろくことであろう」

殿様は、みずからの算勘上手なやり方を、むしろ得意げに言ってみせるのである。

殿様というものを、何か別世界の、もっと鷹揚《おうよう》なものだと思っていただけに、浅野家へ上ってからの久馬にとっては、内匠頭のすべてが驚異であった。

この夜に、久馬へ宿直《とのい》の命が下った。

ただもう平あやまりにあやまるか、舌でも噛《か》み切るか、それとも殿様の意のままになるか……。

思いきって逃げようと考えてみたことも何度かあった。

だが、それは父親の期待を裏切ることであり、久馬の脱走に対して浅野家がきびしい処置を下すこともわかっていた。

内匠頭の激怒によっては、追手に斬《き》り殺されるかも知れないのである。

それやこれやで、この数日の久馬の苦悩はなみなみではなかった。

(仕方がない、たまらなく厭なのだが……)

心を決めたわけでもないが、一応は、低頭してお許しを乞《こ》おうと考え、久馬は、おずおずと夜の寝所へ向った。

この前のときと同じようなことが行われ、久馬は寝所へ入った。

その夜の内匠頭は荒々しかった。

ものも言わずに久馬を抱きすくめ、久馬の寝衣をはだけた。

内匠頭の唇が、久馬の唇や胸肌や、腕のつけねなどへ気味悪く這《は》いまわった。

「お許し……お許しを……」

「小癪《こしゃく》な。黙れ」

内匠頭の手は、久馬のあらぬところを這いまわった。

「ご、ごめん下されましょう」

「うぬ。あるじにそむくか、おのれ……」

「お許し……」

「躬は御役目で心労がつもっておるのじゃ。な、久馬。躬をなぐさめてくれい」

ほとばしるように内匠頭が久馬に言い、その耳朶《じだ》を強く嚙んだ。

「あ——」

もう夢中であった。今夜と同じように相手から愛撫《あいぶ》されたこともある久馬だが、相手にもよりけりであった。

浅野家奉公の仲介に立ってくれた斎藤宮内に、浅草の妾宅《しょうたく》で会って以来、久馬は二度ほど、宮内の妾《めかけ》おゆうに呼ばれ、宮内も下女も居ないおゆうの部屋で、豊艶《ほうえん》な彼女の愛撫をうけてしまっていたのである。

「だれにも、言ってはいけませんよ、久馬さん」

久馬の四肢に初めて加えられた女の愛撫は、おそろしい魅惑をともなっていた。

奉公に上ってからは一度も父親のところへさえ帰れない久馬であったが、おゆうの唇や、むっちりと湿った肌の感触は、今もまざまざと久馬の躰のすみずみに生きている。

　耳を噛まれたとたんに、久馬は殿様の躰を必死に突き飛ばした。

「う……」

　どこを突いたものか、内匠頭は急に腹のあたりを押え、首をがくりと折ったまま動かなくなってしまった。

　久馬は、眼をつり上げ、夜具の中からころがり出た。

　あたりは森閑としている。一間をへだてた向うに宿直の近習が寝ている筈《はず》であったが、幸いに気づかれなかったらしい。

　どこをどう抜け、どう走ったものか、よくおぼえてはいないが、空が白みかけるころに、沢口久馬は白の寝衣一枚で、諏訪明神裏の長屋へ駆け戻っていた。

　父の精助は息子を迎え入れて驚いた。

久馬は、泣き泣き、すべてを語った。

「よし‼　お前を色子にしてまで奉公させようとは思わぬ」

義理がたい精助は、すぐに手紙をしたためた。仲介をしてくれた斎藤宮内へ、一切を打ちあけ、了解を乞うたのである。でも、殿様が気絶したことまでは書かなかったようだ。

この手紙を隣家の左官職にたのみ、宮内の妾宅へ届けてもらうことにしておいて、沢口父子は、身仕度もそこそこに、長屋を逃げ出した。

ほとんど入れ違いに奥村忠右衛門が四名ほどを従え、駆けつけて来た。間一髪のところである。

精助の決断が遅かったりしたら——いや、内匠頭が失心状態からもどるのが、もう少し早かったら、久馬は捕えられ、首をはねられたかも知れない。

「おのれ‼　草の根を分けても探し出せ」

内匠頭は烈火のようになったが、今日はそれどころではない。

勅使到着を明日に迎えて、用務は繁忙をきわめている。

この日の夜——呉服橋際《ぎわ》の吉良邸内で、斎藤宮内が、沢口精助からの手紙を主人上野介に見せていた。

「いやはや、浅野様にもおどろきましてございます」

「色子狂いも度が外れておるの。醜態きわまる」

吉良上野介は苦々しげに言った。

殿中の大廊下で、浅野内匠頭が吉良上野介へ斬りかかったのは、それから四日後の元禄十四年三月十四日である。

その日、大廊下で擦れ違ったとき、内匠頭が上野介を睨《にら》んだ。久馬が逃げて以来、押えつけていた癇癖が一度に発して、家臣たちも、しばしば怒声をあびていたのだ。

久馬が吉良家用人の仲介で奉公したことを内匠頭は知らない。

しかし上野介は知っている。

この十日間、互いに胸の中で角を突き合っていただけに、上野介は内匠頭の顔を見ると愉快でたまらなかったのだ。

(いい大名が色子狂いにうつつをぬかし、しかも逃げられて……)

思わず、にやりとしてしまう。

その嘲笑《ちようしよう》を、神経のするどい内匠頭が見逃すわけがなかった。しかもたびたびのことである。

(ぶ、無礼な!! 何が可笑《おか》しい!!)

十四日の大廊下でも、上野介が嘲笑をちらりと見せて擦れ違い、ちょうど向うから来た将軍御台所付の梶川与惣兵衛《かじかわよそべえ》と何か打合わせをはじめたのを見ているうちに、こみあげてくる怒りの激発を押え切れなくなった。

「このごろの遺恨、おぼえたるか!!」

小刀を抜きざまに、内匠頭は上野介へ飛びかかった。

久馬は旅の空の下で、殿様の刃傷《にんじょう》、切腹、そして浅野家の改易を知った。もう追手の眼を恐れることもなかった。

刃傷の後の、殿様の神妙な態度や切腹にのぞんでの立派な、五万三千石の大名らしい挙動も噂に聞いた。

風さそう花よりも猶《なお》我はまた
　春の名残《なごり》をいかにとやせん

という辞世の句を殿様がよまれたことも知った。

人間というものは不思議なものだと、つくづく久馬は思った。

死にのぞみ、これだけの辞世がよめる殿様と、火消し演習に血まなこになっていた殿様と、自分を抱きしめてきたときの殿様と……どれが殿様の本体なのか、さっぱりわからなかった。

父親に訊《き》くと、

「そのうちのどれもが浅野侯の正体なのだ。お前も大きくなればわかる」ということであった。

翌元禄十五年十二月十四日未明に、赤穂浪士が吉良邸へ討入り、上野介の首をあげたことを知ったのは、信州飯山城下に落ちついてからであった。

飯山藩・松平家にいた親類の世話で何とか暮しているうち、久馬は、酒問屋の奈良屋七右衛門方へ聟《むこ》入りした。

親類のすすめもあり、父の精助も、

「世の中がこうなってはなあ。これからは何と言うても町人の力が物を言う世になろうから、それもよいだろう」

こう言ってくれたし、久馬は、むしろこれをよろこんだのである。

三年後に父が亡《な》くなり、五年後に養父が亡くなった。

雪ふかい信濃《しなの》の城下町で、奈良屋七右衛門となった久馬は、妻との間に、次々と子をもうけた。

火事にしろ、焚火《たきび》にしろ、囲炉裏《いろり》のほむらにしろ、燃える火の色を見るたびに、久馬は浅野の殿様のことを思い浮かべた。

歳月がたつにつれ、それは懐《なつ》かしい情緒さえともなって久馬の胸をみたした。

そういうとき、久馬の脳裡《のうり》にまず浮かぶのは、あの美しい火事装束に身をかため、大薙刀《おおなぎなた》を小脇《こわき》にして馬上に号令する殿様の姿であった。

そのほかのときの殿様の印象は、次第にうすれていった。

町方の消防に対する奈良屋七右衛門の熱心さは、飯山城下でも評判のものとなった。

運の矢

一

天野《あまの》源助《げんすけ》は信州・松代《まつしろ》十万石、真田《さなだ》伊豆守《いずのかみ》の家来で〔勘定方〕に属していた。

硬骨をもって自他ともにゆるす父の八太夫とは、まったく性格も違い、天野源助へ貼《は》りつけられた〔小心者〕のレッテルは、容易に剝《は》がれそうもない。

これは、源助が妻を迎えたばかりの、つい一年ほど前の夏のことだが、例のごとく、二の丸外の御蔵屋敷内にある勘定方用部屋で、源助は同僚たちとそろばんをはじいたり、帳簿をめくったりしていた。

そこへ地震がきた。

かなりひどい揺れ方であったが、被害が起るほどのものではなく、五人ほど執務をしていた勘定方の者も別に気にかけずにいた。

ところが源助は、もうまっ青になってしまい、そろばんを片手につかみ、わなわなと躰《からだ》をふるわせ、中腰になったまま、恐怖の眼を見ひらいて、なすところを知らない。

二十六歳だが、色白のたっぷりと量感もあり背も高い、立派な風采《ふうさい》をそなえた天野源助だけに、その臆病《おくびょう》ぶりは層倍の効果をあげた。

「ぷッ」と、同僚の一人が、それを見て吹き出した。

一同は、笑いをこらえたが、そのうちに、ぐらぐらと大きい揺れが来たとき、源助はたまりかねたのであろう。ぴょんと机を飛びこえ、部屋の中央へよろめき出ると、

「おのおの。あの――あの、大丈夫でござろうか……」

泣かんばかりの声で叫んだものだ。

どっと、用部屋の中に笑いが渦巻き、地震は、ぴたりと止《や》んだ。

それから当分の間は、藩士たちの間で、

「大丈夫でござろうか」という言葉が、何かにつけて流行したものである。

この評判を聞いた天野八太夫は、息子をとらえ、庭の松の木へ縛りつけ、

「おのれの臆病によって、天野の家名も、この体《てい》たらくとなった。武士たるものが地震ごときにあわてふためくとは、な、何たる……」

樫《かし》の木刀をふるい、さんざんに撲《なぐ》りつけたという。

妻の――八太夫にとっては気に入りの嫁のさいかえが必死となって、これを押しとどめなかったら、源助は父の木刀に撲り殺されていたかも知れない。

これがまた評判となり、源助へ向けられる軽侮は、藩士のみか城下の町民たちの眼にも露骨となった。

源助も、さすがにしょげてしまい、城への出仕にも大きな躰をちぢめるようにしている。

このことを耳にした藩の執政・原八郎五郎は、主君の伊豆守信安や重臣・家来たちが集まっている席上で、たまたま天野源助のことが笑い話になったとき、

「それがしは、かように存ずる。今の世の武士には二通りのかたちがござる。それは、武道に秀《ひい》でたるものと、経理や学問の道に達したるものと、この二つにて、双方とも、武士の心得として無くてはならぬもの――なれども、人は、えてして、武を重んじ、もう一方のことを軽く見るかたむきがござるような――なれど、国の治政については、経理に達したる武士の方が御役にもたち、重き役目を身をもってつとめ、果しておることは御承知の通り。天野源助の経理の才能を、それがしは、わが真田家における宝ものの一つと考えております」

と、こう言ってくれた。

「ふむ。まことに、原の申す通りである」

殿さまの信安は、寵臣《ちょうしん》の原八郎五郎の言うことなら何でも正しいと思いこんでいるから、手をうって原の説に賛意を表した。

天野源助は、大いに面目をほどこしたと言うべきであろう。

この評判が、またひろまるにつれて、源助は、ふたたび明るい顔つきを取りもど

し、

「原様というお方は、まことによう出来たお方だな」

愛妻のさかえに語っては、涙ぐんで、原八郎五郎への尊敬の念を新たにした。

原は、納戸《なんど》役《やく》見習から、主君・信安の寵愛と抜擢《ばってき》をうけ、家老職の一人となり、勝《かつ》手掛《てがかり》をも拝命し、名実ともに藩の執政となった男である。千曲川《ちくまがわ》の治水工事をはじめとして、苦境に喘《あえ》いでいた真田家の財政建直しにもよく働いてきたし、今では藩中一の実力者と言ってよい。

原八郎五郎が、その権力におぼれて悪臣となったのは、ずっと後年のことになる。

それはさておき——その年の冬に、天野源助は、思いもかけぬ悲劇に直面しなくてはならなかった。

愛妻のさかえが急死したのである。

軽い風邪をこじらせたのがもとで、ふだんは健康そのものだったさかえが高熱を発し、一夜のうちに容態が急変してしまったのだ。

葬儀がすむと、天野源助の豊頬《ほうきょう》は、げっそりとやつれてしまった。

二

さかえは、同藩の牛田左平次の娘で、その容貌《ようぼう》は、おせじにも美しいとは言えなかった。

いや、むしろ醜女《しこめ》の部類に入ると言った方が適切で、

「あの、天野の女房の、あぐらをかいた鼻はどうだ。いったい、あのようなしろものの何処《どこ》がよくて、天野は女房どのと奉《たてまつ》っているのか、気が知れぬよ」

「あの眉《まゆ》こそ、げじげじ眉と申すのだな」

「それに、あの尻《しり》の大きさ――もっとも天野め、あの尻に惚《ほ》れたのかも知れんが……」

などと、藩士の評判もうるさかった。

事実、さかえは縁遠くて、源助の妻になったのは二十一歳のときであった。

「女は顔かたちではない。さかえどのは心がやさしく、しかも、意外にしっかりとしたところのある女じゃ。嫁に貰《もら》え。わしがきめた」

天野八太夫に、そう申し渡された源助は、少し厭《いや》な顔をしたが、とても父親にさからえるわけがなかった。

しかし、妻にしてみると意外に、これがうまく行ったのである。

夫婦の間のことは、当人のみの知るところではあるが、源助がいかに醜女の妻を溺《でき》愛《あい》するに至ったかの経緯も察しられぬことはあるまい。

さかえの肉体は、いささか肥え気味ながら肌理《きめ》こまやかで、源助にとっては甘美きわまるものであったし、何よりも父八太夫の気に入られていることが、源助の家庭生活を快適なものにしてくれたのだ。

「見よ。わしの申した通りの嫁であったろうが……これで、お前がもう少し、武士らしい強さをそなえてくれればなあ」

つくづくと、八太夫はそうもらしたものだ。

それだけに、さかえの死は、いたく八太夫を悲しませたのである。

むろん、源助の悲嘆は、八太夫のそれよりも深刻であった。そのあらわれとして、源助は自殺をはかった。

年が明けて正月となった或る日——それは、松代名物の粉雪がさらさらと降る日の午後であったが、非番だった天野源助の姿が、城の北から西をめぐっている百間堀の堤の上を、千曲川の方へ歩いて行くのを、御《お》舟《ふな》手《て》足軽の内川小六が見つけた。

(変だな——この雪の日に、天野様が……)

愛妻への追慕にやせおとろえた源助を、心の温かい小六はかねてからいたましいと見ていただけに、何となく只ならぬものを感じ、御舟蔵の詰所を出ると、源助の後をそっとつけて行った。

百間堀の堤を下った源助は、そのまま千曲川に向って歩きはじめた。そして、川岸へついても尚《なお》、歩きやまなかった。

(これはいかぬ!!)

小六は、うすくつもった雪を蹴《け》って駆けた。

そして、すでに川の水に没した源助を、ようやく引き上げることが出来た。

このことは、小六が誰にもしゃべらなかったので、評判になることもなく、父の八太夫にも知られずにすんだ。

春になると、また源助は自殺をはかった。

その日、公用で、松代城下から西へ二里ほどの矢代宿の本陣へ出向いた源助は、夕暮れ近くなってから、城下近くの岩野村まで戻って来た。

そこへ、農家の暴れ牛が角をふりたてて、突然、林の中から街道へ躍り出して来たのである。

牛を追いかけて来る百姓たちの叫びも耳へは入らず、源助は、こちらへ突進して来る猛牛の角へ、自分から躰を投げつけていった。

ところが、どうしたものか、紙一重の差で、源助と牛が擦れ違ってしまい、勢いあまった源助は前のめりに街道へ転倒した。あまりに源助の勢いが激しく、牛の方で面《めん》喰《くら》ったものであろうか……。

だが猛牛は、ふたたび振り返って、突進の気勢をしめした。

源助は、ぶるぶると両手を合わせ、街道にすわり、蒼白《そうはく》となって観念の眼《まなこ》を閉じたのだが……。

「お侍様、危ねえ!!」

「早く、早く――」

ばらばらっと駆け寄った百姓たちが、一気に源助の躰を街道からさらいあげてしまった。

この事件でも、幸いに〔自殺〕をはかったのだとは見られなかった。藩内にもこのことはひろまったが、

「源助なら、無理はないところよ」

「牛はおろか、犬にも勝てまい」

もっとひどいのになると「牛に蹴殺されれば、亡《な》き女房どののところへ行けてよかったのにな」などと言うものもあって、それは、事実その通りの源助の心境なのだから皮肉であった。

御舟手足軽の内川小六だけは、それと察し、わざわざ天野家へ訪ねて来て、

「天野様。もうよいかげんに忘れなさるがようございます。何ごとも、月日の流れが、

お苦しみをやわらげましょう」となぐさめてくれた。

「うむ――そうは思うが……なれど、小六。おれはもう、まったく生きている甲斐《かい》が無いと、思いきわめているのだ」

「何をおっしゃる。そのお若さで――」

「おぬしにだけ言うのだが、何度、我身に刀を突きたてようと思うたか知れぬ。なれど……なれど、おぬしも知っての通り、臆病なおれには、とうてい出来得ぬ。実に実に、みずから死ぬということは難しいものだな」

こういうわけで、小さな自殺未遂は何度もあったらしい。

そのたびにうまく行かなかった。

雨の多かった夏が去り、秋が来た。

亡妻さかえの一周忌が間もなく来ようという或る夜のことだ。

天野家に、またも異変が起った。

今度は、父の八太夫が急死したのだ。

藩士の森口庄五郎というものに斬殺《ざんさつ》されたのである。

三

天野八太夫と森口庄五郎の喧嘩《けんか》は、源助のことが素因になっている。その日は、天野家と同じ荒神町に住む高柳孫太郎の屋敷で、囲碁の会が催され、八太夫も夕飯をすましてから、これに出かけて行った。

すでに、かなりの人びとが集まっていたが、八太夫が案内をされ、廊下を書院へ向って歩をすすめていると、

「牛の飼食《ししよく》にもなりかねぬ腰ぬけ武士にまで禄《ろく》をあたえているのだから、お家の財政が苦しくなるのも無理はないわ。あは、は、は――」

大声に言う森口庄五郎の声を、八太夫は、はっきりと耳にした。

八太夫が部屋へ入って行くと、一座のものはぴたりと鳴りをしずめた。

森口だけは、にやりにやりと笑っている。その森口庄五郎の前へ坐った八太夫が、いきなり言った。

「百姓や村役人からの賄賂《まいない》で私腹を肥やす狗侍《いぬざむらい》が、他人のことへくちばしを入るるは笑止千万」

「何!!」

森口は白い眼をして、八太夫を睨《にら》み、

「おのれ、きさまは……」

こう言ったとき、高柳孫太郎が割って入り、

「それまで!!」

さっと、天野八太夫の腕をとって、森口からずっと離れた席へ連れ去った。

郡奉行所に属する森口庄五郎の汚職は知る人ぞ知るで、たくみにぼろを出さないので表沙汰にはならぬが、八太夫の言葉は、まさに的を射ていたと言ってよかろう。

何となくはずまない囲碁の会が終り、八太夫が帰途についたのはかなり夜が更《ふ》けてからであった。

散会してから八太夫だけが後に残り、高柳のすすめる酒を少々よばれたのである。

荒神町の通りに出て、しばらく歩いて行くと、

「おい」

闇の中から森口庄五郎の声がかかった。

藩士の屋敷の土塀がつづく、人気《ひとけ》もない道に風が鳴っていた。

「八太夫。覚悟せよ」

「それは、こちらで言うせりふじゃ」と、八太夫も負けてはいない。

けれども勝負はあっけなくついた。

森口庄五郎の剣術は藩内に知られたもので、八太夫は右の頰から首すじへかけて凄《すさ》まじい森口の一刀をうけ、たちまちに息が絶えた。

森口庄五郎は、そのまま松代城下から脱走した。その前に自邸へ寄り、妻に別れを

告げ、路用の金をかきあつめて行ったことが後になってわかった。

このとき、森口庄五郎は三十二歳である。子はなかった。二人の子をもうけたが、いずれも病死している。

一夜あけて、城下町は騒然となった。

ともあれ、天野源助は武家のならいとして、父の仇討《あだうち》に出発しなくてはならなくなった。

家老・原八郎五郎は、ひそかに源助を呼び、

「おぬしは、親類縁者も少ないと聞くが……どうかな、わしのところに腕利《うでき》きの若党がおる。助太刀につけてやってもよいぞ」

こう言ってくれたが、源助は、

「お心、かたじけなく頂戴いたしますが、私、一人にて結構でございます」

「そうか……」

「はい」

「大丈夫か……」

「はい」

意外に、天野源助は落着いているのである。

あの臆病者の源助が、どんな顔をして仇討に出かけるのかと、藩士たちは半ば冷や

かし半分に、城下を出発する源助を見送りに集まった。

城下町の外れにある勘太郎橋という橋のたもとに集まった藩士たちは、「や。平然としたものではないか」

「ふむ。大丈夫でござろうか」

「あれはな、もう自棄《やけ》気味になっとるのだ」

「きっと仇討をするつもりではないのだろうよ。このまま浪人になって、二度と城下へは戻らぬつもりなのではないか——そうだ。いや、たしかにそうだぞ」

一同、ひそひそと囁《ささや》きかわす中を、旅姿の源助は、つづけざまに妻と父を失った悲しみの中にも、妙に沈んだ静かさのただよう顔つきで、

「お見送り、かたじけのうござる」

挨拶《あいさつ》も神妙に、ゆったりとした足どりで街道を去って行った。

(敵《かたき》の庄五郎に出合えば、おれも死ねる)

これであった。

父の恨みなぞということは少しも念頭にない。

斬《き》り合っても絶対に勝てぬ相手なのだし、第一、源助は、あれほど亡き八太夫がうるさく言っても、剣術の方は、さっぱり駄目であったのだ。

少年のころから、藩の指南役、榊《さかき》精七の道場で、笑いものになっていたのは有名な

話だ。

殿さまの小姓になっているうち、原八郎五郎から目をかけられ、その引きたてをこうむらなかったら、おそらく恥のかき通しで、ろくな御役にもつけなかったことであろう。

(庄五郎に殺してもらって、妻と父のそばへ行こう)

この諦観《ていかん》が源助のすべてを支配していた。

では、敵にめぐり合えなかったらどうする。

話によれば、二十年三十年もかかって、ついに敵にめぐり合えぬものもあるというではないか。

(そのときは坊主になろう)

はっきりしたものであった。

四

天野源助が森口庄五郎に出合ったのは、松代を出てから半年後の春であった。

中仙道・美江寺《みえじ》の宿外れの茶店に休んでいた源助が、茶代を払って街道へ出るのと、街道にやって来た森口が茶店の前へさしかかるのとが、同時であった。

すでに陽は落ちかかってい、源助と同様に森口庄五郎も、美濃《みの》赤坂へ泊るつもりだったのであろう。

「天野源助、あらわれたな」

森口は、一歩さがって笠をかなぐりすてた。

「抜けい!!」

「うむ……」

源助も、とりあえず森口に合わせて抜刀した。茶店の老婆《ろうば》は腰をぬかしてしまったようだ。

(これで死ねる)

ぼんやりと刀をさげたまま、森口を見やっていると、森口は、

「さ、切って来い。さ、まいれ」

「そちらから来い」

「黙れ!! おのれごとき腰ぬけに、おれから初太刀がふりこめるか。さ、来い。来い!!」

「では……」

迷いも何もなかった。両手につかんだ大刀を、とにかく森口庄五郎に向け、源助は、かつて岩野村で猛牛にぶつかっていったときと同じような気持で、地を蹴《け》って死地に

飛びこんで行った。

「ぎゃあっ!!」

けたたましい森口の絶叫である。

源助が我に返ると、道に倒れた森口庄五郎の胸板に、源助の大刀が、ぐさりと突き刺さっていて、源助は、二間ほど離れたところで、ぶらんと両手をたらし、茫然《ぼうぜん》と、立ちつくしていたのだ。

役人が駆けつけて来た。

仕方なく、源助は仇討に必要な書類を出して見せる。役人は「お見事お見事」と賞《ほ》めそやす。

(どうして、おれに庄五郎が殺せたのか……)

こうなれば帰国しないわけにも行かなかった。

松代へ帰ると、大変な騒ぎになった。

「わしは、天野源助という男、いざとなれば、かなり骨の太いやつと見ておった」と、原八郎五郎までが言い出すしまつだし、藩士たちも、

「見直したな」

「何しろ、あの森口の胸板を、ただ一刺しにやったというのだからな」

「ともかく、おどろいたわい」

がらりと、源助への評判が変った。

「この上は、新しき妻をめとれ」

と、これは殿さま直々《じきじき》のすすめであった。ことわることは出来ない。

天野源助は、夏も終ろうというころになって、原八郎五郎の口ききにより、中西弥次右衛門の娘・清乃を二度目の妻に迎えた。清乃は、前妻のさかえとくらべて雲泥の差があった。

つまり、美女なのである。年も十九で、信州名物の杏《あんず》の花のような、清らかさ、匂《にお》やかさなのであった。

しかも性質はやさしく、心情もゆたかだというのだから、こたえられない。

天野源助の性格が、一変した。

城へ上っても、胸を張り、いつも微笑をたたえ、以前は、きょろきょろと落着かなかった眼《まな》ざしにも、何となくゆったりとした落着きが加わった。

「しあわせだな、おい、天野――」

同僚が肩でも叩《たた》くと、ふたたび肉づきの豊かさを取りもどした源助は悪びれもせず、豊頬《ほうきょう》をゆるませ、

「うむ。しあわせだよ、私は――あのような女房どのを、またも貰《もら》えようとは、思ってもみなかったものな」

ぬけぬけと、のろけるのだ。

「前の、亡くなられた女房どのと、どちらがいい？」

「どちらもよい。だから言うておるではないか。あのような女房どのを、またも――よいか、またも貰えようとはと……」

「わかった、わかった。もうよいわ」

その年も暮れ、源助にとっては幸福そのものの新年を迎えた。

父の仇討をとげたことによって、禄高《ろくだか》もふえたし、役目の方にも昇進があった。

そして、天野源助の経理における才腕は、いよいよ発揮され、

「いずれは、勝手元取締頭取をやってもらうようになろう。そのつもりで、精を出して御役目にはげむように」

原八郎五郎から内々に、こんなことも言われた。

そのころ、真田藩江戸屋敷に、

「信濃善光寺の普請《ふしん》を、我藩へ申しつけられるといううわさだぞ」という情報が入った。

つまり、幕府から大名へ申しつける課役なのである。

このころの大名たちは、いずれも財政の逼迫《ひっぱく》に喘《あえ》いでいるから、課役ともなると一大事だ。

莫大《ばくだい》な出費は借金をもってまかなわなくてはならぬが、こんな馬鹿馬鹿しいことはないのだ。自藩のためではなく、幕府のために借金をし、人手をとられ、しかも大公儀の威光にさからうことの出来ぬ哀《かな》しさ、辛《つら》さなのである。

この情報は、江戸屋敷の外交官ともいうべき留守居役が耳にしたものだ。とりあえず、執政の原八郎五郎へ知らせねばならぬというので、小山六之進という士が騎馬で、松代へ飛んだ。

こういうことは一時も早く、手をうつ必要があるからだ。

幕府老中の秘書官である奥御《おくご》祐筆《ゆうひつ》の役人に賄賂《わいろ》をつかい、課役を他の大名へまわしてもらうことも不可能ではない。

多少の運動費をつかっても、課役を逃れられれば、それにこしたことはないのである。

馬を駆って、急使・小山六之進が松代城下へ到着したのは、一月二十日の夕暮れであった。

この日——。

天野源助は、ちょうど非番で、紙屋町裏の天光院へ碁をうちに出かけた。

天光院の和尚《おしょう》は、亡父八太夫の碁敵で、源助も、碁の道だけは父ゆずりで、きらいではない。

しかし、二度目の新婚をむかえた源助は、非番の日など家にこもり切りで、清乃の傍から離れようともしない。

「気がすすまぬのだが、和尚が来い来いと、前々から言うのでな」

「ようございます。行っておいでなされませ」

清乃は、甘くすねてみせる。

「お前がいかぬというなら、私は……」

「いいえ、よろしいのです。どうぞ御遠慮なく……」

「すまぬな」

「そのかわり、早くお帰りあそばして――」

「もちろんだ。言うにゃおよぶだ」

甘い、くすぐったさを噛《か》みしめつつ、天光院へ出かけ、勝負にくどい和尚が引きとめるのを振り切り、

「ふ、ふ、ふ――今日も和尚に勝ったな」

何も彼も快適であった。

夕闇《ゆうやみ》がただよう神田川沿いの道を、天野源助は新妻の待つ我家に向って、急ぎ足となり、馬喰町《ばくろちょう》の道へ出た。そのとたんであった。

江戸からの使者・小山六之進を乗せた馬が、彼方《かなた》の番所を駆け抜け、清乃の顔を脳《のう》

裡《り》に浮かべながら通りへ出た天野源助と鉢合せのかたちとなり、

「あっ!!」

馬上の小山の叫び声と共に、源助は、疾走して来た馬にはね飛ばされた。

それほど、ひどくはね飛ばされたわけでもなかったが、仰向けに倒れた源助は、頭の打ちどころが悪かったのか、そのままあっさりと世を去った。

鳥居強右衛門《すねえもん》

一

城は、二つの渓流が落合う崖《がけ》の上にあった。

一万七千の敵軍が、城を包囲していた。

城にこもる味方は、わずかに五百である。

いかに籠城戦《ろうじょうせん》だとはいえ、比較にならぬ戦力の差であった。

北面に山嶺《さんれい》を背負い、三方の崖下を急流がめぐっている要害の城だから、どうやら、ここまでもちこたえてきたのだ。

史書は、このときの籠城に食糧が尽きたと記してあるが、米は、まだ、たっぷりと残されていた。

この長篠《ながしの》城が武田軍の攻撃をうけることを予想し、この年の、すなわち天正三年(一五七五年)三月には、徳川家康が、

「たのむぞ。わしは決して長篠を見捨てぬゆえ、力をつくし、城を守ってくれい」

という言葉と共に、岡崎から、米六百俵を、城主・奥平貞昌へ送りとどけてきていた。

城は、四月二十一日から、武田軍の完全な包囲におちいった。

それから二十余日を経ている。

しかし、兵糧《ひょうろう》もあることだし、まだまだ籠城をつづけることが出来る筈《はず》なのだが、武田軍の攻撃が猛烈きわまるものであり、やむことを知らないので、城中における危機感は切迫したものとなっている。

「奥平の小せがれめ。こたびの城攻めを只の城攻めと思うておるのか。今に見ておれ!!」

敵の大将・武田勝頼は、狂気じみた執念を、この城と貞昌の首にかけていた。

なぜなら、奥平貞昌は、武田家にとって、もっとも憎むべき裏切りものであったからだ。

勝頼の父・武田信玄は、偉大な戦国大名であり、すぐれた政治家でもあった。

戦乱の世を生きぬき、勝ちぬいて天下をつかむものは武田信玄か、または織田信長かというところまできて、信玄は急死してしまった。

これが、二年前のことである。

勝頼は亡父・信玄の目ざましかった勢力伸張の後を引きつぎ武田の当主となった。

「余の死を、三年の間は秘めておけよ」

と、信玄は遺言をして歿《ぼっ》したというが、とうてい隠し終《おお》せるものではなく、早くも、信玄歿して二カ月もたたぬうちに、浜松城にあった徳川家康は、軍を発し、それまでは武田方のものであった長篠城を攻め落してしまった。

「おのれ!!」

甲府の城にあって、武田勝頼は激怒した。

いくら父の信玄が偉かったからとは言え、父には手も足も出なかったように思われた家康が、たちまちに活気をみなぎらせて攻勢に転じたのを知り、

「あなどるな、この勝頼を——」

と、勝頼は苛立《いらだ》った。

偉人を父にもつ子の、口惜しさである。

しかも、家康は武田方から攻めとった長篠城へ、勝頼を裏切った奥平貞昌を入れ、武田軍の来攻にそなえせしめたのである。

「おのれ、おのれ!!」

勝頼の忿怒《ふんぬ》は倍加した。

こういうわけで、二年後のいま、長篠城を奪回しようとする武田勝頼の闘志は凄《すさ》まじいものをふくんでいた。

勝頼は部隊をわけ、みずから一軍をひきいて徳川家康のこもる吉田城（豊橋市）を攻め、徳川方の救援を牽制《けんせい》しておいてから、ふたたび、長篠へ取って返した。

攻撃は五月九日から開始された。

城の本丸をかこむ弾正曲輪《だんじょうくるわ》、瓢丸《ひさごまる》などが激戦の後に武田軍の手にうばいとられた。多数の死傷を物ともせず、武田軍は攻撃に次ぐ攻撃を飽くことなくくり返したのである。

城兵は、ほとんど本丸ひとつに押しこめられてしまった。

これが、五月十四日である。

その夜になって、本丸の城主の居館で、会議がひらかれた。

城主の奥平貞昌は、まだ二十一歳の若年であった。

貞昌は、重臣たちから強い非難をうけた。

「たとえ、信玄公が亡《な》くなられたとはいえ、武田の勢力は、いささかもおとろえてはおりませぬ」

「それを、殿は、われらの忠言を押し切ってまで、織田・徳川をたのみとされ、武田を裏切られた。その結果が、このざまでござる」

「織田も徳川も、われらの苦戦を救う手立もなく、いたずらに城の落ちるのを見守っているばかりじゃ」

若い主《あるじ》だけに、重臣たちも容赦はしない。

寄ってたかって、貞昌を糾弾した。

「いざとなれば、おれが腹切る。そうなれば、おぬしたちは武田へ降《くだ》れ」

奥平貞昌は、色白の、ふっくりとした顔の表情も変えずに言った。

「そうして頂こう」と、叫んだものがある。

塔坂《とうさか》半兵衛という家臣であった。

これを、とがめるものもいない。

そのころの殿様と家来の間柄というものは、これがあたりまえのことなので、はっきりと割り切った利害関係の上に成りたっていたのである。

諸方の大名や豪族たちは、より大きな勢力の動きに絶えず注目していて、この戦乱の時代の最後に生き残り、天下の政権をつかみとるであろう勢力にむすびつこうとする。

それが、武田であり、上杉であり、織田であり、それぞれの眼に映ずる勢力の動きや見通しは、またそれぞれに違っていた。

奥平家は、長篠の西方約四里のところにある作手《つくで》の豪族である。

このあたり、三河の山岳地方一帯を支配している大豪族が三つあって、これを〔山《や》家《が》三方衆《さんぼうしゆう》〕とよぶ。

奥平家はその一つで、はじめは今川家に従い、今川ほろびて後は、武田家に属し、織田・徳川の勢力と闘ってきた。

現に、奥平一族のうちでは、まだ武田家に従っているものが多い。

いかに信玄が歿したとはいえ、武田勝頼も名うての大将であるし、第一、武田の勢力範囲は、まだ外敵の侵入をゆるしていないと言ってもよい。

それなのに、奥平貞昌は父の貞能《さだよし》と共に武田を裏切り、徳川のもとへ逃げ込んだのである。

まだ武田の勢力に圧迫されつづけている徳川家康をたのんだのは、奥平父子も、よほど家康を見込んだものであろう。

いや、家康と堅い同盟をむすんでいる岐阜の織田信長が天下をつかむことを、強く信じてのことであったと言えよう。

先物買いであった。

裏切れば、ふたたび武田方へ戻るわけには行かない。それを承知で寝返ったのであるから、奥平父子が織田勢力に賭《か》けた決断は、非常なものがあったのだ。

負けてから従うのではない。

まだ海のものとも山のものとも知れぬうちに味方をしようというのだ。そのかわり、もしも天下が織田のものとなったあかつきには、奥平家が獲得する恩賞は大きいものとなる。

ここに踏み切るまでの奥平父子の苦心を察すべきである。それには大勢力に対する小勢力が生き残るための必死な思いがこめられていた。しかも、この裏切りにより、奥平貞昌は、武田家へ人質として渡してあった十六歳にすぎぬ妻の久子と弟の仙丸を、武田勝頼に惨殺《ざんさつ》されてしまっている。

そんな思いまでしたのに、このありさまとなったわけだ。

すべての責任は、主人にある。領地と家来を末長く温存させることが領主のつとめであった。

父の貞能は、徳川家康のもとにあって、現在は岡崎城にいる。まず人質のかたちだ。

家康は、奥平父子が、もはや武田家へ戻れぬと見て、子の貞昌に三河の要衝である長篠を守らせたのである。

重臣たちの反駁《はんばく》と愚痴をあびて、奥平貞昌は、半ば覚悟をきめたようであったが、尚《なお》も、

「徳川どのが、この長篠を捨てておかれよう筈はない。長篠が落ちれば、三河・遠江《とおとうみ》は、ほとんど武田の手につかみとられることであろう。徳川が武田にやぶれれば、東海の地は、すべて武田のものとなる。そうなれば、いま一歩というところまで天下をつかみかけている織田殿は、たちまちに背後から武田の攻めをうけねばなるまい。徳川というよりも、むしろ織田のほうが、この長篠を放り捨ててはおけぬ筈だ」

その信念を捨てきれない。

「殿は、あまりにも織田・徳川を買いかぶりすぎておられる」と言い出すものがある。

「早や、城をあけ渡すべし」と、叫ぶものがある。

「この期《ご》に及び、みれんでござろう」とさえ言い切るものがある。

城を武田方に渡せということは、殿様に死ねと言っていることなのだ。貞昌が切腹すれば、家来たちは無事に武田軍へ収容される。すべての責任は大将ひとりが負うものなのである。

こういう家来たちを抱えて戦わねばならぬ小大名や豪族たちの苦労は、なみたいていのものではない。

むろん、貞昌を弁護する重臣たちもいて、両派の論争は果てようともしないのだ。

広間から廊下へ、ぎっしりとつめきった家来たちの土埃《つちぼこり》と脂《あぶら》と汗にまみれた躰《からだ》から発散する異様な臭気が、むんむんとたちこめている。

風もなく、月もない夜であった。

喧騒《けんそう》がひとしきりつづいた後で、奥平貞昌は、尚も言い張った。

「おれは、徳川や織田が、この城を……いや、この奥平貞昌を何と見ておるのか、それを知りたい。それを知らずして腹を切るは、くちおしい。見よ。われらは敵にかこまれ、蟻《あり》一匹も外へ這《は》い出せぬありさまだ。ゆえに、外のことは何もわからぬ、そうではないか——城に押しこめられていて、武田か徳川かと弁じたてていてもはじまらぬ。もしやすると、織田殿の援軍が、この城へ向けて進みつつあるやも知れぬ」

「今さら、何を申される」

と、重臣の一人が嘲笑《ちようしよう》したのをきっかけに、

「黙れ!! 殿の申さるる通りじゃ!!」

貞昌派の家臣が怒鳴り返す。

「待て!!」

貞昌は、これを制し、

「誰か、この城を這い出る一匹の蟻となってくるるものはないか。おれの手紙を岡崎にある父上へ、そして徳川殿へ届けてくれるものはないか」

答えはない。座は白けきってしまった。

このとき、大廊下の片隅にうずくまっていた鳥居強右衛門《すねえもん》というものが、永い沈黙の後に進み出て、この使命を買って出た。

むろん、決死の任務をひきうけようとするからには、強右衛門に、それなりの打算があったからである。

二

鳥居強右衛門勝商《かつあき》は、この年、三十六歳の男ざかりであった。

だが、これまでに何の戦功もなく、身分も低い。もちろん侍であるから五人ほどの寄子《よりこ》（部下の足軽）を抱えてはいるが、戦いのないときは、寄子と共に鍬《くわ》をふるい肥料《こやし》をかつぎ、泥と汗にまみれて百姓ばたらきをしなくてはならない。

そのころの、彼のような、ことに山国の豪族の家来などには、農兵のおもかげが、まだ色濃くとどめられていたのである。

強右衛門は、男女合わせて七人の子持ちであった。

妻は、加乃といって、同じ作手・清岳《きよおか》の黒瀬久五郎の娘に生まれ、十七歳のときに二十三歳の強右衛門と夫婦になった。

加乃は背もたかく、たくましい肉体を所有していて、百姓仕事では夫に少しも負けない。肌は浅ぐろいが、山村の女にはめずらしく弾力のあるなめらかなもので、この妻の肌の感触を、強右衛門は、

「ありがたや、ありがたや」

と、口に出して珍重した。

顔だちは、鼻も低いし唇もぼてぼてとしていて、どちらかといえば水準以下の容貌《ようぼう》なのだが、大きな、ぬれぬれとした双眸《そうぼう》には気品があって、

「おれの女房どのは、肌と眼じゃ」

若いころ、強右衛門は、こんな自慢をよく朋輩《ほうばい》にしたものである。

強右衛門にしたところで、まず、奥平の家来の中では、もっとも生彩のない容貌のうちへ入ると言ってよい。才槌頭《さいづちあたま》なのはよいとしても、ずんぐりとした体軀《たいく》は、むしろ妻の加乃よりも低いほどだし、小さくて鈍重そうな光をやどしている眼も、ふとい鼻も、何ひとつ見ばえのするものがなくて、

「私は強右衛門どののところへは嫁《ゆ》きとうない」

美女でもないのに加乃は、だいぶ厭《いや》がったらしい。

ところが、夫婦になってみると、うまくいった。

畑から帰って来て、夕飯がすむと、

「さ、うつ伏せになれ」と、夫が言うのだ。

加乃もはじめはおどろいたが、そのうちに感動した。

強右衛門は、毎夜毎夜、自分が出陣して留守をしないかぎり、必ず、労働に硬張《こわば》った妻の躰を揉《も》みほぐしてやる。しかも一刻《いっとき》(二時間)あまり休むことなくつづけるのであった。

「なぜ、このようにして下さる?」

加乃が問うと、強右衛門は、

「女房どのは家の宝ゆえ——」と答えた。

こういう夫をもった妻が、夫へ愛をもってむくいないとすれば、その女は莫迦《ばか》である。

強右衛門にしてみれば、父の角内が、母にしてやったことを子供のころから見つづけてい、夫は妻をそのようにあつかうものだということを当然のものとして、自分も行なっただけにすぎない。

夫婦仲の密度は濃く、おかげで、十三年間に七人の子が出来た。

出来たのはよいが、暮しは苦しくなるばかりである。

そもそも、作手郷一帯の領主である主人の奥平家そのものが、三河の山村の一豪族にすぎないのだ。今川から武田へ、そして徳川へと変転しつつ、来《きた》るべき天下統一のあかつきには、主人も、おのれを支配する戦国大名のために手柄をたてて恩賞をうけたいのだし、家来もまた同様なのである。

戦場で手柄をたてぬ以上、出世はのぞまれぬ時代なのであった。

はじめのうちは、加乃が、

「死んではなりませぬぞえ」

出陣する強右衛門に、きびしく言いわたすと、強右衛門もまた、

「手柄するよりも、おぬしと死に別れはしたくない」

こう応じて、戦場でも決死の働きはなるべく避けて通ってきた。手柄をたてること

は、生死を賭けねばならぬからだ。

後年、江戸時代になって、やかましい〔武士道〕とかいうものが出来、侍たちをしばりつけていた時代とは違う。利害関係が明確に誰の目にもみとめられていたのである。

だが、子たちが多くなると、強右衛門も、(このままでは、いかぬ!!)と感じ出した。

年をとらぬうちに、ぜひとも手柄をたてて、一段ずつでも身を立てて行かねばならぬ。現在も生計は苦しいのだが、男子が四人もいるのだから、父親として、彼等を一人前の侍に仕立てあげるためには何としても、いま少し、上級の侍になっておかねばならない。

主人の奥平父子が徳川の城がある岡崎へ逃げたとき、家来七百余名もこれに従い、作手を脱出した。

したがって、家来たちは、それぞれの家族を作手の村々に残してきていた。

作手は、現在、武田方が乗取り、これを支配している。だが家族たちは、それぞれ、武田方からの害をうけてはいない。占領地の農耕に必要な労働力が大切であるからだ。

強右衛門の妻も、いまは高岳の村で、武田方のために百姓仕事をしている筈《はず》であった。

〈今に、きっと帰るぞ!!〉

強右衛門は心に叫んでいた。

主人と共に、自分の国へもどり、あの加乃の量感に充《み》ちた乳房へ顔をうめたいという願望は、強く激しい。

奥平父子が武田軍にかこまれた作手を脱出したとき、約四百の家来は、これに従わず、平然として村に居残った。彼等は主人のやりくちに不同意だったからだ。彼等は、織田や徳川の勢力に加わるよりも武田に与《くみ》した方が安全だと考えたからだ。

それは、それでよいのである。

鳥居強右衛門が、思い切って主人父子の〔先物買い〕に同意したのは、強右衛門もまた、彼なりの判断によって織田信長を〔先物買い〕したからであった。

〈信玄公亡《な》きのちの武田家についても仕方なし!!〉

こう断じた主人父子に、強右衛門も共鳴したわけだ。

この〔先物買い〕が当れば、主人と共に家来たちも得るところは大きい。だが、失敗すれば目も当てられなくなろう。そうなると武田方へ居残った四百人が甘い汁を吸うことになるわけであった。

とにかく、強右衛門は、主人と共に、織田信長の勢力と徳川家康の誠実な人格に、すべてを賭けたのである。

(待っておれよ、加乃。きっと帰る。帰ったときには、おぬしにも、子たちにも、いま少し、ましな暮しをさせてやるぞ)

それなのに、この始末だ。

連日連夜の猛攻によって、城郭のほとんどが武田軍に乗取られ、辛うじて崖上《がけうえ》の本丸ひとつへ主人と共に押しつめられ、落城と武田勝頼の制裁を待つばかりとなったのである。

この期に及び、若殿の奥平貞昌が、悪びれもせず尚もおのれの信念を捨てようとはしない態度を見て、強右衛門は自分自身の胸のうちに、まだ残っている希望を賭けようとした。

「城外のことは何もわからぬわれらだ。もしやすると、織田や徳川の援軍が、この城に向って進みつつあるやも知れぬ」

奥平貞昌の一言が、強右衛門の想望に火をつけた。

何しろ、十三年間、妻と共にあるかぎり、妻への按摩《あんま》を一刻つづけることを、きちんと欠かさなかった男なのである。

きわだった武勇の士でもなく、才知もなく、よくもわるくもない家来だった強右衛門なのだが〔持続の美徳〕を無意識のうちに体得していたらしい。

と言うのは、周囲の情勢にもめげず、主人と共に賭けた信念を強情に捨て得なかったところにも、それが具現されているからだ。

「その御使者の役目、それがしにおおせつけられましょう」

はるか遠くの隅から、鳥居強右衛門が声を発したとき、奥平貞昌は、信じられぬような顔つきになった。

「強右衛門。われが行くと申すか?」

「はっ」

広間に充満している人々が、どよめいた。

只の使者ではない。生きて岡崎へ着ける可能性は、まず八分二分の二分といったところだ。

〈高岳の、のろ牛〉とよばれた鳥居強右衛門が、こんな場合の、こんな役目を、よくも買って出たものだと、人々はおどろいた。

けれども、ほかに、この役目を買って出るものがいなかったのだから、仕方はない。

「よし!!」

奥平貞昌は、あぶら汗にぬれた顔に決意を見せ、

「強右衛。まいれ」と座を立った。

貞昌の後について、強右衛門は、大広間の人垣をわけて通った。

「よせ、危ないぞ」

「何とてまた、そのような……」

朋輩の中で、袖《そで》をひいて止めるものもいたが、強右衛門は構わなかった。

広間を出て、廊下をわたり、貞昌の居室へ入った。

旧暦の五月十四日というと、現代の六月末から七月はじめの天候と思ってよい。日中は、ひどい日照りつづきなのだが、さすがに夜になると、山気が冷え冷えとただよっている。

貞昌は、強右衛門と二人きりになり、

「のぞみがあるなら申せ」と、言った。

恩賞のことである。

恩賞を取りつけずに、家来が、このような決死の役目を引き受ける筈がないのだ。

この夜、強右衛門が、主人から、どのような恩賞を保証されたか、明確ではないが、強右衛門自身が納得のいったものを取りつけたに違いない。

「それにしても、よう引き受けてくれたな」

「いったん心にきめて、若殿に従うたのゆえ、それをいまさら、くつがえすのは厭でござりました」

「ほう。われは、思いのほかに心の強いやつじゃ。強右衛門とはようも言うたわ」

「それに……」

「それに……何だ？」

「この期《ご》に及び、尚《なお》も、お心を変えさせられぬ若殿を目《ま》のあたりに見て、それがし決意つかまつりました」

「ふむ？」

「若殿なれば、強右衛門との約定を、必ずや、お守り下さることと存じました。たとえ、それがし死ぬるといえども、我子の行末につきましては……」

「おう。引きうけたわ」

「たとえ、天下が武田のものになろうとも？」

「いかになろうとも、身に代えて引きうけたわ」

「まことでござりますな？」

い、い、どんぐりの実のような強右衛門の双眸が、きらりと光って奥平貞昌を射つけた。

「まことじゃ」

貞昌も強右衛門を見返し、力強くうなずいた。

これで、すべては決まった。

強右衛門は、それから自分の溜《たま》り部屋へ引き取り、土民の姿に変装し、八ツ半（午前三時）ごろに、本丸の不浄口から城をぬけ出した。

不浄口は、城内の者の糞便《ふんべん》が崖下の寒狭川《かんさがわ》に落ち込むところであった。

強右衛門は汚物にまみれた躰《からだ》を渓流にもぐらせた。

出発に当り、強右衛門は奥平貞昌へ、

「無事に敵の囲みをぬけ出しましたときは、雁峰峠《がんぼうとうげ》の頂上に烽火《のろし》をうちあげまする。そして、もしも、織田・徳川の援軍来るときは、三日後に、ふたたび雁峰の峠に、二度の烽火をうちあげましょう。また……もしも、援軍来らぬときは……一度の烽火をうちあげまする」

「むむ……たのむぞ!!」

「はっ」

いつの間にか、星も消えていた。

夜明け前から、叩《たた》きつけるような雨になった。

三

翌十五日の四ツ（午前十時）ごろに、長篠城の西方約一里半の彼方《かなた》にある雁峰峠の山頂から、烽火のけむりがたちのぼった。

すでに雨はあがっていた。

「見事、ぬけ出たわ」

奥平貞昌は本丸の櫓《やぐら》に立ち、夜も明けぬうちから西の空をにらみつづけていたのである。

「強右衛。ようもやった」

まだ、少年のおもかげが、どこかに残って見えるほど若々しい貞昌の頬に感動のしるしが一条の糸をひいてながれ出たのは、強右衛門の働きへ、すべてをかけていたからであったのだろう。

「使者が一人、城をぬけ出したとて何になろう。万が一にも援軍来るとしてじゃ、もはや、その援軍が着かぬ間に、この城は落ちてしまうわ」

と、老臣の中には、相変らず貞昌をして開城せしめようという者が多かった。

ところが、幸いに、十五日は武田の攻撃がなかった。

何しろ、名うての堅城へ、無二無三の攻撃をかけつづけたのだから死傷者も多く、手もゆるんだと見える。

「もう、これまでじゃ。あと一息で落ちよう」

武田勝頼も、そう見きわめをつけ、最後の総攻撃にそなえて作戦をねり、兵をやすめているのかも知れぬ。

城の背後の山裾《やますそ》には、勝頼の本営があり、瓢丸《ひさごまる》の陥落と共に主力は、ほとんどこのあたりへ集結し、およそ一万の軍勢が、城の本丸から濠《ほり》ひとつへだてた向うに、ひしめいているのだ。

武田軍の兵旗が城をおおいつくしていた。

崖下の三方は、大野川と寒狭川をへだて、対岸の山や岸辺に三千五百の部隊によって包囲されている。

さすがに五十メートルもある崖の上の城を、ここからは攻められぬかわり、城ののも、この崖を下って逃げることは不可能だ。

空には、雲が走っていた。

風が音をたてて鳴っている。

ときおり、雲間から落ちかかる強烈な夏の陽ざしが、渓谷に縞《しま》をつくる。

崖下にいた部隊の大半が、川の上流をわたって城の北面に集まったのは、いよいよ武田軍が総攻撃の火ぶたを切ろうとしているのだということになる。

(せめて、明後日まで、武田勢が兵をやすめてくれるように……)

奥平貞昌は、顔にこそ出さぬが、朝飯も喉《のど》に通らぬほどの焦燥に胸を嚙《か》まれていた。

十五日の未明に不浄口から渓流にもぐった鳥居強右衛門は、深さ九尺ほどの川底をつたいつつ、武田方の警戒網を突破した。強右衛門の心臓は、ことのほか丈夫に出来ていたらしい。

そして、川下の豊川の流れへぬけ、長篠から一里半ほどの川路の部落に近いところから岸へ上った。

そこから雁峰峠までは一里余であるが、山道でもあるし、岡崎へ向けた武田方の番所が諸方に点在しており、歩行は困難をきわめた。

強健な強右衛門の足にしては、まだるいほどの時間をかけ、ようやくに雁峰峠へのぼりついたのは、まさに幸運であった。

すぐさま、強右衛門は烽火をあげた。

烽火は艾《もぐさ》に獣類の糞《ふん》をまぜ合わせたものである。強右衛門は、これを竹筒に入れ、その上から油紙と蠟《ろう》をつかって水気をふせいでおいたので、火をかけると、烽火は勢いよく煙をたちのぼらせた。

そうしておいて、強右衛門は風を巻いて山道を走り出した。

このあたりの地形は熟知している。

妻や子の住む作手《つくで》・清岳《きよおか》へ一里ほどの牧原部落の南側の山林を走りぬけたときには、強右衛門も思わず足をとめた。

(今ごろは、加乃も、畑に粟《あわ》を蒔《ま》いているやも知れぬな)

土民姿の強右衛門の右手の指が、もぐもぐとうごいた。五本の指を無意識のうちにうごかしつつ、強右衛門は妻のいる村の方角へ、しばらくは、ぼんやりと視線を向けていた。

うごかしている指に、三十になった加乃の、みっしりと肉の充《み》ちた肩や腕や腰の感触がよみがえってくるようである。野の草のような妻の体臭を強右衛門は、はっきりと想《おも》いうかべることが出来た。

奥平父子と共に作手を脱出したのは天正元年秋のことであるから、もう二年近くも、強右衛門は妻子の顔を見ていないことになる。

「ああ……」

体の凝りをもみほぐしてやるとき、加乃の面《おもて》は至上の幸福に輝き、

「もったいないが、うれしゅうてなりませぬ」

吐息と共に何度も洩らした。

「何の、女房どのは家の宝じゃ」

「ああ……私は、この家へ嫁入って、ほんとによかった……」

夫婦になって十三年もたつのに、強右衛門と加乃は、こんな会話を飽きもせずにくり返してきたのである。

それをまた、十二歳の長男はじめ六人の子が、黙って、にこにこと見守っているのであった。

「加乃……」

緑したたる山肌に、空に、強右衛門の視線がうつろいながら、思わず彼は、妻の名

をよんでいた。

(待っておれ。今度は、おれも若殿と共に賭けた。きっと……きっと援軍は来る。そうなれば、おれのうける恩賞は大きいのだぞ、加乃……寄子《よりこ》もふえる。畑もふえる……)

ふたたび、強右衛門は走り出した。

岡崎城下は、さしわたしにして、長篠の西方約九里のところにある。

強右衛門は、ほとんど、このさしわたしの距離を走ったといえる。山道だけに時間もかかり、岡崎へ入ったときには夜も戌《いぬ》ノ刻をすぎていた。

岡崎城下へ踏み込んで、強右衛門は目をみはった。

炎々たる篝火《かがりび》と軍兵が城下にみちみちていたのである。

(これは……)

強右衛門は、冑の腑《ふ》を、ぎゅっとつかまれたような衝撃をうけた。

番所で軍兵につかまえられ、詰問《きつもん》をうけるうちにも、

(来た!! 織田様の援軍が、岡崎に到着したのだ!!)

得体の知れぬ泪《なみだ》が、強右衛門の顔にしたたり流れた。

(間違うてはおらなかった。おれも、若殿も、間違うてはおらなかったぞ!!)

四

強右衛門の感動は層倍のものとなった。

岡崎城内にあって、長篠の城と、我子の貞昌と、五百の家来たちの運命を想い、心痛の極にあった奥平貞能は、

「な、何——鳥居強右衛門が、城をぬけ出してまいったと——あの、のろ牛が……」

そう言った切り、絶句してしまった。

やがて強右衛門が城内へ連れて来られた。

「ようも来た、ようも来た」

「若殿よりの御文《おんふみ》でござります」

襟《えり》もとの奥ふかく縫いつけてあった貞昌の手紙を、取り出し、強右衛門は、箸《はし》の棒を千切ったほどに巻きしめてあるそれをひろげ、大殿の貞能に差し出した。

手紙の内容を、ここにのべるまでもあるまい。

最後に、貞昌は——いざともなれば、それがし、腹掻《か》き切って家来どもを助くるのみ……と書きしるしてきている。

奥平貞能は、すぐさま、これを徳川家康に告げた。

家康から織田信長に、このことがもたらされると、

「そやつをよんで頂こう。いまどき珍しき骨の太いやつ。面《つら》が見たい」

と、信長が言った。

おそるおそる、強右衛門は城内の客殿に伺候した。

白皙《はくせき》の面に血をのぼせ、鷹《たか》のようなするどい眼で、信長は強右衛門を見て、

「ようやった。恩賞をたのしみにしておれ」

と、先《ま》ず言った。

「はっ……」

よろこびと感動が、強右衛門を惑乱させた。

彼は胸のうちで、叫びつづけた。

(加乃……加乃)

信長の前をさがった強右衛門は、大殿みずからの案内で、織田勢の軍容を目のあたりに見た。

何と、織田の援軍は四万をかぞえるという。

「こたびは、織田殿も思い切ったる御出陣にて、このさい武田勢を根もとからゆさぶり返してくりょうとの御決心じゃそうな——」

奥平貞能は、わくわくしながら、今まで、ろくに声をかけたこともなかった下級武

士の強右衛門へ、しゃべりつづけた。

四万のうちの一万は鉄砲部隊で、三千余の鉄砲があるのだという。

「て、鉄砲が、三千もでござりますか？」

強右衛門も肝をつぶした。

この新兵器は、当時まだ貴重きわまるものであり、長篠をかこむ武田勢にしたところが、せいぜい三百挺《ちょう》を出まいと思われる。

（若殿!!）

強右衛門は全身の血がさわぐのを感じた。

なぜだろうか……。

この戦乱の世に、人の耳へ入ってくることは、すべて疑惑にみち、不安と迷いにみちた世界なのである。

落城寸前の、あの会議の席での騒乱がどのようなものであったか……。

その中で、おれは若殿の判断と共に生きてきて、しかも、この重大な役目を果したという感動で強右衛門は、おどりあがらんばかりであった。

おのれが迷わずに信じたことを事態が裏切らなかったよろこびなのである。

（若殿!!）

このとき、強右衛門は、奥平貞昌に思いもみなかった愛情をおぼえた。

(若殿も、おれも、間違うてはおらなかった!!)

このことである。

「織田殿も徳川殿も、明朝には、この岡崎を発し、ただちに長篠へ向うであろう。なれども……」と奥平貞能は、白い眉をぴくりとさせて、

「それまで、城はもつであろうか?」

「総攻めが行われましたら、ひとたまりもござりませぬ」

「何と……」

「何よりも、援軍到着の有無に迷い、気力もおとろえておりますれば……」

「む……」

「一時も早く……」

と口走ったとき、強右衛門は腰を浮かせ、

「それがし、これより長篠へ戻りまする」

「何……」

「このような大軍が押し出さんとしておること、城中のものに知らせやれば勇気百倍いたしましょう」

「何を申す。危うい、危うい」

あまりに強右衛門が言い張るので、織田信長も徳川家康も、

「これまでの働きにて充分である。戻るは危うい」

しきりに止めたが、強右衛門はきかなかった。

奥平貞昌に、一時も早く、このことを知らせたいというのが理由の第一であった。決して敵には捕えられぬ、うまく城へ戻ってみせるという自信が、理由の二である。脱出の成功が、強右衛門を気負いたたせていた。

そして……。

おのれの功名を二倍にしてくれようという勇みたった抱負が、そのすべての理由を、さらに大きく包みこんでいたのであった。

止める手をふり切り、鳥居強右衛門は、熱い粥《かゆ》の供応をうけたのちに岡崎城を走り発《た》った。

五

五月十六日となった。

しかし、雁峰峠に烽火《のろし》はあがらなかった。

(捕えられたやも知れぬ……)

朝から夜まで、櫓《やぐら》の上に立ちつづけ、血走った眼が痛むほど西方の空をにらみつづけていた奥平貞昌なのである。

貞昌の両足は硬直してしまい、立っていても絶えず小さな痙攣《けいれん》をおこしていた。

十六日も、敵軍の攻撃はなかった。

しかし、崖下《がけした》の対岸にある武田軍の動きは、急に緊迫したものをふくみはじめたようである。

渓流の岸辺には、いちめんに柵《さく》を張りめぐらし、虎落《もがり》まで組みはじめたのは、城内の敵が背後から攻められ、崖を下って逃げて来るのを喰いとめようとするためのことであろうか。

城の北面に充満する武田軍も、絶えず兵旗が動いている。攻撃のための部隊移動が行われているのであろう。

「これまでじゃ」

奥平貞昌は決意をした。

夜ふけになって、貞昌は、またも重臣たちを集め、こう言った。

「おそらく、明朝は総攻めとなろう。そうなったとき、おれは腹切るゆえ、おぬしたちは武田方へ降《くだ》れ」

さすがに重臣どもも、しばらくは声がなかったが、そのうちに、

「やはり、無益なことじゃったわ、徳川に味方するなぞとは……」

苦々しげにつぶやくものがあった。

貞昌は、唇を嚙《か》んだ。

もし、強右衛門が捕えられたとしたら、彼の報告は貞能の耳にとどかないことになる。それが口惜しい。この期《ご》におよんでも、まだ、貞昌は救援軍の進出を信じていた。

(この長篠を見捨てる筈《はず》はない)

二年前にうばいとったこの城へかける徳川家康の心くばりは大変なもので、浜松や岡崎の城にもない大鉄砲までも運びこませ、貞昌にあたえている。このため、わずか五百の兵力で三十倍の敵をふせいできたのだ。

その大鉄砲も今は使用不能になってしまった。使用不能になるほど敵の攻めに対して撃ちまくったからである。

長篠の落城は、武田勢力に東海地方制圧のための足がかりをあたえてしまうことを、誰よりも家康自身がわきまえている筈だ。

「おぬしたちも、よう働いてくれた」

貞昌は、重臣たちをねぎらいつつも、今となっておれを責める位なら、なぜ、おれや父上に従うて作手の城を脱出したのだと言いたかった。

(お前らも、おれと共に賭《か》けたのではないか。はじめは、おれと共に、行末は有利な獲物をつかみとろうとしたのではないか。それを今更……)

これは泣言である。

（おれとしたことが……）

奥平貞昌は自分に舌打ちをした。

死ぬ覚悟はきまっている。

重臣たちは、貞昌が自室へ引きとるや、すぐに降伏の相談をはじめた。そうなればそうなるで出来るかぎり自分たちに有利な降伏をせねばならぬ。そのためには、いろいろの駆け引きもあるわけであった。

鳥居強右衛門は、あれから夜道を走りつつ、

（先ず第一に、烽火をあげねばならぬ。そうすれば援軍来るを知って、若殿も家中一同も、心がかたまり合い、一日、二日は、何とか持ちこたえられよう。おれは、日が暮れてから川へもぐる。もしも危ういときは無理をせず、引き返すことだ）

不安なのは、自分の留守に、味方が降伏してしまうことであった。

そうなると、強右衛門の功名も大分価《ね》が落ちることになる。

（ともあれ、烽火を一時も早く……）

あの織田軍の威容と、おそるべき鉄砲隊の充実とを若殿が知ったら何と思われるであろうと、強右衛門は、走りながらも、わくわくしていた。

盤石の確信を、強右衛門は、おのれの目によって得たからである。

作手領に近いところまで来て、強右衛門は、ぎょっとした。

山道に、松明《たいまつ》をかかげた軍兵が、しきりに往来しはじめている。これは、武田方の間者が織田軍の岡崎到着を報告したため、作手城にある武田勢の一部がくり出して来て、警戒に当っているのだ。織田・徳川両軍の間者や斥候《せっこう》に対処するためのものである。

（いかぬ）と、強右衛門は森の中へ入った。

夜は、明けかかっていた。

山道から山村へ、そしてまた山道へと躰《からだ》をうつしつつ、強右衛門は、しゃにむに進んだ。

ときおり武田方の士卒がうろうろしているため、意外に手間どってしまい、雁峰峠に近い荒原の部落へ出たのは、夕暮れ近かった。

部落の百姓たちは、みんな逃げ出してしまっている。

肩を寄せ合うように、かたまり合った十数軒の百姓家のまん中を通っている道には、犬の子一匹見当らない。

しんかんとした夏の夕暮れが、廃墟《はいきょ》のような部落を桔梗《ききょう》色に包んでいた。

（早く、早く烽火を……）

強右衛門は、あせりはじめていた。

背後の山村から、じいっと部落を見わたし、まったく人気《ひとけ》のないのをたしかめてから、強右衛門は道へ出た。

部落の道を南に走りぬければ、すぐに峠への上りになるのだ。

鉛の脚絆《きゃはん》をつけたほどに重い足を引きずりつつ、強右衛門が部落を抜け切ろうとしたときである。

「待てい!!」

突然、部落外れの百姓家から、屈強の足軽が五名も飛び出して来た。

強右衛門は腰をかがめ、足軽たちへ頭を下げつつ、百姓家の中を、ちらりとうかがった。村のものらしい若い女が、炉ばたの板じきに突伏しているのが見えた。女は裸同様であった。

六

土民姿をしていても、かこまれて細かくしらべられては、逃げ切れるものではない。

猛然と、強右衛門は五人の足軽を相手に闘ったが、叩き伏せられてしまった。二日間も一睡もせずに走りつづけてきた強右衛門の肉体は、格闘に耐えられなかったのである。

そのまま、強右衛門は、長篠城の北にある医王寺の武田本営へ連行された。

武田勝頼は、みずから強右衛門を引見した。

「昨日、雁峰の山頂に烽火をあげたのは、そのほうか？」

「はい」

「不敵なやつ」

勝頼は笑った。

強右衛門は厭《いや》な気がしなかった。

奥平家が武田家に属していたころ、強右衛門も勝頼の姿を見たことが数度ある。いずれも行軍の中においてであった。

父の信玄には及ばぬとしても、勝頼も名うての猛将である。

武田勝頼は、このとき三十歳であった。昨年から鼻下にたくわえた髭《ひげ》が、父・信玄ゆずりの精悍《せいかん》な顔貌《がんぼう》に、ひときわ生彩をそえている。堂々たるものであった。

(奥平の若殿も凜々《りり》しゅうあるが、勝頼公も立派だ)と、強右衛門は思った。

だが、この武田勝頼の武者ぶりをもってしても、あの四万に及ぶ織田・徳川の連合軍の前には敗北必至であると、強右衛門は見た。

だから、勝頼の訊問《じんもん》に対しては、まことに素直な態度で、正直に答えた。

「何……織田が四万もの軍勢を……」

すでに援軍到着を知っていた勝頼も、一瞬、息をのんだ。

「織田は、ほとんど全軍をひきいて出てまいったのでありましょう」

傍《そば》にいた馬場信春という老臣が勝頼に言った。

「殿。無謀な戦さは避けねばなりませぬ」

「何の――」

勝頼は、らんらんと眼を光らせ、

「織田が近づくまでに、長篠を落してみせる」と言った。

鳥居強右衛門は、勝頼によって、明朝、城の対岸から、次のようなことを城内へ叫ぶよう命ぜられた。

――援軍は来らず。降伏なさるべし！……というのである。

「厭なら、そのほうの命は無い。承知なれば、余が、そのほうを武田家中の名あるものにしてくりょう」

と、勝頼は言った。

承知するよりほかに道はなかった。

死んでしまえば、もはや加乃の躰をもんでやることも、七人の子たちに会うことも出来なくなるのである。

強右衛門は、うなずいた。

「よし。そのほうは、近頃まれに見る、いさぎよい男じゃ」

勝頼がこう言ったのは世辞でもなんでもない。命を惜しむことが決して恥でない時代なのである。

翌、天正三年五月十七日。

空は、まっ青に晴れあがった。

鳥居強右衛門は、士卒十名に護衛され、城の西面、寒狭川《かんさがわ》の岸辺に立たされた。

朝の陽が山脈をぬけ出し、城をめぐる渓流に落ちかかっていた。

武田のものが鉄砲を空に向け、数発を撃ち放した。

わらわらと、渓流の向うの崖《がけ》の上の城塁に奥平の城兵が走りはじめた。何か、しきりに叫ぶ声さえも聞える。

「さ――申せ」

強右衛門の縄じりをつかんだ武士が、うながした。

「おーい」

強右衛門は、声を張りあげた。

「鳥居強右衛門でござる。若殿へ申しあげたい」

城塁の上に、人々の頭がふえてきた。

武田に捕われた身が言う〔嘘《うそ》〕だ。聡明《そうめい》な若殿は、きっと、武田勝頼のたくらみを見破ってくれるであろう。援軍無しと聞いて動揺は残るであろうが、おれの心は察してもらえようと、強右衛門は考えた。

（時期を見て、おれは武田から逃げよう。ともあれ、……若殿。それがしの言うことをお聞きあそばしても、早まって、城をあけわたさるるな、あと一日の辛抱でござるぞ）

強右衛門は、心に祈った。

やがて、本丸の塁上に、奥平貞昌があらわれた。黒の鎧《よろい》の上に麻を黄にそめた陣羽織をつけているので、遠目にも、はっきりとわかった。

「強右衛門めにござる!!」

声は、渓流の叫びを縫って、あたりいちめんにひびいた。

奥平貞昌が手にした青竹の指揮棒を高々とあげるのが見えた。

（おお、若殿……）

出来ることなら宙を飛んで行き、奥平貞昌を力いっぱい抱きしめてやりたいと、強右衛門は思った。

これから、それがしが申すこと、みな嘘でござる。早まって城をわたしてはなりませぬぞ……そのことのみを思いつつ、強右衛門は貞昌にひたと眼をすえ、

「若殿。織田・徳川の援軍は……」

ここまで叫び、叫びつつ我にもなく、強烈な衝動を押え切れなくなって、

「四万の援軍はすでに岡崎を発し、こなたに進みござある。早まって城をあけわたしたもうな。若殿、今日一日の御辛抱……」

すらすらと言ってのけてしまっていた。

「おのれ!!」

「裏切者!!」

武田の士卒が躍りかかって、強右衛門を撲《なぐ》りつけ、蹴倒《けたお》した。

城の中が、どっとざわめいた。

奥平貞昌が両手をふって叫んだ。

「強右衛門、強右衛門!!」

「若殿……」

なぜ、おれは、若殿を見たとき、あのようなことを叫んでしまったのか……そう考えつつ、強右衛門は陣所にひかれて行き、そこで下帯一つの裸にされ、磔刑柱《はりつけばしら》に縛りつけられた。

磔刑柱は、たった今、強右衛門が叫んだ場所にうちたてられた。

城塁には人々が密集し、声もなく、こなたを見守っている。

強右衛門の背後の、鬱蒼《うっそう》とした竹林で、しきりに老鶯《ろうおう》が鳴いていた。

槍《やり》をつかんだ足軽が二名、ばらばらと柱の下へ駆け寄ってきた。

鳥居強右衛門の小さな双眸《そうぼう》が三倍にも大きく、裂けるように見ひらかれ、彼方の奥平貞昌へ吸いつけられている。

(若殿!! それがしも若殿も、間違うてはおりませなんだ。間違うては……)

貞昌が合掌するのを、強右衛門は、はっきりと見てとった。

ななめから夏の陽をあびた強右衛門の裸体は、槍の穂先をうける緊張で、まっ赤に血をみなぎらせていた。

(加乃!! おれは、こうなってしもうた。なぜだか、わからぬが、ゆるしてくれい。あの凛々しい、信ずるに足る若殿は、きっと、お前や子供たちへ、末長く恩恵を……)

電光のような想《おも》いが、脳裡《のうり》にひらめいたとき、わめき声と共に突き出された二本の槍の穂先は、深々と強右衛門の胸下をつらぬいていた。

荒木又右衛門

一

みねが、荒木又右衛門の妻となったのは、寛永五年（一六二八年）秋であった。

永い戦乱の世が終りをつげ、天下が徳川将軍のもとに統一されてから二十年にもならぬそのころは、後年にくらべ、武家の気風もおのずと違っていた。

血なまぐさい戦場を往来した武士たちが、どこにも残っている。

意気と勇武を尊び、卑怯《ひきょう》をいやしむ武士道がやかましく、それにまだ、徳川政権の土台もしっかりとかたまりきったとはいえぬところもあり、いつふたたび、戦乱にまきこまれるか知れたものではないというかまえ方が、ぬぐい去られてはいない。

武士たちは、まだ〔死〕に対決をしていた。

我身の名誉を死の一つ上においた生き方をしようとするのだから、将軍の家来も諸大名の家来も、いつどこで、おのれの面目をたもつための死地へ飛びこむことになるか知れたものではなかったのである。

〔死〕に目をそむけ〔生〕にのみしがみついていかねばならぬようになった現代人から見ると理解の行きかねるところもあろうが、ともあれ、人というものが生まれてよりただちに死へ向って進みはじめ、死を迎えることだけは何よりも確実な人生の目的であることを、そのころの男も女も、よくわきまえていたようだ。

ゆえに〔生〕が充実したものになる。

みねは、岡山三十一万五千石の城主・池田宮内少輔《くないしょうゆう》忠雄の家来、渡部数馬《かずま》の姉であったが、父母ともに早く歿《ぼっ》したので、渡部家内《うち》を一手にきりまわし、ようやく数馬が同家中の津田家から妻を迎えたため、荒木又右衛門との縁談がととのった。

当時の女として二十一歳の嫁入りは晩婚だといえよう。又右衛門三十一歳の初婚も同様である。

大和《やまと》・郡山《こおりやま》の松平家に仕える又右衛門の妻となったみねは、幸福であった。

又右衛門は六尺に近い大兵《たいひょう》であり、腕にも胸にも体毛が濃い。したがって髭《ひげ》もこわく、朝のひとときを、又右衛門は入念な髭そりをたっぷりと時間をかけておこなうのが習慣であった。

やがて、冴《さ》え冴《ざ》えとした青いそりあとを見せ、又右衛門は朝飯の膳に向う。

「おひげをおそりなさいますのが、そばで見ておりまして、いかにも、たのしげに――」

みねが、そういうと、

「そう見えるか」

「はい」

「毎朝、髭をそりながら、わしは、いつも同じことを考える」

「何を、でございましょう?」

「わしにも、いつか、死ぬるときがくるということをだ」

「ま……」

「わしばかりではない。お前にもくる」

「はい」

又右衛門が微笑すると、左の頰にふかいえくぼがうまれた。又右衛門のみねに向ける顔には、いつ、いかなるときでも、かならずえくぼがうかんでいたものである。

このことに、みねは感動をした。

松平下総守《しもうさのかみ》という主人をもち、武士の名誉に生きるためには、いつどこで、死を迎えることになるかも知れぬという覚悟を日々新たにすると同時に、生きて迎える一日一日を充実せしめたい、妻を愛し、家を愛する心をも日々新たにしようという又右衛門の生きかたなのであった。

妻であるみねに、この又右衛門の胸のうちが通わぬ筈《はず》はない。

こまやかで、しかも毅然《きぜん》とした夫の愛にひたりきったみねが「この夫に恥じぬ妻とならねば……」と決意をし、実践にはげんだのも当然といわねばなるまい。

松平家において、又右衛門は新参ものであったが、柳生《やぎゅう》流の武芸を買われ仕官をしただけに二百五十石の俸禄《ほうろく》をもらい、悠揚とせまらぬ寛宏な人柄は家中のものの人望をあつめ、主君の信頼を得ているようだ。

槍《やり》をとらせて家中第一といわれた河合甚左衛門とは、とりわけ親交をふかめている。四十をこえた甚左衛門が又右衛門に対する態度は、古参のものが新参ものに対するそれではない。尊敬と親愛の念がとけ合い、なにごとにつけ又右衛門を重んじる様子が、みねから見ても判然としていた。

(河合様ほどのお方が、わが夫を、あれほどに重く見ておいでになる)

それが、みねには嬉《うれ》しかったし、誇らしくもあった。

いつのことであったか又右衛門の実兄である服部平左衛門が、郡山へたずねて来たとき、

「弟ながら、このお人は立派な男じゃ。しかしながら、ただひとつ、又右衛門にも弱味があってのう」

くっくっと笑いながら、これも弟そっくりの大きな躰《からだ》をゆすり、平左衛門がみねに言い出したことがある。

「弱味、と申されますと？」

みねが、ちらりと又右衛門へぬれた眸《ひとみ》を向けてから義兄に問うと、

「よいかや、又右衛どの。あのことを嫁御に話しても――」

又右衛門はうなずき、

「よろしゅうございます」

きゅっとえくぼをうかべた。

大小を捨て、いまは故郷の荒木村で帰農している平左衛門が語ったそのことを聞いたとき、みねは、まさかと思った。

「ほほう。みねどのは、わしの申したことが冗談じゃと思うているらしい」

と平左衛門は頓狂《とんきよう》な笑い声をあげ、

「よいわさ。みねどのの思うておらるる通り、わが弟は……いや、そなたの旦那どのは、まこと立派な男じゃもの」

「まあ……」

「どうじゃ、又右衛どの」と、平左衛門は又右衛門に向い、

「いまでも、あのことは怖いかな?」

「はい」

「やれと言うたらどうする?」

「武士の一分《いちぶん》がたつたたぬというときなれば、やってものけましょうが……」

あとは、にぎやかな酒宴となった。

こうして、嫁いでからのみねは幸福そのものであったが、郡山へ来てから二年目の寛永七年七月下旬の或る日に、岡山城下から荒木家へとどいた悲報は、みねを驚愕《きょうがく》させた。

二

みねの実家の当主は、弟の渡部数馬であるが、十七歳になる下の弟の源太夫《げんだゆう》も同じ屋敷に暮していた。

源太夫の美貌《びぼう》は岡山城下でも評判のものだ。しかも藩主・池田侯の寵愛《ちょうあい》がふかい。側《そば》小姓として、彼が殿様の行列にしたがい道中などするときは、行列を見送る沿道の人びとが感嘆のどよめきをあげたという。

この源太夫が、河合《かわい》又五郎に斬殺《ざんさつ》されたという知らせをうけとったとき、

「又五郎どのに源太夫が……」

母がわりとなり、幼いころから手塩にかけて育てた弟だけに、みねの悲嘆は大きかった。

又五郎は、池田家から合力米《ごうりきまい》百人扶持《ぶち》を給せられている河合半左衛門の伜《せがれ》で、源太夫より二つ上の十九歳であった。

二人は、少年のころから仲のよい遊び友達であったが、ちかごろでは、又五郎の方が源太夫の美貌に、つよく心をひきつけられていたともいえよう。それが、ただちに男色へつながっているのかというとそうではない。美少年に心をひかれた経験をもつ男子は多い。まして、美少年にかしずかれ身のまわりの世話をさせるということが快適でない筈はなく、主君の池田忠雄が源太夫を側小姓にし寵愛をふかめたからといって、それを、男色のいまわしさにむすびつけて考えなくともよかろう。

しかし源太夫は、おのれの容姿の美しさをはっきりと意識し、殿様の寵愛のふかさと同じ度合いをもって、驕慢《きようまん》な少年になっていた。

そして、次第に又五郎へは冷たい態度をしめすようになったのである。

かつては、わが弟のように……いや弟か妹かわからぬほどの一個の美しい生きものを心から愛し、遊び相手にも勉強相手にもなってやり、又五郎がかたときもそばから離したことのなかった源太夫が、殿様の近くへはべるようになった。又五郎が掌中の珠《たま》を遠くへうばいとられたような気になったのも無理はない。それに加えて、たまさか会うことができても、源太夫は今までの源太夫ではない。話をしかけてみても、

（わしは殿さまのそばちかくおつかえするものだ。しかも殿さまの寵愛ふかきものだ。又五郎などとは、もうおかしくて……）

という源太夫の気持が、痛いほどに又五郎へ突き刺さってくる。

又五郎が源太夫を殺した原因といえば、およそこうしたものであった。

驕《おご》った源太夫が放った何かの一言が、又五郎を我慢させ得なかったのであろう。

当夜は、兄の数馬夫婦が、数馬の妻の実家・津田豊後《ぶんご》邸へ出かけていて留守であった。

ちょうど岡山城下の盆踊りの夜で、又五郎は若党一名をつれ、渡部家へ忍び入り、源太夫を斬《き》ったのである。

又五郎は若党と共に岡山城下を脱出した。ただちに、追手が四方八方へ出たが、ついに捕えることが出来ない。

又五郎の父の半左衛門は、池田家に捕えられた。

この知らせをうけとったとき、荒木又右衛門は、みねに言った。

「みね。敵討《かたきう》ちのさだめは存じおろうな」

「はい」

「それでよし」

敵討ちは尊属が卑属のためにすることを禁じられてある。主、父、兄の敵討ちはみとめられるが、子や弟のためにという敵討ちはみとめられぬのがさだめである。

みねが泣きくずれているのを見て、又右衛門が嘆息と共に、

「源太夫殿もつまらぬことで命を落したものだ。と同時に、河合又五郎はその場で腹

を切るべきであった。人を殺せば、おのれも諸人諸方へ迷惑をかけず、その場において自害するが、まことの武士たるものの道なのだが……又五郎も、又五郎の父も、それが出来なんだのだな。出来ぬのなら、みだりに人を手にかけるものではないのにな」

又五郎の父・河合半左衛門も敵持ちであったのだ。

半左衛門は、もと上州・高崎の城主・安藤重長の家来であったが、あるとき朋輩《ほうばい》の伊能某と口論し、伊能を江戸屋敷の門前で斬殺した。

このとき、ちょうど門前を通りかかったのが池田忠雄の行列である。これを見るや半左衛門が「お見かけ申し、おたのみたてまつる!!」と叫び、池田家の行列へ飛びこんだものである。

安藤家のものが、すぐに追って出て、半左衛門を返してくれるようにたのみこんだが、池田家では承知をしない。こちらを心にたのみ救いを求めて飛びこんできたものは、武士の意地にかけても保護をしようという気風があったからである。

池田家のみならず、どこの大名でも、戦国の余風がつよかったそのころには、同じような態度をとったもので、例はいくらもある。

ついに、安藤家対池田家のあらそいとなったが、池田家が意地をたて通し、半左衛門は池田家から扶持をもらい、岡山に住みつくことになったわけだ。

その伜の又五郎が、助けてもらった池田家中のものを殺して逃げたのである。

（めんどうなことにならねばよいが……）

と荒木又右衛門は眉《まゆ》をひそめた。

又右衛門と、岡山の池田家とは関係がふかい。

妻のみねが、池田家中の渡部数馬の姉であるし、又右衛門の亡父も一時は池田の家来であったこともある。

その上、もう一つ、又右衛門の心をいためたことがあった。

いま、郡山の松平家の先輩として何かと親交のふかい河合甚左衛門は、河合半左衛門の実弟なのだ。だから、又五郎は甚左衛門の甥《おい》にあたるわけである。

（間もなく、甚左衛門殿も、このことを知るであろうが……）

それからのち、甚左衛門との交遊がどんなかたちになって行くか、それを考える前に、もっとも又右衛門が心配をしたのは、

（これは、ただの殺傷事件ではすまなくなろう）

ということであった。

果して、その通りになった。

苦心惨憺《さんたん》の末、河合又五郎は岡山領内から逃げ、若党二人をつれて江戸へ入った。

この途中で、若党の一人が、ひそかに大和・郡山をおとずれ、事件のすべてを河合甚左衛門へ知らせている。

江戸へ入った又五郎は、旗本の安藤治左衛門の邸へころがりこんだ。

「お見かけ申し、おたのみたてまつる」と、父が池田家の行列へころがりこんだのと同じようなものであった。

しかも、この安藤治左衛門は、河合半左衛門の旧主・安藤重長の従兄《いとこ》にあたる。

すでにのべたように、安藤家と池田家は、河合半左衛門を返せ、返さぬで争い、ついに安藤家は屈服した。

その池田家へ対するうらみは、同じ親族の安藤治左衛門にもある。

あれから十余年たったいま、半左衛門の子の又五郎が同じような殺人をやり、父の旧主の一門をたよってころげこんだのであるから、

「よろしい!!」

安藤治左衛門は、今度こそ、池田家に負けぬぞと意気込んだものである。

安藤治左衛門は、将軍直属の旗本である。大名たちと張り合って一歩もひかぬだけの資格をあたえられているといってよい。

もちろん、高崎にいる従弟《いとこ》の安藤重長にも知らせたし、旗本の長老・大久保彦左衛門をはじめ世に八万騎といわれる旗本一同にもこのことをはかり、又五郎を保護することとなった。

荒木又右衛門の心痛は、そこにあった。

旗本と諸大名との間は、ともすれば、何かにつけてうまく行かない。

「われわれは徳川将軍の旗本である」という自負と誇りが、戦国生き残りの激しい気性と溶け合い、大名たちに対しては、「いずれも将軍の下に屈服したものたちばかりではないか」という態度をくずそうとはしない。

大名たちもまた、うるさい旗本連中には一目をおいているというありさまであった。

「許さぬ!!」

しかし、池田宮内少輔忠雄は烈火のような怒りをぶちまけて、

「又五郎め、憎い奴じゃ。父を助けとらせた恩を忘れ、こともあろうに安藤一門へ逃げこむとは、断じて許せぬ。何としても斬れ。又五郎の首を余の前へもってまいれ!!」

寵愛をかけていた源太夫を斬った男というばかりではなく、こうなると、また池田対安藤の争いに旗本が加わり、もめ出したのだから、池田家としても退くわけには行かない。

幕府も困った。

おんびんにおさめたいのだが、おさまりそうにもない。

戦争が終って、力のもって行きどころのない旗本たちは、こんなことでもあると、命をかけても意地を張り通すにきまっているし、池田忠雄は他の大名とくらべて少し

違うのだ。

すなわち、亡《な》き家康の娘が忠雄の母であるから、忠雄は東照宮の外孫であり、現将軍・家光の従弟ということにもなる。

やたらに幕府が旗本の肩をもつわけにも行かないのである。

池田家から、ひそかに又五郎を討つための刺客が三人ほど江戸へ下った。いずれも暇《いとま》をとり一介の浪人となって岡山を出て行ったのだ。

しかし、討てない。

いずれも失敗をした。中には責任を感じて自決をしたものもある。

旗本たちの又五郎を護《まも》る手のひろがりは、表向きではないが次第に強固なものとなるばかりであった。

こうなってまで、尚《なお》も渡部数馬は岡山にいて弟のうらみをはらすことが出来ない。

数馬はあせりぬいている。弟の敵討ちがならぬとあれば、刺客の一人としてでも江戸へ行きたい。何度も願い出たがゆるされない。数馬が出て行けば、法を曲げた敵討ちと見られても仕方がないからである。

数馬は、何度も大和・郡山の義兄へ相談をかけたが、

「敵討ちとは、親の敵、兄の敵を討つべし。弟の敵を兄討つは逆なり」

と、又右衛門の返事はきまっている。

この敵討ちのおきては三十余年も前の豊臣時代に発布されたものだが、そのまま適用されている。

その是非はともかく、これが天下の法律なのであるから、武士である又右衛門も、大名である池田忠雄も、これを守りぬこうとしている。だから池田家では、渡部数馬を表にはたてずに、何とか又五郎をうばい返すか、首をとるかにしたいわけであった。

こうするうち、またたく間に月日が流れ去った。

二年後の寛永九年四月二日に、池田宮内少輔忠雄が急死をした。

毒殺だという説がある。

もしそうなら、犯人は幕府か旗本のいずれかが池田家へ潜入させたものということになる。

あくまでも退かぬ池田忠雄を、幕府がもてあましていたことは、たしかだ。

池田忠雄は死にのぞみ、

「又五郎の首を余の墓前にそなえよ。そは、いかなる供養《くよう》にもまさるぞ」

きびしく遺言をした。

郡山では、相変らず、荒木又右衛門と河合甚左衛門の交情がふかめられている。

互いに、事件へはふれないが肚《はら》のうちはわかっているのだ。

甚左衛門は、もしも甥の又五郎が自分のところへ飛び込んできたなら、一刀のもとに首討って池田家へ引き渡すつもりでいる。

又右衛門にしても、義弟のうらみをはらすために動くつもりはない。

なぜなら、二人とも、松平下総守につかえる家来であったからである。

「なぜ、又五郎めは、その場で腹搔《か》っ切って死ななんだのじゃ。みれんものめが——」

と、甚左衛門は又右衛門と同じようなことを、妻にだけもらしたことがある。

このころから、又右衛門とみねの間に冷たいものがさしこんできた。

(亡き源太夫や、あせりぬいている数馬に対して、夫は、あまりに冷たい)

女だけに、どうしてもみねは、そう考えてしまう。

柳生十兵衛の高弟だという又右衛門だけに、尚更、うらめしく感じるのである。

(しかも、敵の叔父御である甚左衛門と、いまもあのように親しく往き来《き》をしておいでになるのは、どういうおつもりなのか……)

考えつめると、みねは、二年前に又右衛門の兄が語ってきかせたあのことを思いうかべて、

(あのお話のように、もしかすると又右衛門どのは、心おくれたお人なのやも知れぬ)

そこまで思いつめては、はっと首をふり、

（おそろしいことじゃ。私は、夫を、このような目で見ていたのか……）

背すじに冷汗が流れたこともある。

こうしたさなかに、みねは女子を生んだ。

この子は、まんと名づけられた。

三

寛永九年になって事態は急転をした。

この年の正月に、大御所とよばれていた前将軍・秀忠が歿《ぼっ》し、幕府は年若い現将軍の家光を中心にし、政権の動揺を喰いとめるべく、次々に思いきった手をうっていった。

将軍の弟である駿河《するが》大納言《だいなごん》忠長の人気をおそれ、幕府が忠長を流刑《るけい》にしたのもそれであるし、諸大名の国替えや取りつぶしも、どしどしとおこなった。

大名たちにつながる勢力の糸目を切りはなし、そのすべてを徳川政権の威光の下にむすびつけようとして、幕府の閣僚たちは必死であった。

このの ち徳川政権は三百年近く存続したわけだが、その土台ともなった大名政策に一段とみがき（？）がかかったのも、このころである。

池田家も危ういところであった。

忠雄亡きのちの後つぎは勝五郎といって、わずか三歳の幼年である。

「幼年ゆえ大国をあずかる資格なし」ということで、所領の半分以上を幕府が取りあげてしまうことも考えられたし、事実、そうしたうごきもあったのだ。

池田家の家老で、荒尾志摩という名臣が活躍をした。

いろいろと事件もあったが、ついに勝五郎の家督相続を幕府がゆるした。

そのかわり、岡山から因幡伯耆《いなばほうき》へ国替えを命ぜられてしまった。

これは、左遷《させん》である。

禄高《ろくだか》は同じようなものだが、山ばかりの国へ移されたのでは、収入も半減してしまう。

「まず、御家相続が成ったただけでもよしとせねばならぬ」

と、荒尾志摩は言った。

こうして、岡山の池田家が鳥取城下へ移動するのに秋までかかった。

それまで鳥取の城主だった同じ一族の池田光政が、入れかわって岡山へ入ってきた。

ちなみにいうと、池田光政は、亡き池田忠雄の甥にあたる。

新しい領国へうつり、ようやく落ちついた翌寛永十年早々に、池田家では、家老の荒尾志摩が先頭にたち、ふたたび、河合又五郎をうばい返すべく、幕府へ運動をはじめた。

「池田も、しっこいのう」

老中・松平伊豆守は沈思した。

鳥取へ左遷したのも幕府の威光をみせたわけだが、池田家では、あくまでも故忠雄の遺志をまもりぬき、幕府や旗本の圧力と闘うつもりなのである。

「では――」

と、幕府は断を下した。

又五郎をかくまっている旗本たちに、

「又五郎を追い放て」と命じたのである。

同時に、池田家が、追い放たれた又五郎を討ちたいのなら討てということだ。

不満の色を見せてさわぎ出した旗本たちには、

「追い放った又五郎を、ひそかに助けることは勝手次第」といううふくみをもあたえたのである。

つまり、幕府や旗本を表に出すなというわけであった。

表には出ぬが、江戸を追い出された河合又五郎を、安藤はじめ久世、阿部など、そのころの名だたる旗本たちが力をつくし保護をすることには変りはない。

腕のきいた浪人たちを雇いいれ、又五郎をまもらせ、又五郎が逃げ隠れするための費用もあたえた。

表に出なくとも、これは天下周知のこととなった。

「来るなら来い!!」である。

こうなると、敵討ちではない。

旗本を代表する河合又五郎を、大名を代表する誰かが討たねばならぬ。

それでよい、と幕府が言っているのと同様なわけであった。

ここで、はじめて渡部数馬が、又五郎の討手として出発する名目がたつわけである。

「これでよい」

と、荒木又右衛門が言った。

「みね。数馬が出て行けるとなれば、又右衛門も放《ほう》ってはおかぬ」

「ま、まことでございますか?」

「御公儀のふくみは、河合党と渡部党の決闘勝手次第ということになった。数馬は敵討ちでなく、亡き池田侯の上意をうけたものとして又五郎を討つ。これで大義名分がたつわけだ。となれば、もちろん、又右衛門が数馬を助くる名目も立派にたつ」

「はあ」

「三年の間、お前も心をなやませ、このわしを、さぞ腑甲斐《ふがい》ないやつと思うたであろう」

「は……」

みねが、どっと泣き伏した。

これより荒木夫婦は、以前のこまやかな情愛を、もっとふかめていくことになる。

当時と現代では、すべてが違う。大義だの名目だのと、もってまわった生き方をしていた昔の武士のありかたを笑うものもいよう。

だが、いつの世にも人間をしばりつけている世の中の仕組は変らぬ。形態が違うだけのことだ。

荒木又右衛門が、まず当時の法律を重んじ、感情をころし理性の発揮につとめぬいたことは、いまも昔も変りのない人間独自の高貴さをあらわしていると思う。

「荒木氏も剣をとって立たれよう。わしも立たねばならぬ」

と、河合甚左衛門も決意をした。

又五郎の身内として、このまま、旗本組のみに甥《おい》の躰《からだ》をゆだねていることは、武士としての義理を欠くことになる。

この年の夏のさかりの或る日、又右衛門と甚左衛門は、荒木邸の一間に別れの盃《さかずき》をかたむけ合った。

「今日までは親しき友……」

と、甚左衛門が言いかけたあとを、又右衛門がひきとって、

「明日よりは敵同士《かたき》」と言った。

「いかにも――」

「明日ともに御城下をはなれたときから、それがしは闘いまする」

「いかにも――」

すでに、二人とも松平家に暇を願い出て、これをゆるされていた。

「今日は、ゆるりと、くみかわしとうござる」

「遠慮なく頂戴《ちょうだい》いたす」

蟬時雨《せみしぐれ》の中にくみかわしているうち、庭いちめんが夕焼けにそまり、やがて、夜がきた。

二人は、まだ飲みつづけ、夜半にいたって盃をおいた。

「今日一日を、生涯の思い出といたす」

「河合氏。それがしもでござる」

二人が、かたちもくずさず、あくまでも静やかに語り合いつつ飲みあげた酒は三升におよんだという。

四

荒木又右衛門は、妻と幼い娘と家来三名をつれ、郡山の城下を発し、摂州・丹生《にう》山田（現在の神戸の近く）にある身よりのものの家に落ちつき、ここで、岡山から来た義弟の渡部数馬を迎えた。

河合甚左衛門は大身の槍《やり》を抱え、只一人で郡山を発し、どこへともなく去った。

これより、双方の追いつ追われつがはじまる。

大坂で、京で、江戸で、奈良で、又右衛門と数馬は手がかりを追った。

このさなかにも、又右衛門は寛永十一年の正月に丹生山田へもどり、みねとまんを相手の水いらずの団欒《だんらん》をもった。

あせるまい、突きつめた心になるまい、そして誰に見られても恥ずかしくない勝負をするための余裕をと、又右衛門は絶えず心がけた。

寛永十一年になって、又右衛門一行は、夏の京の町で、河合又五郎を見た。

もちろん、数馬は興奮のあまり斬って出ようとしたが、又右衛門はこれを押し止《とど》めた。

又五郎は、ちょうど将軍上洛《じょうらく》の供をして京へのぼっていた旗本たちにかこまれ、道を歩いていたからである。

「いかぬ。それに京の町は、御公儀の旗本でみちあふれている。ここで勝負をいどむは何かにつけて、不利であろう」

京も大坂も、奈良も、すべて幕府の支配地で、入れかわり立ちかわり、旗本たちが役目について出張してきている。

又五郎も隠れやすいし逃げやすい。その上、どんな邪魔が入らぬともかぎらぬ。また、又五郎の所在が不明となった。

そうこうするうち、江戸の旗本の重《おも》だった人々の中で、

「危ういから、又五郎を、どこかの大名の家来にしてしまったらどうか」という案が出て、それが実行にうつされることになった。

旗本たちの中には、安藤治左衛門のような大名の家から出たものも少なくはない。

「とにかく、又五郎を江戸へよぼう」ということになった。

このため、奈良にひそんでいた河合又五郎一行が、江戸へ向うことになったのを、偶然なことから、又右衛門の家来・森孫右衛門が探りあてた。

奈良郊外・薬師寺の金堂《こんどう》前で、又五郎の家来三人が道中の無事をいのる姿を、孫右衛門が発見したのである。

孫右衛門は、三人のあとをつけ、佐保の法華寺《ほっけじ》裏にある又五郎の隠れ家をたしかめた。

「あのものたちは薬師寺において、江戸への道中、無事息災をいのりたてまつるとつぶやいておりました」

と、孫右衛門は報告した。

又五郎の家来たちが孫右衛門の顔を知らず、孫右衛門の方は、京の町で荒木一行が又五郎を見かけたとき、又五郎のうしろについていた三人の顔をひそかに見おぼえていたということが、幸運であった。

これで、又五郎一行に、荒木一行が、ぴたりと吸いつくことが出来たわけである。

河合又五郎に河合甚左衛門、桜井半兵衛（又五郎の妹聟《むこ》）、虎屋九右衛門（同じく妹聟）、それに家来、小者を合わせ二十人が奈良を発したのが、十一月六日の朝であった。

これを、ひたひたと追う荒木一行は、又右衛門、数馬に、森孫右衛門、川合武右衛《ぶえ》門《もん》の家来二名、合わせて四名である。

又五郎一行は、全速力で進み、奈良から約八里の伊賀・島ケ原へついたのが午後三時ごろである。

一刻も早く江戸へ着きたいという追われるもののあわただしさが、又五郎一行に見える。

「これでよい」

見とどけて、又右衛門は大きくうなずき、

「又五郎一行は、伊賀越道中をして亀山へ出《い》で、あとは東海道を江戸へ向うにきまった。又五郎を討つは明朝、伊賀上野城下においてだ」

と、断言をした。

このあたりは、又右衛門の故郷に近く、地理にも風俗にも又右衛門は精通をきわめている。

その夜、荒木一行は、与右衛門坂の山中に野宿し、翌早朝、又五郎一行に先がけて、伊賀上野城下入口の街道沿いにある〔万《よろず》や〕という茶店へ入って身仕度をととのえた。

敵と闘う前に、又右衛門が数馬や家来二人の心を落ちつかせ、上野城下の地形などや、斬り合いの作戦を、めんみつに語ってきかせたのは言うまでもない。

又右衛門は、まず、河合甚左衛門を斬ってしまわなくてはならぬと、かたく決意をしていた。

桜井半兵衛に家来二人を向わせ、数馬は又五郎と一騎うちとなろうから、もっとも腕のたつ甚左衛門を片づけてしまわなくては、あとの二十人もの供の者を、又右衛門一人が引きうけて戦うという作戦が狂う。

このため又右衛門は、考えて考えぬいた結果に出た行動を一分一厘の狂いもなく、やってのけた。

又五郎一行が、上野城下入口へさしかかったのは午前八時すぎである。又五郎、甚左衛門、半兵衛の三人は馬に乗っていた。

「かかれ」

と、又右衛門は数馬に下知《げじ》するや物かげから躍り出し、

「河合氏!! 又右衛門でござる」

名のりをかけ、猛烈と騎乗の河合甚左衛門の左側へ駆けより、

「ええい!!」

抜き打ちに、鐙《あぶみ》へかけている甚左衛門の左脛《すね》を斬《き》り断った。

「うぬ!!」

甚左衛門の両眼がかっと見ひらかれ、ぐらりとなるのを耐えて馬上から刀を抜こうとした瞬間、六尺に近い又右衛門の躰が矢のように馬の腹下をくぐり、向う側へ走りぬけたのである。

眼前に又右衛門の姿を見失った甚左衛門が、はっとする間もなかった。

走りぬけるや、又右衛門は左手をもって、甚左衛門の右足を掬《すく》いあげた。

左足が、すでに斬り落されているのだから、さすがの甚左衛門もたまったものではない。

「あッ」

叫びをあげてころげ落ちた甚左衛門の前を、馬がいななき狂ったように走りぬける。

「おのれ又右衛……」

尻《しり》もちをついたまま、狼狽《ろうばい》して大刀を抜きかけた河合甚左衛門の頭上をめがけて、

「たあっ!!」

荒木又右衛門が致命的な一刀を振りおろした。

「うわ、う、う……」

頭から顔から血を噴きあげ、倒れ伏した甚左衛門をふりむきもせず、又右衛門は新手を目ざして走り出した。

五

又五郎一行のうち、二十名の供のものは、ほとんど逃げた。数名の抵抗はあったが、又右衛門は斬らずして一蹴《いっしゅう》した。

桜井半兵衛は、孫右衛門と武右衛門が悪戦苦闘の末に倒すことを得た。

ここまでの闘いは、ごく短い間にすみ、残るは数馬と又五郎の一騎打ちである。

これが、午前八時から午後二時まで、およそ、六時間もつづけられたのだ。

又右衛門は、数馬につきそい、この人力を絶した長い闘いを見まもりつづけた。

「数馬。又右衛門は助けぬぞ。一人で討て!!」

すでに、この凄惨《せいさん》な斬り合いを、城下の人々があらわれて見物している。

天下衆人の目の前で、又右衛門は義弟の敵討ち（?）を完璧《かんぺき》に立派なものとするため、はげましはしても決して又五郎へ手を出さなかった。

何しろ六時間である。

どちらかといえば又五郎に圧迫されかかる数馬を助けず、何とか数馬一人の力で敵を討たせようというのだ。

この六時間に、荒木又右衛門が消耗した心身の精力は言葉につくせぬものがあった。

自分が出て行けば一太刀で片がついてしまうことなのだ。

六時間といっても、その半分は、共に重傷を負い、血みどろの二人が睨《にら》み合ったままであったのだろうが、

「一人で討て!!　敵は目の前におるぞ!!」

又右衛門は数馬を叱咤《しった》しつつ、しかも、あたりに気を配って邪魔の入ることを見張りながら、手を出さない。

これは、おどろくべき精神力である。

斬り合っている方が、むしろ楽だといえよう。

なぜなら〔闘いの夢中〕に没入していられるからだ。

ついに、又右衛門の激励にふるいたった渡部数馬が河合又五郎を討ち、とどめを刺した。

六

伊賀上野仇撃《きゆうげき》の知らせは、間もなく、丹生山田にあったみねのもとへも届いた。

この仇撃が天下の評判になったのは、一に、又右衛門のとった処置の見事さがあったからこそである。

又右衛門一行の身柄は、伊賀上野の城代・藤堂出雲守《いずものかみ》があずかることになった。

ということは、出雲守の主人で、伊勢・安濃津《あのつ》城主藤堂高次があずかったということになる。

又右衛門は、かすり傷一つ負ってはいないが、渡部数馬と森孫右衛門は重傷、川合武右衛門は重傷がもとで死んだ。

藤堂家の臣で彦坂嘉兵衛というものがあって、この士は、渡部家縁類のものであった。

翌寛永十二年に、この彦坂が丹生山田のみねをたずねてくれ、当日の模様をくわしく語ってきかせた。

みねは息をのみ、目をみはり、声もなく聞き入った。

「そのときの又右衛門殿の進退の立派さには、われわれも、つくづくと感服つかまつった。ことに、河合甚左衛門を真先に討ち果されたときの働きの見事さ。あのように理にかなった働き方は、思うてみても出来かねるものでござる」

「又右衛門が河合様の馬の腹下をくぐりぬけたのは、とっさの考えでござりましたろうか？」

と、みねが訊《き》くと、彦坂は首をふり、

「いや、すでに奈良を出たときから、胸のうちにねりあげられたことを、そのまま寸分の狂いもなく、してのけられたということでござる」

「又右衛門が、さよう申しましたか？」

「それがしにのみ、おもらし下された」

「さようでござりましたか……」

「それがしが、近きうちに丹生山田へまいり、御内儀へお目にかかると申しましたところ、又右衛門殿には、にこりと笑われ、では、この話を妻におつたえ下さるように……と、かよう申されまして……」

「馬の腹下をくぐりぬけたことをでござりますか？」

「いかにも――」

みねの双眸《そうぼう》が、じわりとうるんだ。

みねは、七年も前に、又右衛門の兄・平左衛門が郡山の家へたずねてきて、面白おかしく語ってきかせてくれたあのこと、、、を思い出した。

それは、次のようなものであった。

又右衛門が、荒木村にあって腕白小僧の名をほしいままに、元気一杯の幼年時代を送っていたころのことだ。或る日、街道につながれている駻馬《かんば》の腹の下をいたずら半分にくぐりぬけようとして、又右衛門は馬に蹴《け》られた。

この打撲はかなり重く、一時は生死の境をさまようところまで行ったという。

「以来、この弟御はな、おそろしいものとて何一つなき人物になったようじゃが、只一つ、馬の腹をくぐることだけは鬼門のようじゃ。もっとも武田信玄公ほどの英雄も、芋虫を見ると身ぶるいをしたそうじゃが——」

と、あのときの平左衛門の言葉が、いまのみね、、の耳の底に、なまなましくよみがえってくるのだ。

そのくせ、又右衛門は平気で馬へ乗った。

馬に乗れなくては武士のつとめを果すことは出来ない。

「馬に乗るのと、腹の下をくぐるのとでは、わしにとっては、まるで違うものなのだ。笑うてくれてもよいぞ」

寝物語に、こう言って、又右衛門が苦笑したそのときの表情まで、みね、、は、はっきりと思いうかべることができた。

敏速に、しかも確実に、強敵の河合甚左衛門を打ち倒すため、又右衛門がとった作戦はおそらく、これ一つであったのであろう。

又右衛門にとって、考えぬいた末に到達した最良の作戦から、馬の腹くぐりは欠くべからざるものであったに違いない。

(あなた……)

みねは、庭先へ目をそらしたまま、身動きもしなかった。

小さな庭に植えられた一本《ひともと》の白梅が、ぷっくりと蕾《つぼみ》をふくらませていた。

みねの視線がとらえていたその白梅の蕾が、彼女の眼の中で涙にとけた。

このときほど、みねは夫の愛情にひたりきったことはない。

「みね。馬の腹くぐりは怖かったが、わしは剣士として武士として、この機をえらび、おのれの弱さに打ちかちたいと思うたのだ。そして打ちかてた。よろこんでくれい」

そういう夫の声が、まざまざと聞えてくるように思えた。

又右衛門一行は、寛永十一年十一月から、同十五年八月まで、伊賀上野にとどめおかれた。

事件後も問題は残ったからである。

第一に、又五郎を死なせた旗本組の怒りが、又右衛門、数馬の暗殺計画におよび、事実、伊賀一帯に怪しい浪人者が入りこみはじめた。

第二に、二人の身柄引きとりについてである。

藤堂家でも、二人を家臣にほしがったし、又右衛門の旧主・松平下総守も帰参をのぞみ、幕府へ斡旋《あっせん》を願い出た。

鳥取の池田家でも、

「渡部数馬を助け、見事に本望をとげさせてくれた荒木殿は、ぜひとも当家において引きとりたし」

例の、家老・荒尾志摩が強引に願い出た。

こうしたことの解決に四年を要したのである。

寛永十五年八月七日、荒木又右衛門、渡部数馬、森孫右衛門の三名は、山城の国・伏見において、藤堂家から、池田家へ引きわたされた。

三人をまもる池田家の隊列はきびしく、無事に八月十三日夕刻、因州・鳥取に到着をした。

だが、荒木又右衛門は同月二十八日病死をした。

まさに、急死である。

寛永七年から八カ年におよぶ緊張の連続と、その緊張を少しも外にあらわさず、義弟のため、武士の道をつらぬき通すために、孤独な闘いをつづけにつづけた超人的な又右衛門の心身は、すべてが解決すると共に空《むな》しくなったのであろう。

伊賀上野城下にあった四年の間に、又右衛門は、すでに発病をしていた。

だが、それをみじんも表にあらわさず、いかなる事態がこようとも、義弟数馬をふくめた自分の進退をあやまってはならぬ、と健康をよそおい、病苦に耐えぬいてきたのである。

(渡部数馬の仇撃に汚点をのこしてはならぬ。事の落着をみるまで、わしは目をみはり、心をひきしめ、数馬をまもらねばならぬ)

この一事であった。

又右衛門が死んで五日後に、みねが、娘のまんと共に鳥取へ駆けつけてきた。

だが、五年ぶりに会う夫は、もうみねに声をかけてはくれなかった。

つるつる

一

現在《いま》でいう〔円形脱毛症〕とでもいったらよいのか……それにしても矢島市之助の場合は、ひどすぎたようだ。

——此人《この》、出生の折も幼少の頃も常人と変ることなかりしが、明和六年（一七六九年）正月、大彰院殿様修学の御相手に上るころより頭髪脱落《ぬけおち》……。

と、後年に、上田藩士・外村《とのむら》左盛が、その覚書〔通日筆記〕に書きのこしている。

市之助は——信州・上田五万三千石松平伊賀守《いがのかみ》の家来で、矢島与右衛門というものの子に生まれた。

父の与右衛門は禄高《ろくだか》百五十石の近習頭《きんじゆうがしら》をつとめ、謹直な侍である。

市之助は矢島家の一粒種で、幼少のころから学問のすじもよく、謹厳な父と温和な母の薫陶《くんとう》によって育成されたその気稟《きひん》は、先《ま》ず、藩中子弟の模範ともいうべきもので、

「矢島のせがれどのを少しは見習うがよい」

藩士たちの家で、こんな声がよくきこえたものである。

市之助十五歳のころ、御用人・駒田外記《げき》の二女・みなとの間に取りきめがおこなわ

れた。

いわゆる〔許嫁《いいなずけ》〕の約がむすばれたわけである。

これは殿さまのお声がかりであったとかで、両家とも大いに面目をほどこしたものだ。

市之助が、若君・幸之進の学友にえらばれたのは、この翌年であった。

幸之進は松平伊賀守忠順《ただとし》の妾腹《しょうふく》であったが、男子は一人なので家督をすることにきまり、慣例にしたがい、上田から江戸屋敷へ引き移ることになった。この機に、市之助ほか三名の子弟がえらばれ、学友となったのである。

このとき幸之進は、幕府を通じて朝廷から従五位下・左衛門佐《さえもんのすけ》に叙任された。

左衛門佐は、後に松平伊賀守忠済《ただとき》となって、かなり質のよい大名の一人になったのであるが……。

少年のころは活発で、学問よりも武術に熱中したほどだから、学友たちも読書の相手ばかりしているわけにはいかない。

奥庭の芝生で、よく相撲の相手をさせられた。

いつのことであったか、左衛門佐が矢島市之助と組み合っているうち、

「こやつ」

若殿が、学友の頭を抱えてひねり倒そうとしたとき、ずるりと学友の前頭部の毛髪

が脱け落ちた。一本や二本ではない。まとめてである。そこだけが殺《そ》ぎとられたようになって、地肌が露出した。

「すまぬ。痛かったか？」

十四歳の左衛門佐も、おどろいて市之助をいたわったものだが……。

これを契機にして、その後一年半ほどの間に、市之助の頭髪は、ついに、どのような小さな髷《まげ》をもととのえるだけの用をなさなくなってしまったのだ。

十七歳の若者なのに、市之助の頭髪は、わずか左右の小びんに淡く残されたのみで、ひたいから後頭部にかけ、見事に禿《は》げ上ってしまったのである。

むろん医者にも見せたし、出来得るかぎりの手当も行なったが駄目であった。

脱毛症は現代においても、まだ、はっきりした原因がつかめていないほどだし、栄養神経障害によるものか寄生性触接伝染病によるものか、それも判然としていない。

秀才の名をほしいままにし、いずれは藩中の中堅として大いにはたらく日も来ようという紅顔が無惨《むざん》な禿頭をいただくことになったのは、

「気の毒にな——」

「と思うても、あれを見ると、つい口もとがゆるんでしもうてなあ」

「あわれな、しょんぼりとした市之助の顔ゆえに、尚《なお》さら可笑《おか》しくなってくる」

と、これは江戸屋敷の侍たちの声である。

明和八年も暮れようとする或る日のことであった。

左衛門佐が学友たちと習字をしていて、

「寒い。庭で相撲をとってあたたまろう」

と、いい出した。

このとき、矢島市之助が、きめられた時間だけは学ばねばなりませぬ、などとこれをとどめ、主従の口論となったが、そのうちに、

「つるつる頭が何を申す」

若殿は怒り、たっぷりと墨をふくんでいた筆をもって、禿げ上った市之助の頭上を塗ったものである。

「ハ、ハハ、ハ……市之助に毛が生えたぞ」

学友たちばかりか、次の間にひかえていた藩士も思わず笑い声をたてた。

何しろ若殿は十五歳である。これほどのことをいったとしても罪はなかろうが、矢島市之助は顔面蒼白《そうはく》となった。

あっという間もなかった。

飛びかかった市之助は、拳《こぶし》をふるって、思いきり若殿の頭をなぐりつけた。

「何をする!!」

「おのれ……」

二つ、三つと、つづけざまに市之助は拳を見舞った。

すさまじい、殺気さえもたたえた市之助の剣幕に、左衛門佐もおびえて、ふるえ出した。

一瞬、茫然《ぼうぜん》となっていた学友や侍臣たちが市之助を取り押えたのは、いうまでもない。

市之助は、江戸屋敷の締所へ押しこめられ、

「沙汰を待て」

と、いうことになった。

二

そのころの世にあって、市之助の行動は許されるべきものではない。

殿様の頭を家来がなぐりつけたのも同様だし、しかも「おのれ――」と、怒声まであびせかけたのである。

切腹になっても文句はいえぬところだが、何分にも左衛門佐は家督前の〔若君〕でもあるし、ときの江戸家老・岡部九郎兵衛も、

「やがては人の上に立ち、国を治むるべき身が、我子も同様なる家来の容貌《ようぼう》を辱《はずか》しめ

た、というのは、あまり感心したことではあるまい」

いたく、市之助の心情をあわれんでくれた。

しかし、だからといって、このままに済むことではない。

いろいろともめぬいたが、結局は岡部家老の奔走によって、

「市之助は突然の発狂により、無礼をはたらいた」

と、いうことにされてしまった。

一説には、上田にある殿さまが「切腹させよ」といってきたのを、岡部がうまく説得したともいうが、松平忠順という殿さまは、それほど馬鹿ではないようだ。

さて──発狂はいいが、さらに、

「市之助には、生涯妻帯をゆるさず」

との申し渡しが、つけ加えられた。

おまけをつけなくては、おさまらなかったと見える。

つまり、狂人に妻は不要ということであった。むろん、市之助は矢島の家をつぐことは出来ない。

父の矢島与右衛門へは何のとがめもないが、与右衛門も可愛《かわい》い一粒種に家名をつがせるわけには行かない。

止《や》むを得ず、親類の喜多島家から男子を入れ、養子としたが、それは後のことであ

る。

ともかく、こうした罪をうけ、矢島市之助は上田へ帰された。

〔狂人〕であるから、外出もゆるされない。

母は傷心のあまり、数カ月を寝込んだあげく、ついに病歿《びょうぼっ》してしまった。

だが、父の与右衛門は、意外にも、

「大声にては申せぬが、ようやった。大名の子たるものが他人の容貌を辱しめるなどとは、もってのほかのことである。お前のしたことは間違うてはおらぬ。父は、このため家をつぶされてもよいと覚悟をきめていたのじゃ」

帰国した市之助を、なぐさめてくれた。

それはうれしいことであったが、

（おれは、みなどのを妻に迎えることが出来なくなったのか……）

十八歳の市之助も〔生涯妻帯をゆるさず〕には、

（むしろ切腹おおせつけられた方がよかった……）

と、ひそかに嘆いた。

何しろ、城下の町人たちが〔上田小町〕なぞとよんだほどのみなである。

このことをうらやんでいた若侍たちは、市之助の悲劇を、むしろ快く思った。

みなは落胆した。

みなも十六歳になっている。

婚約がきまったときから、何度も両家を往来し、市之助とみなは、互いに、胸の中の想《おも》いをあたため, 育て合ってきていたのだ。

たまりかねて、みなが矢島家を訪問した。

表向きにではない。矢島家の若党で佐竹新八というものが手引きし、彼女を〔若旦那さま〕に会わせようとしたのだ。

このことを事前に市之助は知らなかった。

居間に面した障子があき、戸外の闇の中から、みなが飛びこんで来たとき、市之助は思わず両手に頭を抱えた。

「市之助さま……」

叫ぶなり、みなは絶句した。

そこに両ひざをつき、両手を妙なかたちで空間を泳がせつつ、みなは瞠目《どうもく》した。

「おみなどの……」

と市之助が、涙にぬれた顔を思いきって上げたとき、この十六歳の少女は、くたくたと畳にくずれ倒れた。失神したのである。

以来、みなは、市之助との縁が切れたことを嘆かなくなった。

市之助の奇病については、上田へも噂《うわさ》がひろまっていたし、みなも心配していたのだが、三年ぶりに見る市之助の容貌が、これほどの変化をとげているとは思いも及ばなかったのであろう。

安永二年（一七七三年）三月——。

喜多島家の三男・文治郎が矢島家の養子となった。文治郎は二十二歳であり、そのころの武家の次三男に生まれたものは家をつぐこともならず、養子縁組にかなわぬ者は、一生、父兄の厄介者ですごさねばならないのだから、文治郎は大よろこびである。

よく出来た伜《せがれ》が健在なのに、みすみす他家から養子をとることになった矢島与右衛門は、

「江戸にも松代にも親類縁者がおるし、わしはな、出来ることなら市之助を外へ出してやりたい。文治郎が入った我屋敷に、あれを同居させておくことは……いかにもあわれでならぬ」

さすがにたまりかねて、同藩の侍・野村平左衛門の妻となっている妹の信《のぶ》に、こう洩らした。

「左様でございますね。もっともと存じます。では、兄上——野村からもいろいろと……」

「平左衛門殿に、お前から、たのんでくれるか？」

「心得ました」

何しろ〔狂人〕であるから城下の道を歩むこともならぬという御達しなのだ。

江戸や松代へ行くことなど、もってのほかであった。

しかし、市之助は狂人なのではない。

事情が事情なのだから、野村平左衛門からも運動をしたし、矢島与右衛門も懸命に藩の重役たちへすがりついて見たが、

「贅沢《ぜいたく》を申すな。命永らえたのみにても見つけものではないか」

却《かえ》って叱《しか》りつけられてしまった。

近習頭という役目柄、与右衛門も殿さまの側近く奉公する身だし、

「いっそ、直々《じきじき》に殿へ御願いをしてみては……」

義弟の野村平左衛門も、しきりにすすめるのだが、物堅い与右衛門は、

「御役目柄、却ってそれがならぬのだ」

いい出しかねている。

殿さまは、与右衛門の伜のことなど忘れきってしまっているようであった。

一年ほどたつうちに、与右衛門も、

(殿に思いきって……)

と、考えはじめるようになった。

このごろの市之助の様子を見ていると胸を嚙《か》まれるような気がする与右衛門であっ

た。

そのころ、矢島家では、小さな庭の一隅に市之助が起居する離屋《はなれ》を建てていた。百五十石どりの矢島家にとって、この出費は痛いのだが、

「父上。ぜひにも……」

市之助が涙あふるるままにたのむのを見ては、この願いをきいてやらざるを得ない。養子に来た文治郎は、明朗といえば明朗、無神経といえば無神経な男であった。あまり広くもない屋敷内で途方もない大声をあげて語るし、屈託のなさすぎる笑い声をやたらにたてる。

こちらの事情を察してくれて、じめじめと神経をつかわれるよりよいかも知れぬが、文治郎は、のこのこと、市之助の部屋へあらわれて、

「暑くなったのに、そのような頭巾などかぶっておる必要はござるまい」

などといい出す。

二十歳《はたち》そこそこの市之助が鼠色《ねずみいろ》の頭巾で禿頭《はげあたま》を隠しているのを見ただけでも、与右衛門はたまらなくなるのに、

「別に外へ出るわけでもないのに、あのようなことをしても仕方がござるまい」

と文治郎は、

「私は、市之助殿のためを思うて申したまででござる」

平気で、与右衛門に応ずる始末だ。

（いっそ、文治郎を離縁してしまおうか……）

とも考えた。

離屋を建てている大工は、伊助という老人で、若いもの三人ほどを相手に念入りな仕事をしている。

市之助は、一日も早く離屋へ入り、矢島家のものと全く別個に生活をはじめる気らしい。

「そこは、こうしてくれ」

とか、

「ついでに廁《かわや》もつけてくれ」

とか、めずらしく庭へあらわれ、伊助大工に指図をしたりしはじめた。小さな台所までつけて、市之助は、ここで自分が食べるものまで煮炊《にた》きしようというのである。

あれほど読書を好んだ彼が、書物も筆も事件以来は手にとらなくなっていた。

ふっくりとした顔だちも体軀《たいく》も、青黒く瘦《や》せこけ、夏も障子を閉ざした小部屋に引きこもり、黙然《もくねん》と首をたれたまま暮しつづけた三年であった。

その市之助が、朝早くから庭へ出て、大工たちの来るのを待ちかねるようになった。

「この離屋は、おれが一生を送るところだ。父上が亡《な》くなれば、矢島の家も他人同然のものが主《あるじ》となる。そうなってからは手をかけることもなるまい」

市之助は、こういう考えである。

だから、大工にはまかせておけない。

この離屋が出来たなら、もう一歩も出ずに書を読み暮して一生を終えようという覚悟がついたようにも思える。

この最中《さなか》、また矢島家に変事が起った。

三

安永三年五月七日の朝、城へ出仕しようとして玄関へ出た矢島与右衛門が、突然に倒れた。

中風であった。

半身不随となった当主にかわり、養子の文治郎が矢島家の主となったのは、いうまでもない。さらに、かつて市之助の許嫁《いいなずけ》でもあり恋人でもあった駒田のむすめ・みなが、旗奉行・村田助太夫の息《そく》・亘理《わたる》の妻となった。

このことがあって一月もしたころ、藩庁は、矢島市之助の禁固を解いた。

矢島家を見舞った度重なる不幸を、藩庁も心にかけてくれたものと見える。

但《ただ》し、上田城下にかぎり通行を許す、というものであって、城外へは出られない。

だが、外へ出てもよいといわれたからといって、素直に出られるものではない。

(あわれなやつ……)

床についたきりの与右衛門は、近習見習ということで元気に出仕している養子を見るにつけても、市之助のことが思われてならない。

市之助の心境を、ここに、くだくだしくのべるまでもあるまい。

とにかく彼は新築なった離屋から一歩も出ようとしなかった。

今のところ、食事だけは下女が運んでいるのだが、

「このごろ、若旦那さまは大工仕事をしておいでだよ」

下女たちが噂《うわさ》している。

老大工の伊助とは仲よくなったらしく、ときどき、

「お離れへ通ります」

伊助がやって来ては、離屋の市之助と小半日をすごして行くこともあった。

市之助は、簡単な大工道具を伊助から手に入れてもらい、机や本箱をこしらえたり棚を吊《つ》ったり——いたく熱中しはじめたのである。

「まるで子供に返りましたな」

などと、文治郎は嗤《わら》っていたが、

（どのような仕業でもよい。市之助の心がなぐさめられるならば……）

与右衛門は、かすかなよろこびさえもおぼえた。

そのよろこびは、或る日、激烈なものとなって与右衛門を見舞った。

或る朝、目ざめると、めずらしく枕頭《ちんとう》に禿頭の市之助が微笑をしている。

「市之助か……」

「はい」

市之助が、傍《そば》にあった細工物を見せ、

「父上。ごらんなされ」

「何だ、それは……書見台のようなものじゃな」

「はい、かようにいたします」

まさに、書見台であった。

しかも、それは、身動きがならぬ病父のためにつくられた特別な品で、仰向けになったまま読書が出来るようになっており、辛うじて利《き》く与右衛門の右手が本をめくるのに程よい仕かけになっている。

「お、お前がこしらえたものか？」

「はい」

「い、市之助……」

与右衛門は叫ぶなり、絶句してしまった。

よろこびと哀《かな》しみが一つになり、与右衛門を惑乱させた。

「ありがたい、よう心づいてくれた」

ややあって、与右衛門が涙声でいうと、

「また何か考えます」

うれしげに、市之助が答える。

父のよろこびが感動的なものであっただけに、市之助も真実うれしくなってしまったらしい。

めずらしく笑い声をたてて、

「何か考えます。もっとよいものを考えます」

はずんだ顔の色になり、双眸《め》をかがやかせた。

「大工仕事は、おもしろいか？」

「はい」

「ふむ……それならよい」

「鑿《のみ》や鉋《かんな》を弄《いじ》っておりますと、何も彼《か》も、忘れていられますので……」

いいさして、市之助はうつ向いた。

病間の東側の開け放った縁先から射しこむ朝の陽が、うつ向いた二十歳の息子の禿頭に光るのを、与右衛門は見た。

市之助の頭には、もはや一毛も残されてはいなかった。

矢島与右衛門は蒲団に顔を埋め、

「たのむ、また何かこしらえて見せてくれい。たのしみに、しておるぞ」

あまりよくまわらぬ舌で、やさしくいってやった。

四

翌安永四年――。

矢島市之助は二十一歳になった。

若殿の頭に痛打をあたえてから四年目になっていた。

この年の六月九日の昼下りに、市之助は四年ぶりで外出をした。

折から梅雨期で、上田城下も、このところ雨空におおわれ、この日は朝からの雨がことに強かったといわれている。

市之助は、城下の大工町にある大工・伊助の家を訪問した。

この老大工について〔通旦筆記〕は、

――伊助事、市之助と肝胆相照らし交情睦《むつ》まじく……

とのみ、簡単に記している。

雨の日ではあるし、傘に顔を……いや頭を隠して行けば人にも見られずにすむ。

このところ屋敷へもあらわれぬ伊助は、どうやら躰《からだ》をこわし寝こんでいるらしいと知って、市之助は見舞いに出かけたのである。

見舞いをすまし、市之助は、大工町から西へ通っている幅三間の道を、わが住む屋敷のある原町へ向って帰途についた。

雨は、いよいよ強い。

したがって通行の人も少ない。

傘をかたむけて歩くうちに、市之助の足駄の鼻緒が切れた。舌うちをして、市之助は身をかがめ、足駄を拾いあげた。

跣《はだし》で歩くつもりであった。

身を起したとき、

（あ……）

市之助は、目の前二間のところに、村田亘理を見た。

亘理は〔上田小町〕のみなを妻にしてから一年たっていて、数日前に早くも男子をもうけたところだ。

このとき村田亘理は二十四歳。みなは十九歳になっている筈《はず》である。

亘理は、まだ家督をしていないが、いずれは四百石の旗奉行となるわけだし、市之助よりも年長だし、武術は刀も槍《やり》も上田藩中では折紙つきの若侍である。

顔をそむけて去ろうとする市之助の肩を、亘理がぐいとつかみ、

「おい」

と、いった。

「みなは元気でいるぞ」

と、いった。

　そして何ともいいようのない皮肉な嗤いを、市之助へ投げつけたものだ。

この瞬間に市之助の眼が、ぎらりと光った。

それを見て、

「何だ、きさま!!」

村田亘理が一歩退いたのへ、

「わあっ!!」

絶叫をあげて、市之助が躍りかかった。

「うぬ!!」

亘理は身をひねって抜刀しようとしたらしいが、市之助の両腕は亘理の首を抱えこみ、ぐいぐいと締めつけ、

「あ……うう……う……」

腕におぼえがある筈の村田亘理が、がくりとひざを折り、前のめりに倒れ伏してしまった。

雨にぬれ、泥にまみれてともに転倒した矢島市之助は、火のような眼で、亘理を睨《にら》みすえ、

「おぼえたか!!」

一声高く叫び上げた。

そして市之助は、放り捨てた傘も拾わず矢のように屋敷へ駆け戻ったものである。

門をぬけ、玄関を入り、廊下へ出たとたんに、文治郎と出合った。

この日、文治郎は非番である。

「や──市之助……」

文治郎が、ぬれ鼠のような市之助の血相を見て、おどろきの声をあげるのへ、

「わあっ!!」

またも、飛び上るようにして市之助が文治郎の首を抱えこんだ。

「な、何をする……これ、放せ」

「おぼえたか!!」

首を抱えたまま引きずりまわし、玄関わきの小部屋へ、投げこんでおいてから、市

之助は、一散に、父の寝ている病間へ駆けこんだ。

「父上。わ、私は、只今……」

市之助が事情を手短かに語り終えると、

「よし」

矢島与右衛門は、しっかりとうなずき、このごろは、かなり明瞭《めいりょう》になってきた言葉づかいで、

「行けい。後のことは気づかうな。矢島の家がほろびても父は満足じゃ」

と、いい放った。

「父上……」

市之助が、与右衛門の耳もとへ口をすりつけるようにして何かささやいた。

「うむ」

与右衛門の、瘦《や》せおとろえた面貌に、くっきりと喜色が浮かび、

「それでよい」

といい、さらに、

「松平伊賀守家来・矢島与右衛門の家はほろびても、新たなる矢島家が、お前によって誕生する。それでよし、それでよし。これにて、父は何も思いのこすことなし」

右手をのべて市之助の腕をつかみ、

「これが別れじゃ」

莞爾《かんじ》とした。

「父上――」

「行けい」

「はい」

「早う逃げよ」

「では……」

「おう」

市之助が身を起すのへ、

「そこの手文庫にある金子《きんす》、みな持ち行け」

と、与右衛門がいった。

五

この事件は、上田城下に在る人びとの耳と口とを大いによろこばせたものだ。

「これは只事ではおさまらない」

「市之助は禁を犯して脱藩した。これだけでも大事《おおごと》であるのに、前々からのこともあるし、気の毒に矢島の家は取りつぶしを喰うであろう」

「何にしても市之助は不忠不孝の男だ」

というものもあれば、

「市之助も文弱な若者と思うていたが……先には若殿のお頭《つむ》をたたくし、今度は、あの腕におぼえのある村田亘理の首をしめて失神せしめたのだからな。あやつ、意外に骨の太い男だ」

というものもある。

とにかく、事件に対する藩庁の裁決は見ものであるというわけで、上田城下は寄るとさわると、このことで持ち切りであった。

十日もたたぬうちに、藩庁から、というよりも殿さまからの裁決が下った。

すなわち、次のごとくである。

一、矢島市之助は禁を犯したるにより、追放する。

一、村田亘理は、武士としての心得未熟の上に、城下通道に於て醜態を演じ不届き至極につき閉門を命ず。

一、矢島・村田両家には後構いなし。

ざっと、こうしたものであった。

意外に、寛大な処置であった。

この事件の素因は、そもそも、矢島市之助の奇病によるものであって、それが、いつまでも尾を引き、下らぬ事件を引き起すことは、不体裁きわまることである。

「このたびのことにつき、余が取り裁きをした深意を察知せよ」

と、松平伊賀守からの内示があり、家臣たちは恐懼《きょうく》した。


それから、十四年の歳月が流れた。

矢島家では、与右衛門が存命であった。

与右衛門は六十五歳になり、号を〔致菴《ちあん》〕といって、楽隠居の身分である。

病気も、ふしぎと快方に向い、再発もせず、七年ほど前から、与右衛門は杖《つえ》をひいて外へ出かけられるほどになっていた。

当主は、いうまでもなく養子の文治郎で、彼も三十八歳になり、養父と同じ〔近習頭〕にすすみ、奉公にも過不足なく、藩中の評判もよろしい。

文治郎は、妻との間に三子をもうけている。

さて――寛政元年（一七八九年）四月中ごろのある日に、矢島邸を訪れた旅人があった。

古くからいる小者の源六老人が門へ出て見ると、

「しばらくだねえ、源六――」

と、訪問者が、なつかしげに声をかけた。

源六は、

「え……？」

まじまじとながめやったが、どうも、わからない。

初夏のものといってよい陽ざしを避けて笠をかぶっている旅人は、四十がらみの男で、武士ではない。

焦茶《こげちゃ》の着物、羽織で、裾《すそ》を端折《はしょ》り、道中股引《ももひき》の上からきりりと紺の脚絆《きゃはん》をつけ、素足に麻裏草履という、いかにも垢抜《あかぬ》けた旅姿なのである。

「どなたで？」

源六が、いぶかしげにきくと、

「へえ。江戸から来た大工でね」

旅人は、笠のうちからにやにやした。

「大工……？」

「源六。お前さんも、ぼけたねえ」

旅人が笠をとって顔を見せたとたんに、

「わ、若旦那さま……」

源六は思わず叫んだ。

まさに、矢島市之助であった。

頭は、つるつるで、ぴかぴかに光っている。

その禿頭《はげあたま》に負けぬほど、市之助の浅黒い顔は中年男のあぶらでとろりと光り、双眸が生き生きとかがやいていた。

体軀《たいく》もでっぷりとして、二重にくくれた顎《あご》のあたりも堂々たる貫禄《かんろく》なのである。

「源六。早く入れてくれ。おれはまだ御城下へは入れぬ身の上なんだぜ」

「さアさア、お入り下さいまして……」

源六は飛ぶようにして先へ立った。

玄関へあらわれた女中たちは、市之助の顔を知らぬものばかりで、町人姿の客へ源六がぺこぺこ頭を下げるのを見て、不審そうな表情である。

「さアさア……」

源六は、あたふたと奥へ駆けこんだ。

このとき矢島与右衛門は、居間の縁側にいて爪を切っていたが、

「御隠居さま……」

駆けあらわれた老僕の顔を見て、

「さわがしいではないか」

「さわがしくもなりましょう」

「何……」

「お戻りでございます、若旦那さまが――」

「何と申す」

与右衛門は、よろめきつつ立ち上った。

そこへ、

「父上……」

市之助が来て、両手をついた。

「おう……」

といったなり、与右衛門は十四年ぶりに見る伜《せがれ》の面貌《めんぼう》を見つめ、しばらく声もなかった。

陽に灼《や》け、たくましくも豊かに肉のついた市之助の顔や躰《からだ》には、昔日のおもかげは全くない。

畳についた両手の指は節くれだっている。

「ふうむ……」

ややあって、与右衛門は唸《うな》った。

「市之助。何歳になった？」

「三十五歳になりました」

「ふうむ……」

「老けて見えましょう、父上——他人《ひと》には四十をこえて見られますよ」

「なある……」

「いかがなされましたので？」

「よう似合うわえ」

「はあ？」

「おぬしの頭よ」

ふるえるゆびで、与右衛門は市之助の見事な禿頭を指し示した。

市之助は微笑をし、

「父上。年月というものは、おそろしいものでございますなあ」

と、いい、

「なれど、江戸へ出てよりの七、八年。大工修業の間は、やはり頭と顔とが別物でして、辛《つろ》うございましたよ」

「そうか、そうか……」

いまの市之助は、江戸幕府の小普請方《こぶしんがた》に属する大工棟梁《とうりょう》・柏木栄助が片腕ともたのむ大工職になっていて、名も市蔵とあらためている。

十四年の間に、野村の叔母からの手紙で、市之助は父の様子を知り、父もまた叔母の仲介で、江戸における息子の様子をおぼろげには知っていたが、

「それにしても……」

現実に見る市之助の変貌ぶりには、与右衛門も嘆息をもらすばかりなのである。

「おぬしの晴れ晴れとした顔色を見れば、およその察しもつくが……いまの境界《きようがい》にて満足なのかな?」

うなずいた市之助は、江戸土産の品々とは別に、包みをひらき、一幅の画軸を取り出してみせた。

「ごらん下さい」

「何じゃ、これは……?」

画は淡彩をほどこした人物画である。

みずみずしい丸髷《まるまげ》にゆいあげた二十四、五歳に見える豊艶《ほうえん》な町家の女房が、男の子に行水をつかわせている図であった。

剃《そ》った眉《まゆ》のあとも青々とし、唇からかすかにこぼれる鉄漿《おはぐろ》にも、女の幸福が匂《にお》いたよっている。

「この坊主……おぬしに似ておるな」

「父上の孫にございますよ」

「何……」

「私の女房子にございます」

「ほほう……」

「父上へのおみやげに、二年ほど前から、私をひいきにして下さる御公儀御絵師・梅笑昌信先生におたのみし、ようやく出来上りましたので、ひそかにやってまいりました」

「ふうむ……」

ただちに軸を床ノ間にかけさせ、矢島与右衛門は時のたつのも忘れて見入った。

老僕源六は、この不意の珍客について屋敷内のものに何も語らず、

「御隠居さまの古い知り合いで……」

との み洩《も》らし、女中たちに酒肴《しゅこう》の仕度をととのえさせた。

市之助は約一刻《いっとき》(二時間)をすごし、矢島家を去った。

「亡《な》くなった伊助じいさんの墓まいりも兼ねまして、これからは年に一度、そっと父上のお顔を見にやってまいりますよ」

別れるときに市之助がいうと、与右衛門は、歓喜に老顔を紅潮させ、

「人は家に生まれ、家に育つ。両刀をたばさむべきおぬしが、ゆえあって人の住む巣

づくりを職とし一家をかまえたること、わしはうれしゅう思う」

力強くいった。

「父上。まことに左様おぼしめされますか?」

「いかにも――」

「それをきいて市之助めは、十四年の胸のつかえがさっぱり除《と》れましてございます」

矢島屋敷を出た市之助は……いや大工の市蔵は、ただちに笠をかぶった。

頭を顔を人に見られたくはないというのではない。

追放の身を見られることを、はばかったからである。

薫風《くんぷう》を肩で切って速足に歩む市蔵の足どりは、まことに軽かった。

あほうがらす

一

その日。

〔鮒宗《ふなそう》〕の宗六は、十年ぶりで兄の万右衛門に出合った。

浅草の幡随院《ばんずいいん》・門前での用事をすませた宗六が入谷《いりや》田圃《たんぼ》のひろがりを右手にながめつつ、浄蓮寺《じょうれんじ》の塀に沿って曲りかけたとき、田圃の小道をやって来る人影を見て、

（おや？　兄貴じゃあねえか……）

おもわず立ちどまった。

「う、う、うらなりの化物め」

と、むかしの宗六がよく悪態をついたほどの特徴をもつ兄の風貌《ふうぼう》であるから見あやまる筈《はず》はない。

（それにしても争われねえ。だいぶんに老《ふ》けなすったな）

初夏の夕闇《ゆうやみ》がただよいはじめたこのあたりは、田圃と雑木林と寺の屋根ばかりで、あまり人気《ひとけ》はなかった。

（妙なところを歩いていなさる……？）

宗六は軽い不審をおぼえた。人柄を見こまれ、若いころに神田・鍋《なべ》町の袋物問屋（和泉《いずみ》屋）の養子となって、いまはれっきとした大店《おおだな》の主人である万右衛門が、手代も小僧もつれず只ひとり、このような土地《ところ》をぼんやり歩いているのは腑《ふ》に落ちぬことではある。うつ向きかげんに、宗六の所在にも気づかず、ふらふらとやって来た万右衛門が、くすりと思い出し笑いをしたのには、宗六も瞠目《どうもく》した。

生まれてこのかた、苦虫をかみつぶしたような兄の顔しか見たおぼえがなかったからである。

（兄貴でも笑うことがあるのかえ……）

宗六の眼前までやって来て、万右衛門が顔をあげ、こちらを見るや、

「あ……」

息をのむかたちになった。

「兄《あに》さん。こりゃあどうも……お久しぶりでございます」

「きさま……」

と、万右衛門はひょろりと長い顔いちめんに怒気を発し、吐いて捨てるように、

「きさまとは縁を切った筈だ。なんでまたあらわれたのだ、え、え……？　まさか、私の後をつけて来たのじゃあるまいな」

「とんでもございません。私も、まさか、こんなところで兄さんと……」

「兄じゃない、兄じゃない」

相変らず、がみがみと怒鳴りつけてきたが、ふっと、ふしぎそうな目つきになり、宗六の頭から足の先までながめまわした。

地味な縞《しま》の単衣《ひとえ》に、きちんと角帯をしめた宗六の姿からは、かつての放蕩《ほうとう》無頼な弟がどうしても浮き出してこない。それが意外であったらしい。

「きさま。いま、江戸でなにをしているのだ？」

おしころしたような声で、万右衛門がきいた。両眼は宗六をにらみつけたままである。

「へい。小さな店を一つ、やっております」

「店を、お前が……おい宗六。私の耳がどうかしているのじゃないのか。お前が店をもって……その店の主人《あるじ》だとでもいうのかえ？」

「へい。ま、どうにか身もかたまりましたので……ぜひぜひ、おわびにと存じましたが、どうもその敷居が高くて……」

「そんなことはいい。来てくれなくともいいのだ、いいのだ」

「へい、へい」

「それにしても、お前が一家のあるじとは……」

まだ気味悪そうに、万右衛門は宗六を疑惑の視線で刺しながら、

「お前の嘘《うそ》には馴れている筈だが……」

と、つぶやいた。

この弟が、養家先の〔和泉屋〕へ来て、酒くさい息を吹きかけつつ、遊びの金をねだるのには、万右衛門も骨身にこたえて辛《つら》かったものだ。

実家の父母も、兄弟の間にいた女三人の姉妹も、みな死に絶えていたので、宗六の身寄りといえば〔和泉屋〕の養子となった兄・万右衛門ひとりであった。兄弟の実父・千五郎は、しがない印判師で、しかも大酒のみの病気がちというのでは、亡母も子供たちも、みな苦労のしつづけだったものだ。万右衛門の八歳のときに、池之端《いけのはた》・仲町の小間物問屋〔日高屋勘蔵〕方へ丁稚《でっち》奉公に出たが、二十二歳の折、その実直な性格を見こまれ、日高屋の親類すじにあたる和泉屋のひとりむすめの聟《むこ》養子に入った。

この年に母が亡《な》くなり、二年ほどして実父が後妻を迎えた。

宗六は、この後妻にひどくいためつけられたらしい。

和泉屋からも実家へは、かなりの金が出ていたのだが、千五郎はこれをほとんど酒色に散じてしまった。

（弟が、ひねくれたのはわからぬことではないが、それにしても困る。まったく、困

る）

十年前までは、和泉屋の養父も生きていたし、口うるさい大番頭がいて、万右衛門も名のみの若旦那だったし、こういうところへ実家の弟がねだりに来るのだから、たまったものではない。来るたびに大喧嘩《おおげんか》で、店の裏手へ弟を引張り出し、組んずほぐれつのなぐり合いをすることもめずらしくなかった。

万右衛門が、主人らしくなれたのは先代も大番頭も死に絶え、おのれの裁量で店の舵《かじ》をとれるようになった四十六歳の春ごろからだといってよい。

「で、何かえ。十年前のあのとき、私が死ぬほどのおもいをしてこしらえた十両で……？」

「へい。兄さんにぽかぽかなぐられたあげく、これが縁切り金というので、私も、ひとまず上方へ……」

「ふむ。それで？」

「まあ、兄さん。話せば長くなりすぎます」

坂本の通りへ出ると、ここは日光・奥州両街道の道すじにもあたるところだし、種々の店々に灯がともり、人の往来もにぎやかであった。

その坂本三丁目の一角に、宗六の店がある。

〔蜆汁《しじみじる》・川魚――鮒宗〕としるした掛行燈《かけあんどん》を見上げ、和泉屋万右衛門は、

「へへえ……」

感にたえた面もちとなり、ぽかんと口をあけた。

小さな店の中には、熱気がたちこめていた。

安価で美味であるがゆえの繁昌《はんじょう》をよろこぶ庶民の食欲が、明るい灯の下で旺盛《おうせい》をきわめている。

「お前、やりなすったねえ……」

蝙蝠《こうもり》が飛び交う夕闇の道に立ちつくして、万右衛門がわざと気むずかしい顔つきになり、それでもほめて?……くれたらしい。

万右衛門が駕籠《かご》をやとい、神田へ帰って行くのを見送ってから、宗六は店の板場へ入り、女房のお千代や、二人の小女《こおんな》や、それから宗六夫婦が「小父さん」とよぶ老板前の与吉と共に汗をしたたらせてはたらきはじめた。

七坪の板張りへ竹の簀子《すのこ》をしいた入れこみへ、膳《ぜん》がわりに並べた桜板をかこみ、客たちは〔どじょうなべ〕に舌つづみをうっている。

宗六が〔どじょう〕を割《さ》きながら、女房へいった。

「兄貴には十年ぶりの御対面だったが……兄貴どの、まさか自分の後つぎの彦太郎が、一年前からこの店へ顔を見せているとは、ゆめにも思うめえな」

「だまっていて、よかったのかねえ」

女房のお千代は宗六と同じ三十八歳なのだが、子が無い故《せい》か三十そこそこのみずみずしさで、これが客をとっていた女だとは到底おもえぬあざやかな血の色が、顔にも、むき出しの手足にもみなぎっている。

「お前さん。こうなったら彦太郎さんのためにも、口をきいてあげなくてはねえ……」

「とてもとても……あの、うらなりの化物には、さすがのおれも、あたまが上らねえ」

夜がふけて……。

店じまいをした後の板場で、小女たちを寝かしてしまった宗六夫婦と〔小父さん〕の与吉が、寝酒を仲よくなめながら、

「小父さん、あの幡随院門前の甘酒やの女は、死んだ亭主の両親と三つの子を抱えているのだが、どうしても妾《めかけ》奉公はいやだとさ」

「では、月のうちに二度か三度、上《いい》客をとるよりほかに道はなかろう?」

「本人も、それがのぞみというところらしい」

「よし。せいぜい上客をあたってみようよ」

「あの女なら、大丈夫だ。男の肌身に汚されるこっちゃアねえ」

お千代が奥へ入って行くのを見やりながら、与吉が思い出したように、

「ふうん……あのお人が……いえさ、和泉屋万右衛門というお人が、お前の兄さんだ

とはねえ」

「まだ小父さんには話していなかったが、実は……」

「いいってことよ。むかしのことは互いにいわねえ約束だ」

「何かえ、小父さんは鍋町の和泉屋を知っていなさるのか？」

「いやなに、こっちのことさ」

二

宗六は、養子に行った兄とはちがい、亡父・千五郎から印判師として修業をさせられ、千五郎が死んだ後も、〔板木印判師・清水屋宗六〕の看板をかかげていたものである。

しかし印判師という職業にも上から下まであり、仕事がら文字に精通し、書もまなんでいなくてはならず、その教養次第によって、彫刻の技術が生きもし、死にもするのだ。

宗六の場合は、亡父同様に、

「せいぜい三文判か、菓子屋の摺《すり》ものをやるくらいで……なんとも中途半端な職人だったものさ」

と、いまの彼が述懐するように、印判師としては〔下〕の部に属していた。

十年前に金十両をもらい、兄・万右衛門から義絶をいいわたされ、江戸を離れてから も宗六の身状《みじよう》は直らなかった。

五年を経て、江戸なつかしさに矢も楯《たて》もたまらず、ほとんど食うや食わずに江戸へまいもどった宗六を拾いあげてくれたのが〔小父さん〕の与吉であった。

そのころの与吉は、深川・仙台堀近くで〔ふきぬけや〕という小さな居酒やのあるじで、土くさい小女を一人つかい、地味な商いをしていたものである。

この〔ふきぬけや〕で、乞食同然の宗六が無銭飲食をやったものだ。

宗六は、もう自暴自棄というわけで、小柄な与吉に取って押えられ、

「どうとも勝手にしやがれ」

と、わめいたが、与吉は穴のあくほどに宗六の顔をながめたあげく、

「ふうむ……お前なら、やれそうだ」

「何だと……」

「お前、おいらの片棒をかついでみる気はねえか?……商売をするのさ、めしが食えるぜ」

「けっ!! こんな居酒《のみ》やで目ざしでも焼けというのか、とんでもねえや」

「そんなことじゃあねえよ。この老いぼれの阿呆烏《あほうがらす》の片棒かつげといっているのさ」

「あほうがらすの……」

〔阿呆烏〕というのは、店も持たず抱え女もなく、単独で女を客にとりもつ所業《しわざ》をする者を、売春業者が軽蔑《けいべつ》していう当時の名称《よびな》であった。

これを現代《いま》では〔ポン引き〕とかいうそうな……。

公娼私娼《こうしょう》を問わず、店を張り女を抱えて客をよびこむ業者たちにとって、この単独の〔あほうがらす〕は、

「投資《かかり》もせずに口先ひとつで甘い汁を吸おうなぞとは、とんでもないやつらだ」

と、寛政のその時代《ころ》の業者たちの憎悪を買うこと非常なものがあったといわれている。

「ふふん、冗談ではねえ」

阿呆烏の一羽である与吉はせせら笑い、

「どんな稼業《かぎょう》にもぴんときりがあるのだ。あほうがらすのうちでも、おれだけの芸をもつ者は江戸にゃあ五人といめえ」

その矜持《きょうじ》たるや大へんなものであった。

つまり……。

質のよい娼婦を、いかに素人《しろうと》くさい女に仕立て、これも質のよい客にさし向ける〔芸〕というものは、なまなかな修業では出来ぬというのだ。

亭主に死なれ、老人・子供を抱え、針仕事で飢えをしのいでいるというふれこみで、武家や商家の主人に女をとりもつとすれば、この娼婦を与吉は半年もかかって、それらしく仕込まねばならない。また事実、その通りの素人女が困窮をしのぎかねて客を取る場合だってある。

どちらにしても、

「おれが気に入った女を、おれが好きな客にさし向けて、男と女のどちらにも傷がつかねえようにし、さらには女が、そうすることで幸福《しあわせ》にならなくてはいけねえ。それでなくては本格の阿呆烏ではねえのだよ」

と、これが与吉の口ぐせである。

これと目星をつければ、人柄のよさを第一に売り物にして近づき、信頼を得るや舌先三寸で客をあしらい、それから女をさし向ける。手もちの女をそれぞれに按配《あんばい》して客から金をとってやり、その金で女が幸福をつかむべく、最後まで目をはなさずに指導をおこなう。それがためには別に地道な稼業をもち、金にあくせくせず欲をかかず、この道をたのしむこころにならねばいけない。

この道に入って二十余年にもなる与吉は、

「その間に、泥沼から足を洗わせ、りっぱな女房にしてやったのが百人は下るめえ」

と、豪語したものだ。

「まさか……」

苦笑していた宗六が、間もなく与吉の手もち女のお千代を押しつけられ、やがて〔鮒宗〕の主人夫婦になってしまったのであるから、いまは返す言葉もない。

何しろ、そのころの宗六は「もう、どうなろうと知ったことじゃあねえ」と、ふてくされてもいたし、とにかく与吉のふところへころがりこんだわけだが、一年もすると、

(これだ!!)

この道に、たまらない愛着をおぼえはじめた。

この道に入ったことによって、宗六に世の中というものがわかってき、人と人の心のふれ合いに察しがつくようになった。それゆえに、世の中に生きることのおもしろさを知ったともいえよう。

指導階級である武家、学者、役人、その他の上流から、百姓、職人、商人、さらには大道をながして歩く物売りなどの下流にいたるまで……この世に生きる人間と環境には、その名称一つではかりきれぬものがあり、どんなところにも善と悪があり、白と黒、やわらかいのと固いのと、向上と堕落があるのだ。

〔あほうがらす〕の道を通じて、宗六は、こうした世の中の仕組をいやでも自分なりにつかむことになった。

したがって娼婦にも上と下があることになるのである。

娼婦の上は大名・旗本の奥さまの上と同じことだし、武家の奥方の下等は娼婦の下等も同然という、これが与吉や宗六の哲学なのである。

いうまでもなく、幕府当局が私娼の取締りには絶えず目を光らせているし、阿呆烏もうっかり鳴けぬ御時勢だけれども、肌を売らねば生きかねる女という生きものが存在することは古今を通じて変ることがない。

俗にいう〔苦界《くがい》〕へ身をしずめてしまえば、年季に身をしばられて娼婦の自主性が失われるから、当然、からだも心も荒れつくしてしまう。

そこの間に立つのが本格派の阿呆烏なのであって、たとえば——むかし与吉が手がけた一膳めし屋の女中は、月のうち三度ほど、ひそかに客をとること四年。ついに下谷・新黒門町《しんくろもんちょう》へ〔山吹茶づけ〕と銘うった店を出し、そこの女主人におさまり、いまもその店、繁昌をきわめているという。

仙台堀の店をたたんだ与吉が、鮒宗へ来て包丁をにぎってくれるようになってからは、宗六もあの道へ身をうちこむことが出来、

「女と男の双方ののぞみがぴったりと合ったときというものは、筆や口につくせねえ気持のもんだな」

などと、いいはじめている。

それでいて、与吉と宗六が陰でたのしんでいる商売には、店の小女も気づいてはいない。

ところで……。

和泉屋万右衛門の息子・彦太郎に、宗六が出合ったのは去年の秋の或る日のことであった。

宗六が例の仕事の打合わせをすまし、池之端・仲町を通りかかると、〔御宝印判司――上田安兵衛〕の金看板をかかげた店先に、すっかり成長した彦太郎が佇《たたず》んでいたのだ。

宗六のむかしの家は、和泉屋からも程近い雪駄《せった》横丁にあったし、ふしぎと幼かった彦太郎がこの叔父によく懐《なつ》き、

「あんなところへ行ってはいけません」

万右衛門に叱《しか》られながらも、女中につれられ、ひそかに遊びに来ては、宗六が「畜生め、こんなつまらねえ仕事に汗かいて、雀の涙ほどの銭をもらってどうなるのだ」などと、ぶつぶついいながら判を彫っている手もとを、じいっと飽きもせずにながめていたものだ。

また宗六も、この甥《おい》だけは可愛《かわい》がった。

そういうわけで、九年ぶりに見た彦太郎だけに、

「おうおう、彦ちゃんじゃアねえか」

「あ……叔父さん……」

「大きくなったな。お前、いくつになんなすった？」

「二十二になりましたよ。それはともかく叔父さん。いままで、どこへ行っていなすったんですよ」

彦太郎は、いかにも大店《おおだな》の若旦那といった人品よろしき若者になっていたが、こだわりもなく擦りよって来て、

「ま、叔父さん、私は、どんなに会いたかったか……」

と、眼をうるませた。気のやさしい彦太郎なのである。

「彦ちゃんも、相変らずだな。そんなに判こやの仕事がおもしろいかえ？」

宗六が、上田安兵衛の金看板を見上げて、

「もっとも、この店は、紀州さまや水戸さまの御用をつとめているほどの大店だ。おれがやっていた仕事とは格がちがいすぎるがね」

彦太郎がはなそうとしないので仕方なく〔鮒宗〕へつれて行き、女房にも引き合わせ、

「当分は、お父つァんには内密《ないしよ》だぜ」

「よござんすとも。そのかわり、叔父さん。私の気持もきいて下さい。だれひとり、

この私の相談相手になってくれる人はいないのだもの」

「ははあ……彦ちゃん。女かえ?」

「ううん……」

と、甥はかぶりをふって見せる。

「じゃあ、何だ?」

「私はね、どうしてもどうしても、印判師になりたいのですよ、叔父さん。ひとつ何とか、ちからになって下さいな。たのみます、この通り……」

それから一年を経て、兄の万右衛門に再会をしてのちも、むろん、宗六は甥のねがいを兄に切り出さなかった。

三

「たずねてきてもよい」とはいわれなかったし、軒先から店の中をのぞきこんだだけで、女房のお千代にも会おうとはせず帰ってしまった万右衛門だが、暗黙のうちに自分の存在をみとめてくれたようでもあるし、

「思いきって、あいさつに出てみようか……」

それから五日後の昼すぎに、宗六はきちんと身なりをととのえ、生簀《いけす》からあげたば

かりのみごとな鯉をさげて、十年ぶりに神田・鍋町の和泉屋へおもむいた。

「ごめん下さいまし」

土蔵づくりの、いかにも大店の店がまえを横目に見て、つつましやかに勝手口から入って来た宗六を見おぼえていた老女中のおこうが恐怖の色を顔にうかべて主人に取り次ぐと、万右衛門は、

「通しておやり」

と、いう。

奥の部屋へ通され、宗六は、嫂《あによめ》のお里にもあいさつをした。

家つきむすめに育ったお里だが、青ぐろく浮腫《むく》んだ顔つきといい、煮えたのだか煮えないのだかわからぬような態度といい、むかしと少しもかわらぬ。変ったのはめっきりと老《ふ》けこんだことで、相変らず病気がちらしい。

それでも万右衛門は、このお里との間に一男二女をもうけ、長女は一昨年に嫁へ出し、残るは彦太郎と、今年十八歳になる妹のおふさであった。

「さ、もういい。お前さんは奥で休んでいなさい」

万右衛門は、すぐにお里を部屋から出してしまい、

「こないだはどうも、おどろいたよ」

例によって、苦虫と同居しているような顔つきでいった。

宗六も、十年ぶりに見る和泉屋の主人としての兄に、おどろいていたところであった。先代や大番頭の下で凝《じっ》と虫をこらえていただけに、店の実権をつかんだ五年前から万右衛門は一変した。

「口やかましいことは先代以上だ」

という評判で、それまでは遠慮をしていた女房にも胸を反らせて威張りはじめたし、さらに商売のほうも「先代以上」のやり手となって、

「去年の秋口には、仙台さま（伊達家五十九万石余）の御用達《ごようたし》をつとめることになってね」

万右衛門は得意気に、弟を見下ろして煙管《きせる》のけむりをこころよげに吐き出した。

「まあ、お前もあんな店でもわがものとして、まじめにその、はたらこうという、そういう気持になっただけでも何よりだ。おいおい、だれかいないか。こらおい……あ、おこうかえ。宗六にお酒をね、久しぶりだから……何かちょいと見つくろって、いいかえ」

微笑をこぼすのも惜しいといった表情ながら、ばかに調子がよい。

で……宗六は急におもいたったのである。

「兄さん。彦ちゃんは？」

「いま、お得意さまへ行かせているがね。そうだ。あれも、お前の顔を見たらよろこ

ぶだろう。あの子はどうしたものか、お前のような極道に懐いて、その……」

「実は兄さん。彦ちゃんには去年、ばったりと池之端で出合いましたんで……」

「何だって……」

「こないだはいいそびれてしまい、まことにどうもすみません」

「ふうん……」

と、万右衛門は不機嫌になる。しかし乗りかかった舟だと決意し、宗六はひざをすすめ、

「兄さん。実はひとつ、おねがいが……」

いいかけると、万右衛門がぎょろりとにらみつけ、せわしなく煙管を灰ふきへ叩《たた》きつけながら、

「お前、まだ直らないのか!!」

「へ……？」

「この家には、もう、お前にやる金なぞはありませんよ」

「とんでもない。私のことじゃあない、彦太郎のことなので……」

「何だって？」

「彦ちゃんはその、どうしても印判師になりたいらしいので。こののぞみがとげられないほどならば、いっそ死んでしまったほうがと……」

「ばか、ばか、大ばかめ」

そこへ酒をはこんで来た女中へ、万右衛門が、

「酒なんぞ持って来るな!!」

と、叫んだ。

「そうか……お前は彦太郎をそそのかしたな」

「とんでもない」

「どうも近ごろは様子が変だと思った。四、五年前に一度、印判師になりたいとわしにいったことがある。そのとき、あれだけ小っぴどく叱りつけたのに、まだわからないのか、あの子は……」

「けれど兄さん。彦ちゃんのこしらえた品を先だって見せてもらいましたが、大したもので。私なんぞとちがい学問がありますから、隷書《れいしょ》の篆刻《てんこく》なぞというものなあ、とても素人《しろうと》芸とはおもえねえ出来栄えです」

「いつの間に、そんなことを……」

「夜ふけの、みんなが寝しずまってから、こっそりと……ねえ兄さん。しおらしいじゃあございませんか」

「何をいう。あの子は和泉屋の跡とりだ」

「おふさちゃんに聟《むこ》をとれば、よございましょう」

「ふざけたことをいうな!!」

「ねえ兄さん。人間それぞれに得手不得手というものがあります。私なんぞも、どうにも印判師が板につかず、さんざ御めいわくをおかけ申しましたが、ひょんなことから身に合った仕事を見つけましたんで……それがきっかけとなり、どうやらこうして、このお店の敷居を……」

「おい宗六。お前が、どじょうを割くのと彦太郎が……」

「いえ、どじょうのほうじゃあございません」

「では何の商売だ？」

「いえその……そりゃあ私のことで、どっちでもよございます。とにかく彦ちゃんなら印判師でも江戸きっての名人になれましょう。ねえ兄さん、元はといえば印判師は私たちのおやじの家業だったんじゃございませんか。ね、そうでござんしょ。すれば彦ちゃんをおやじにまさる名人にして、この店は御養子を……」

「ばか、やろう!!」

ぽかりと一つ、十年ぶりでなぐりつけられた。

「とてもいけねえ」

坂本へ帰って女房と〔おじさん〕に告げると、与吉がにやりとして、

「宗さん。ちょいとこっちへ来ねえ」

板場の隅へつれて行き、何か宗六の耳もとへささやいたのだが、これをきくうちに、見る見る宗六の顔色が変った。

「ほ、ほんとかえ、小父さん……」

「まあさ、行ってみねえな」

四

まるで空《から》梅雨にでもなりそうな上天気がつづいた。

あれから毎日、午後になると〔鮒宗〕の亭主は入谷田圃へ出かけて行った。

あの日、万右衛門と再会をした浄蓮寺の門前を松平出雲守《いずものかみ》下屋敷の塀づたいに東へすすむと、突当りの田圃の一角が雑木林で、ここに庚申塚《こうしんづか》があり、そのわきを細い道が林の中へ通じている。

林のはずれに生垣にかこまれた小さな農家が一つ。

農家といっても充分に手を入れて改造をした洒落《しゃれ》たものだ。こんもりとした木立の間から入谷田圃を見わたし、生垣には、いつの間にか南瓜《かぼちゃ》の花がからみついているといった風情《ふぜい》。いったい何者の住居か……といえば、妾宅《しょうたく》なのである。

この妾宅の庭をへだてた木立の大きな椎《しい》の木陰にかくれて、宗六はおよそ六日ほど、根気よく兄のあらわれるのを待った。

ついに、あらわれた。

その日の昼下がり、林の小道をいそいそと、うきうきと、手みやげの折詰か何かをぶらさげながら、和泉屋万右衛門は枝折戸《しおりど》を開けて庭先へ入って来るや、満面を笑みくずし、

「おい、おたよ、おたよ。たよや、たよや……」

芝居がかりに黄色い声を出して呼びかけたのには、かくれて見ている宗六が肝をつぶした。

「あれ、おいでなさいまし」

と、縁側へ飛び出して来た女は宗六もすでに見ている。

鼻はちんまりと上を向いているが、ぬけるように白い肌が夏の温度にむれつくして、化粧のにおいもない色気が熟れかけた胸や腰のあたりにみなぎっていた。

年は二十一歳。名はおたよといい、この女は、本所《ほんじょ》緑町に住む〔あほうがらす〕の一人で伊之松という老人にたのまれ、与吉が和泉屋万右衛門に世話をしたものであった。与吉にしても、まさか宗六が万右衛門の実弟だとは思いもかけぬところだったし、伊之松を通しての片手間の仕事だけに、宗六へは洩らしてみる気にもならなかったのである。

さて……。

夏の昼日中だというのに、ぴったりと障子をしめきって一刻《いっとき》（二時間）あまりもすぎると、万右衛門がにたにたと笑いつつ、障子をあけはなして縁側へ出て来た。下帯に肌じゅばんだけのすさまじい姿で、

「おたよ、おたよ。たよや、たよや……」

と、またも芝居がかりである。

「わしが湯をあびている間に、その鰻《うなぎ》をいつものようにさ、ちょいと焼き直して、酒をね、たのみましたよ」

「あい、あい……」

おたよは、市ケ谷八幡《はちまん》の水茶屋にいた女だが、与吉にいわせると「あれほど気だての善い女は、めったにねえ」とのことだ。

そのおたよが、胸乳《むなぢ》のふくらみを浴衣のえりもとから存分にのぞかせ、

「あれ、旦ちゃん。うっかりして薪《まき》をお米《よね》に割らせるのを忘れちゃって……」

と、甘える。お米は万右衛門不在のときは、この家にいる老女中なのだ。

「薪かえ。いいともさ」

「旦ちゃん、少しでいいの」

「あいよ、あいよ」

「すみませんねえ」

「何これしきの……」

と、万右衛門は庭へ飛び下り、縁の下の薪割をつかみ、これをふりかざして、またも芝居がかりに眼をむいて大見得をきったものだ。

「ようよう、いずみやあ……」

「あは、は、は……」

どうも大変なさわぎで、宗六は只もう眼を白黒させているばかりであった。

湯からあがると、鰻で酒になり、

「ああ、もう……旦ちゃんには責めころされてしまいそう……」

「うふ、ふ、ふ……」

「旦ちゃん。腰をもんで……」

「あいよ」

「旦ちゃん、もっとやわらかくもんで……」

「こうかえ」

と、際限もない。

夕暮れ近くになって、ようやく万右衛門が腰をあげ、みれんがましく何度もおたよの腰に抱きついたりしながら、ふらふらと庭へ出たとき、宗六が、いきなり生垣から顔をつき出した。

「あっ……」

と、万右衛門の驚愕《きょうがく》ぶりは非常なもので、がくがくと全身を痙攣《けいれん》させ、顔面蒼白《そうはく》となって、いまにも失神せんばかりである。

「兄《あに》さん……どうもその……いえ何です。旦ちゃんにはおそれいりました」

「むう……」

「こいつは只じゃあすみませんぜ」

「きさま、やっぱりわしを強請《ゆすり》にかけようと……」

「へい、その通りで——お店にはだまっていましょうよ」

「畜生め……い、いくらほしいのだ」

「千両」

「げえっ……」

「と、いいてえところだが金じゃあねえ。彦ちゃんを思い通りにさせるかさせねえか。さ、返事を一つ、うかがいましょう」

五

和泉屋の彦太郎が、池之端・仲町の〔上田安兵衛〕方へ、板木印判の修業に出たのは、夏もすぎようとするころであった。

二年、三年と歳月がながれた。

万右衛門の苦虫をかみつぶしたような顔つきは変らぬが、しかし、宗六と二人だけになると、もう頭が上らない。

そのころから、万右衛門の躰《からだ》がめっきりと弱ってきた。

むすめのおふさに聟を迎え、これを跡つぎにきめた年に、一度、倒れた。

「兄さん、もう入谷へ行っては寿命をちぢめますよ」

宗六、ひそかに意見をしたが、どうしてもきき入れない。

で……宗六は与吉とはかり、おたよの口から別ればなしを出させた。与吉がにらんだように、おたよは万右衛門の健康のためとあれば、一も二もなく身を引くつもりになってくれたのである。

下総《しもうさ》・大網にひとりさびしく暮す老父のめんどうを見なくてはならぬ、といい出したおたよには、万右衛門もついにあきらめざるを得なかったようだ。

折しも万右衛門は発作がおこり、寝たっきりになってい、宗六はおたよを〔鮒宗〕の女中に化けさせ、見舞の鯉をもたせて、たくみに万右衛門の病間へつれこみ、手早く、別ればなしをまとめたのである。

三日後に、宗六が和泉屋へ出向いて行き、

「おあずかりした五十両は、たしかに昨日、おたよさんへとどけましたよ」

報告するや、万右衛門は顔中を涙だらけにしてうなずき、

「こないだは恥ずかしくて、いい出せなかったのだけれど……一生のたのみだ。きいてくれるね？」

「へい。何なりとも……」

「もっと耳をよせてくれ」

兄が、ささやいたそのたのみをきいたとき、宗六は、むしろ粛然となった。

万右衛門は少年のような恥じらいの色をうかべ、ふとんをかぶってしまい「たのむ、たのむ」とくり返しつづけた。

その日、すぐに宗六は兄のたのみをつたえるべく入谷田圃のおたよの家へ駆けつけたが、まだ残っていた女中が、

「今朝早く、下総へお発《た》ちになりましたですよ」

と、いった。

だれにも洩《も》らさず、一夜考えたあげく、宗六は自分の小鬢《こびん》の毛髪を一本ぬきとり、これを奉書紙の中へたたみこみ、さらに、むらさきの袱紗《ふくさ》をもってこれを包み、翌朝、和泉屋へ出かけて行った。

病間で兄と二人きりになるや、

「兄さん。お約束の品です」

袱紗包みをふるえる手でひらき、中のもの、、を恐ろしいばかりに眼を光らせて凝視していた万右衛門が、

「まちがいなく、おたよの陰所《あそこ》のものだろうね」

「まちがいはありませんとも」

きっぱりと、宗六がこたえた。

「あれは、もう発ったのかえ？」

「明日の朝に……」

「そ、そうか……」

奉書にくるんだそのものに頬ずりしながら、万右衛門はすすり泣きをはじめた。

日に日におとろえてゆく万右衛門に引きかえ、妻のお里がめきめきと丈夫になりはじめた。養子の喜太郎もてきぱきと商売に身を入れ、おふさとの夫婦仲もよい。

翌年の春ごろから、万右衛門も一時は床をはなれることを得たが、もはや和泉屋に

は老隠居の彼の出る幕はなかった。

何かといえば、

「大旦那は、おやすみになっていなくてはいけません」

なのである。

その年——寛政十一年(一七九九年)の一月二十日。

万右衛門は、廁《かわや》から出て居室へもどる廊下で発作をおこした。

五体がしめつけられるような痛みに耐えつつ、

「む……むう……これは、もういけない……」

万右衛門は、居室へころがりこんだ。

これを見た者は一人もいない。

あぶら汗をながしつつ、万右衛門は床の間のわきの違い棚の下の引出しを、鍵《かぎ》をつかって開けた。鍵は革袋に入れ肌身をはなしたことはない。

中に、手箱がある。

この蓋《ふた》にも小さな特別製の錠が、かかっていた。

必死で、万右衛門は蓋をひらき、手箱の中から、あの、むらさきの袱紗包みを取り出し、これをひらく。そして元通りに引出しの錠をおろす。

奉書紙の中のものをつまみとり、畳を這《は》って、火鉢に近づく。

つまみあげた一すじの毛を、火鉢にかざして見入ったとき、鉛色に変じた和泉屋万右衛門の口もとへ、かすかな笑いが浮かんだ。

そのものが火に落ち、わずかに燻《くすぶ》ったとき、万右衛門は息絶えていた。

〔えらかった大旦那〕の葬儀が終り、老妻や養子夫婦が、床の間の引出しの錠をあけ、中の手箱の蓋をあけて見たとき、老妻のお里がこういった。

「なんだろう物々しく……袱紗が一枚入っているきりだよ」

元禄色子
げんろくいろこ

一

十五歳の少年だというが、六尺にちかい巨体のもちぬしである。ぐいとあごの張った、唇《くち》の厚い、鼻ふとく、まなじりの切れあがった、たくましい顔貌《がんぼう》ながら、さすがに年齢はあらそわれぬ童蒙《どうもう》のおもかげが初々《ういうい》しく匂《にお》いたっている。

顔中、面皰《にきび》だらけであった。

この少年武士を、

「幸之助や。よろしゅうたのむ」

と、相川幸之助のもとへつれこんできたのは、一条・室町《むろまち》に大きな店舗をかまえる扇問屋の主人・恵比須屋市兵衛という五十男で、

「名はいえぬが、さるお人の御子息じゃ。この市兵衛がよくよくにたのまれて、遊楽《あそびだて》の手ほどきする、今日が、その手はじめゆえ、くれぐれもたいせつに、な……よいか、たのみましたぞ」

と、いいおいて部屋を出た。

京都の、きびしい暑熱も、ようやくにしのぎやすくなった或る日の暮れ方のことで

ある。

魁偉《かいい》な少年武士は、彼にふさわしい剛刀を腰におびたまま、廊下に立ちはだかっていた。

それへ、恵比須屋市兵衛が何かささやくと、少年武士は顔をあからめ、うつ向いてしまう。顔に血がのぼると面皰がふくれあがり、むらさき色に変ずる。ま、うそにも美少年とはいえぬ。

「では、夜になってからお迎えにまいりますゆえ、ごゆるりとな。今夜は市兵衛が家へお泊りなされませ」

その市兵衛のことばだけが、部屋にいる相川幸之助の耳へとどいた。

市兵衛の足音が消えるのを待ってから、幸之助は廊下へ出て、どちらかといえば、みにくい少年武士の手をとった。

巨体の少年が幸之助をひと目見て、ぽっかりと口をあけたまま、立ちすくむようになった。

幸之助が男とも女とも思えぬ美しい生きものであることを知って、彼は茫然《ぼうぜん》となっているらしい。

彼がこちらを知らなくとも、幸之助のほうでは、前に一度、この少年武士を見ている。少し前に恵比須屋が彼をここへつれこんで来たとき、それを幸之助は廊下から見

ていて、

（あれ……恵比須屋さまが、私にたのむと申されたは、このお人であったのか……）

全身の血が、一時に燃えさかってくるのをおぼえたものだ。

相川幸之助は、このとき十七歳で、男色《なんしょく》を売る色子《いろこ》となってから四年になる。

髪はぬれぬれと若衆まげにゆいあげ、うす紫色の〔色子帽子〕を前髪にかけた幸之助は、派手やかな夏小袖《こそで》をしなやかな躰《からだ》にまとい、手入れのゆきとどいた細面《ほそおもて》の顔に淡く化粧をほどこし、

「さ、こちらへ……」

客となった少年武士の腕へ、ねっとりと細いゆびをからみつかせてみて、

「ま、ふといお手……」

甘えるようにいった。

少年武士は、がくがくと五体をふるわせつつ、幸之助にみちびかれて部屋へ入り、さらに、香をたきこめてある奥の部屋へ入った。

ここは、四条の陰間《かげま》茶屋である。

つまり鴨川《かもがわ》の東岸一帯の歓楽境の一角にあり、四条の橋をわたった道の両がわには歌舞伎芝居や操り人形芝居、浄瑠璃《じょうるり》、見世物などの劇場や小屋が四条河原にかけて密集し、これに付随する茶屋、飲食店などが南北にむらがっている。

色子の幸之助は、歌舞伎役者・金沢五平次の弟子でもあり、時折は四条の舞台へ立つこともあった。

「ま、もそっと、ゆるりと、おくつろぎなされませ」

戸板のように強張《こわば》っている少年武士へ擦り寄って、幸之助は酒をすすめるや、

「の、のまぬ……いや、のめぬ」

「ま……」

幸之助のなまめいた眼の色の中には、他の客への媚態《びたい》をはなれた色子の情熱が、かがやいていたようだ。

酒をふくんだ幸之助の紅《あか》いくちびるが、いきなり、少年武士の大きな口へさし寄せられた。

「あ……う、う……」

酒が喉《のど》へ通るか通らぬかのうちに、幸之助の舌が口中へさしこまれ、やわらかく細い腕でくびを巻きしめられ、彼は、

「ああ、もう……ああ……」

絶え絶えにうめく。

「ゆるりとなされませ。こうして……」

幸之助の手が相手の帯をほどく。

濃い夕闇《ゆうやみ》がたちこめている部屋の中で、やがて、幸之助も小袖の胸もとをくつろげ、ひしと少年武士に抱きすがった。

「さ、こうして……ここも外《はず》して下さりませ。臥床《ふしど》へまいりますゆえ……」

小屛風《こびょうぶ》の陰の夜具の上へ、二人は、もつれ合いながら倒れ伏した。

幸之助の肌身は、得もいわれぬ芳香をはなち、その匂いとささやきの中で、少年武士は、いま自分が抱き、抱かれている生きものに乳房がないということなど、思い返してみるゆとりすらなかった。

幸之助のくちびるや舌が、うすく胸毛の生えた相手の巌《いわお》のような体軀《たいく》のそこここを這《は》いまわった。

少年武士の惑乱が、陶酔に変った。

彼は、手負いのけもののようなうなり声を発し、今度は猛然と幸之助を抱きしめてきたが……。

そのとたんに、彼は果てた。

だが、幸之助はそれにかまわぬ。

幸之助のいざないは果てしもない。

夕闇が夜の闇にかわり、この陰間茶屋へ他の客がつめかけ、燈火あかるく、三味線の音が起った。

幸之助たちの部屋に、まだ灯りがつかぬ。

「幸之助をよべ」

編笠に顔をかくした立派な風采《ふうさい》の武家が何人も、店のものへ命じたけれども、

「あいにく病気《やまい》にて、引きこもりおりますゆえ」

やんわりと、ことわられている。

二人の愛撫《あいぶ》は飽くことなく、つづけられていた。

いまは少年武士も夢中となり、幸之助のしっこりと小さくふくらんだ臀部《でんぶ》を抱きしめ、本能のよろこびにすすり泣きをもらしていたのである。

二

夜がふけて……。

迎えの駕籠《かご》へ乗り、陰間茶屋から室町の恵比須屋へ帰って来た少年武士を、主人の市兵衛は何もいわずに迎え入れ、離れの部屋へ眠らせた。

間もなく、市兵衛夫婦の寝間で、老夫婦が、ひっそりと語り合っている。

「主税《ちから》さまは、えろう御満足のようじゃ」

「さようで……」

「色子の情は、遊女よりも濃いというによってな」

「だんなさまも、いっときは色子狂いをなされて……ほんにもう……」

「それにしてもや。大石内蔵助《くらのすけ》さまというお方は、えらいお方やな」

「なれど、大事な跡つぎの主税さまに、色子あそびならわせて、それでよいものでございますのやろか？」

「ふん……お前の知ったことではないのじゃわえ」

その大石内蔵助について、ここにくだくだしくのべるまでもあるまい。

赤穂浪士・四十余名をひきい、江戸の本所松坂町にある吉良上野介《きらこうずけのすけ》屋敷へ討ち入り、主君・浅野内匠頭長矩《たくみのかみながのり》のうらみをはらしたという、あの〔忠臣蔵〕のものがたりは、あまりにも人口に膾炙《かいしゃ》している。

つまり、いま……元禄十五年（一七〇二年）初秋に至って、内蔵助は、それまで熱望し嘆願しつづけてきた主家再興ののぞみを江戸幕府からしりぞけられ、ついに、

「吉良上野介殿の御首《みしるし》を討たん」

と、決意をした。

旧主人・浅野長矩が、去年の春に、江戸城中において、折から〔勅使接伴《せっぱん》〕の役目をつとめていながら、高家《こうけ》・吉良上野介へ刃傷《にんじょう》におよんだいきさつはさておき、

（これは、人と人との喧嘩《けんか》である）

ことに、まぎれもなかった。

武家社会での喧嘩は両成敗というが定法《じょうほう》である。

浅野が腹を切らされ、播州《ばんしゅう》・赤穂《あこう》五万三千石の家を取りつぶされたのなら、吉良も同様の処罰をうけねばならぬ。

それを……将軍・徳川綱吉と幕府は、吉良には何のとがめもなく、浅野へのみ厳罰を下した。

将軍や幕府が、みずから定めた天下の法をやぶって、片手落ちの裁決を下したのだから、これは吉良上野介を〔えこひいき〕にしたのだと見られても仕方あるまい。

また、事実その通りといってよい。

ゆえに、浅野家の家老たる大石内蔵助は、

「亡《な》き主人のことはさておき、浅野家を旧主の弟・浅野大学をもって再興させていただきたい」

と、懸命の嘆願を幕府に向けてつづけてきたのだが、この年の晩夏、幕府は浅野大学へ隠居を命じ、赤穂藩・旧臣たちのねがいをしりぞけてしまった。

いったん取りつぶした家を、すぐに元通りにさせるということに、将軍も幕府も、ためらったのである。天下の非難は大きいもので、いまは将軍も、あのときの怒りにまかせた裁決を後悔しているのだが……。

だからといって日本全国をおさめる大将軍として、かるがるしく、事をあらためるわけにもゆかぬというわけらしい。

最高政治機関としての体面と権威に、幕府は執着している。

そこで、

「去年の事件は、将軍と幕府のあやまちである」

ことを、はっきりと天下に知らしめるべく、大石以下の赤穂浪士が死を決して、吉良邸へ討ち入ろうというのであった。

「間もなく、江戸へ下ることになろうが……となれば、せがれ主税も、わしと共に死なねばならぬ。あのような異変が起らずば、いずれ、この京の都へつれて来て、父子《おやこ》そろうての女あそび、とっくりと教えこもうと考えていたのだが……」

と、大石内蔵助は、京都郊外・山科《やましな》の浪宅へ、恵比須屋市兵衛をまねいて、そうもらした。

内蔵助は若いころに、赤穂から京都へよくあらわれ、しきりに遊女とあそんだ。母が京に住んでいたためもあり、何かと公用をつくっては京都の浅野藩邸へ出張して来たのだが、その藩邸に出入りをゆるされていたのが恵比須屋市兵衛であった。

どちらからともなく仲よくなり、これも放蕩者《ほうとうもの》の市兵衛と内蔵助は、島原から伏見まで、遊女町を片端からめぐり歩いたものである。

そうした遊び友だちの市兵衛へ、内蔵助は今度の討入り計画を打ちあけ、

「主税は十五歳で死ぬるのじゃ。女の肌身を抱くたのしさを味わわせてやりたい。おぬし、引きまわしてやってくれぬか」

こうもちかけられては市兵衛たるもの、感激せぬわけがない。

内蔵助は、せがれのために、たっぷりと〔遊び金〕を用意していた。

泪《なみだ》で、しわだらけの老顔をぬらしつつ、市兵衛は、

「いのちにかえましても……」

と、力み返ったのが、一昨日のことである。その場で、すぐに、内蔵助は息《そく》・主税をよんだ。

妻女も他の子たちも、すでに妻女の実家《さと》がある但馬《たじま》の国へ帰してしまった内蔵助なのである。

内蔵助は、小者に命じ、桶《おけ》へ湯をくみこませ、みずから剃刀《かみそり》をとって、

「主税、これへまいれ」

「はい」

「いま、元服をしてつかわす」

「かたじけのうござります」

せがれの前髪を落して、内蔵助が、

「これよりは一人前《ひとり》の男じゃ。恵比須屋に引きまわしてもらい、こころおきなく、好き自由に遊び呆《ほう》けてまいれ」

「は……？」

「女の肌の香を、おもうさま嗅《か》いでまいれというのじゃ」

主税、ぱっと面皰《にきび》だらけの顔を伏せて、居たたまれぬ風情《ふぜい》であった。

「市兵衛。すぐに連れて行け、たのむ」

「心得ましてござります」

その夜から主税、恵比須屋泊りとなり、市兵衛は翌日、ひとり出て、諸方の廓《くるわ》や色里へわたりをつけたが、ふと思いついて、

（いま評判の色子の幸之助。はじめにあれを……それから本当《まこと》の女の肌を……）

こう考えて取りもちをしたというわけなのだが……。

さて、陰間茶屋から帰った翌日。

大石主税良金《よしかね》が消えも入りたげに、

「あの、市兵衛どの……」

「はい。今日はあの、島原の廓へ……」

「いや、ちがう。ちがいます」

「なにが、ちがいますので？」

「昨日の、あの……」

「え……?……ははあ、ではまた、幸之助のもとへで?」

「は……あの約定《やくじょう》いたしたゆえ……」

「ははあ…」

「今日は、あの……」

「あの家へ、泊るようにと……あの、幸之助が……」

三

相川幸之助は、武士の子に生まれた。

父は須東弥太夫といい、和泉《いずみ》・岸和田五万三千石、岡部長泰《ながやす》の家来であったという。

といっても、幸之助が五歳の幼童にすぎなかったころ、父は、母と幸之助をつれて、ひそかに岸和田城下を出奔してしまい、以後は貧しい浪人暮しを送ったのだから、岡部家の臣であった父の姿は、幸之助の記憶にない。

いまも、幸之助の記憶にきざみこまれているのは、母の死のときの情景である。

場所は、芸州・広島に近い港町の旅籠《はたご》の一室であった、と、後に父からきいたが……。

灰色の小さな顔をした母が、床に横たわってい、苦しげにあえぎつつ、六歳の自分の手をにぎりしめ、しきりに何かいった……そのことばもおぼえてはいないのだが、そのうちに母の顔のうごきがぴたりと熄《や》み、その顔が空間に貼《は》りついたように静止した。

「み、みや……みや子……」

同時に、そばで酒をあおっていた父の弥太夫が、病床の母へ飛びつき、号泣をした。

その父の泣き声のおそろしく大きかったことと、父の躰《からだ》から発散する強烈な酒の香とを、幸之助は、十一年後のいまも、はっきりとおぼえている。

それからは、父と二人の放浪の旅が中国すじから上方《かみがた》（関西）へかけて、くり返しつづけられていった。

いつも、父は酒のにおいをさせ、道行く人びとに喧嘩《けんか》を売り、銭をまきあげた。

白刃を抜き、街道を行く旅人を脅しつけ、金品をうばっている父を見たこともある。

そのようなとき、父は、

「お前は、ここにいてうごくな。父がもどるまで、うごかずに待て。よいか」

と、念を押し、幸之助のそばをはなれて行き、強奪をおこなうのが常であった。

二年後の冬……。

父の須東弥太夫が死んだ。

そのころ、父子は、京都市中の北方にある鷹《たか》ケ峰《みね》の谷間《たにあい》の農家の世話になり、庭の隅の物置小屋をつくり直した一室に暮していた。

この家の主人は、久米右衛門といい、むかし、弥太夫が岸和田藩士だったころ、須東家へ奉公をしていた惣五というものの遠縁にあたる。

かんじんの惣五は江戸へ出て、はたらいているのだし、百姓・久米右衛門も、病《やまい》の身でころげこんで来た須東弥太夫を迷惑におもったろうが、それでも何かとめんどうを見てくれた。

父の病気はかなり重くなっていた。

それを押しかくし、こらえにこらえぬいて、放浪の旅と荒廃の生活をつづけてきていただけに、久米右衛門宅へころがりこむと、たちまちにうごけなくなったようである。

約一カ月後の或る夜。

弥太夫は幸之助を枕頭《ちんとう》によび、

「又太郎。いいきかせておくことがある」

と、いった。

相川幸之助の本名は〔須東又太郎〕である。

「父が、岡部家を夜逃げ同様に出奔いたした理由《いきさつ》、いまこそ語っておきたい。もともと、わしは生一本《きすぐ》な男なれど、血気にまかせて粗暴に走りやすく、浪々の身となってよりは尚更《なおさら》に、亡き母やお前を苦しめたること、まことにすまなくおもう。お前も、その小さな眼で、わしのしてきた悪業の数々をしかと見おぼえたであろう。いまさらに……いまさらに、このような腑甲斐《ふがい》もなき父をもったお前へ、一人前《ひとり》の、りっぱな男になれ……とは、口がさけてもいえぬ父なれど……いまは、又太郎。お前も八歳になった。父が、岸和田城下を脱け出してより足かけ四年……いまもって口惜しく夜毎《よごと》にねむることすら出来ぬまでの怒りを抱きつづけてきた、その事情《わけ》を、きいておいてもらいたい」

その三年前。すなわち元禄三年の夏の或る日のことだが……。

岸和田城中へ出仕をしていた須東弥太夫は、同僚の大井田藤五郎と口論をはじめた。

口論の内容は、役向きの書類についてのごく些細《ささい》なことからで、

「取るに足らぬことであった……」

そうな。

ところが、弥太夫も短気なら大井田藤五郎も血気躁急《そうきゆう》の男であったから、たちまちに激論となった。

城内の用部屋の中でもあるし、他の藩士たちが、これをとどめようとした転瞬《てんしゆん》、

「おのれ!!」

「こやつめ!!」

大井田が小刀を引きぬきざま、弥太夫へ斬《き》ってかかるのと同時に、弥太夫もおくれずに抜き合わせ、

「えい」

「や!!」

たがいに斬り合った。

大井田は左肩を、弥太夫も左肩から胸にかけて切り裂かれた。

血がはね飛ぶ。

「いかぬ、取り押えろ」

「引きはなせ、早く」

たがいに一太刀ずつ、あびせ合ったところで、藩士たちが二人を押しつつみ、引きはなした。

両人の傷は重かったが、ともに、いのちにかかわるようなものではない。

これも、主人の城内《しろうち》における刃傷《にんじょう》である。

武士と武士との喧嘩であることは、だれの眼が見ても歴然としている。

二人とも、目付役のきびしい取調べをうけたわけだが、いざ裁決となるや、

「須東弥太夫は半知《はんち》お取りあげの上、閉門を申しつける」

となり、その反対に大井田藤五郎は、

「閉門」

のみを申しつけられた。

これも、武家の掟《おきて》である〔喧嘩両成敗〕を無視した藩庁の裁決であった。

閉門は、殿さまのゆるしが出るまで、わが屋敷の門をとざし、謹慎をさせられる罰なのだが、〔半知お取りあげ〕というのは、つまり俸給を半分にけずられたことになる。

弥太夫は半分けずられ、大井田はこれをまぬがれた。まさに片手落ちといわねばなるまい。

「うぬ!! これが武家か、大名のなすべき仕わざか!!」

弥太夫は烈火のごとく怒った。

いいそえると……大井田藤五郎は、殿さまの側用人《そば》・林孫左衛門の三女を妻にしている。側用人といえば殿さまの秘書官長のようなもので、権勢もつよく大きい。

「相手が悪かったな」

「こうなると、平常から癇癪《かんしゃく》もちの弥太夫は損をするばかりじゃ」

「それにしても片手落ちだ」

「切腹をおおせつけられなんだのが、めっけものだ」

「そう思うて、弥太夫もがまんすることよ」

などと、藩士たちはうわさし合っていたようだ。

だが、弥太夫の激怒はおさまらなかった。

(これは、林孫左衛門殿が、むすめ聟《むこ》の大井田めをかばい、殿をたくみにいいくるめ、半知お取りあげを取り消しにしてしもうたにちがいない。おのれ、孫左も孫左なら殿も殿だ!!)

閉門中ではあったが、

(くそ!! このような殿につかえていとうはない)

自暴自棄と激怒が混合し、ついに、

(わしは脱藩する!!)

と、なった。

こうなったら妻のいうことなど、弥太夫がきくものではない。

或る夜。奉公人には妻女がそれぞれにいいふくめ、親子三人のみで岸和田を出奔したのである。

そうした父をもっていただけに……。

いまは色子となって男色を売る相川幸之助だが、去年の春以来、赤穂藩・浅野家の変事には、ふかい関心を寄せていたのだ。

むろん、幸之助は、

(両成敗の定法を破っての御裁決。天下をおさめる将軍家や幕府《こうぎ》が、このようなまねをしてさらしてよいものか)

と怒り、

(それにしてもお気の毒な……私の父とちがい、五万三千石の家の家来と家族たちのうらみはどのようであろ)

浅野の旧臣たちに同情を寄せている。

この一年の間、諸方に散った赤穂浪人たちへ、世間の眼がいっせいにそそがれている。

(赤穂の人びとが、吉良上野介を討ち取って、亡《な》き主人のうらみをはらすのは、いつであろうか?)

であった。

(主君のうらみをはらすことは、とりも直さず、天下の御政道を糺《ただ》すことにもなる)

と、幸之助は、さすが武士の子だけに、この事件へ正当な批判をもち、

(浅野家の城代家老・大石内蔵助さまというお方が、山科へ浪宅をいとなまれたそうな……それにしたがい、赤穂の方々も折々、京の町へあらわれていなさるとの評判。

これは、もしやすると、吉良への討入りをくわだてておられるのではないか……？）

これは、幸之助のみならず、京でも江戸でも世間がうわさし合っていることだ。

（一度、その大石さまのお顔が見たい。どのようなお人か……？）

次第に、幸之助はたまりかねてきた。

幸之助が、鷹ケ峰の小さな寺にねむる父の墓をおとずれる日が多くなった。

そして、つい半月ほど前の或る日。

相川幸之助はひとりで、駕籠《かご》をやとい、粟田口《あわたぐち》から東海道をぬけ、東山の裏がわにある山科の里へ向ったのである。

大石内蔵助の閑居は、山科・西野山の岩屋大明神の社《やしろ》に近く、参詣《さんけい》のかたちに見せて様子をうかがうに好都合であった。

社殿へ向う横道から、大石家の庭が、垣根ごしに見える。ここで駕籠を待たせ、幸之助が駕籠の外へ出ると、いましも庭の向うに小肥《こぶと》りの、ふっくらとした顔立ちの四十前後の立派な武士が立っていて、

「主税、主税……」

と呼ぶ声が、幸之助の耳へ入った。

少し歩いて木立の陰からのぞいていると、前髪だちながら堂々たる巨体の少年武士が庭へあらわれ、

「父上、御用にて？」

と、いう。

まさに大石父子と、幸之助は感得をした。

その日から十余日を経て、恵比須屋市兵衛に手ほどきをたのまれた客が〔大石主税〕と知ったとき、色子の手練も熟しかけてきていた幸之助の血がさわいだのは、この少年の客のみにくい容貌に関係のないことで、ひとえに、赤穂浪士への同情と好意が、十五歳の大石主税へ転嫁したのだともいえぬことはない。

四

「わ、忘れぬ。おれは屹度《きっと》、忘れぬぞ、お前がことを……」

大石主税の相川幸之助にくわえる愛撫《あいぶ》は強烈なものとなり、たくましくなってきていた。

はじめての夜から今日で十日目になるが、主税は、この陰間茶屋〔玉水《たまみず》〕へ通いづめであった。

筋肉の張った大きな主税の躰《からだ》からは、若者の精根が烈《はげ》しい体臭に変じて、

「ああ、この左内さまのおからだのにおい、幸之助は何より好き」

などと、幸之助もうわごとのようにいい、無我夢中で主税の愛撫にこたえる。

ちなみにいうと、主税は垣見左内の変名をつかっていた。

「わしも好き、わしも幸之助が好きじゃ」

「あい、あい……」

幸之助は、孤児となってから鷹ケ峰の久米右衛門宅で暮していたところ、十歳の夏、久米右衛門とは古くからの知合いである山下半左衛門が、幸之助を見て、

「なんと美しい子どもじゃ」

感嘆し、

「みなし子を、いつまでも置いてはおけまい。どうじゃ久米右衛門。わしにあずけぬか」

と、申し出た。

半左衛門は、四条に芝居小屋を三つも持っている座本だが、以前は有名な役者でもあった。

久米右衛門に否《いな》やはない。

で、幸之助は山下半左衛門に引きとられ、いずれは歌舞伎役者に仕立てられることになったのである。

半左衛門は、少し陰気だが、おとなしやかな、この美少年を、金沢五平次という役

者へあずけることにした。

五平次は悪役専門の役者だが、舞台へ出ぬときは陰間茶屋の経営もしているし、祇《ぎ》園《おん》の社の近くでは茶店もやっている。

当時の役者は現代《いま》のそれのように、月毎、舞台に出ているわけではないし、役者稼《か》業《ぎょう》のみで暮しがたつというものは、数えるほどしかいない。

相川幸之助という芸名を、須東又太郎がつけてもらったのもこのときで、むろん彼ほどの美貌《びぼう》ならば〔女役〕を演ずることになる。

そのころの〔女方《おんながた》〕で人気の高い霧波千寿だとか芳沢あやめでさえも、男色を売っていたのだから、これは女方役者の副業のようなものなのだ。

〔若衆方〕の役者でも陰間茶屋で稼《かせ》ぐ。

俳優の地位が低かった時代でもあったし、十歳でこの世界へ入った相川幸之助は、師匠の五平次たちの指導によって、二年もすると、すっかり水になじんでしまった。

そのころから、食物にまで注意がはらわれ、男の象徴たる器官の発達をふせぐための、さまざまな手当がおこなわれるし、化粧の仕方もおぼえさせられる。

いま十七歳になった幸之助の肉体は、なまじの女たちよりも、美しく、却《かえ》って清げでもある。

たとえば……。

客に接するときなどは、衣棚《ころもだな》の薬種屋〔西本信好《のぶよし》〕で売っている〔金盞丸《きんせんがん》〕という高価な丸薬のようなものを口にふくんでおく。金盞は水仙の別名だが、この丸薬をふくむと口臭がまったく消え、何ともいえぬ芳香を発する。

客と口を吸い合うときのために、これだけの手入れをするのだから、幸之助の肉体はすみずみまでみがきぬかれ、まだ女の肌身を知らぬ大石主税が魅了しつくされるのも当然であった。

元禄のそのころ、男色は、あまり恥ずべきことではなかったようにおもわれる。

また世間もゆるしていた。

「いやもう、なまぐさい女のからだより、どれほどよいかと、むかしは思うたことがございますほどで」

と、恵比須屋市兵衛が、山科へ来て、大石内蔵助へ、

「それにしても主税さま、えろうに幸之助が気に入られましてな」

「色子の情は濃いそうな。わしはおぼえがないが……」

「さようで」

「ま、主税さえよいのなら、かまわぬことじゃ」

「このままにいたしておきましても？」

「うむ……と申しても、あと十日……いや、七日目に、ここへもどしてくれい」

「では、いよいよ江戸へ？」

その日のうちに、市兵衛は〔玉水〕へ行き、

「七日目には山科へもどれ、とのことで」

つたえると、大石主税は、ためいきともつかず声ともつかぬ呼吸《いき》を大きく吐き、こっくりとうなずいて見せた。

「間もなく、お前とも別れねばならぬ」

主税が、部屋へもどって告げるや、相川幸之助の双眸《そうぼう》がきらりと光った。

幸之助が、自分の生いたちを、つつみかくさず、寝物語に主税へ打ちあけたのは、この夜のことであった。

けれども幸之助は、主税の身の上については一言も問おうとはしなかった。

大石主税、黙然《もくねん》として幸之助の身状をきいていたが、つよい感動をうけたようである。

五

この夜から、主税と幸之助との交情には、単なる本能の流露以外のものが通い合うようになった。

あくまでも、幸之助は主税のことを、

「垣見左内さま」

としてあつかい、たがいに、赤穂浪士や吉良上野介のことへは、ふれようともせぬのだが、

(幸之助は、己が大石主税だということを知っているのやも……?)

主税もそう感じ、彼が感じていることを、また幸之助は直感をした。

それでいて、たがいにそのことへふれようとせず、いたわりとはげましのおもいを

こめてもてなす幸之助に、主税も渾身《こんしん》の情熱をこめてこたえる。

男女の交情とちがい、当時の男と男が情をかわし、肉体をゆるし合うとき、まして

や幸之助と主税のような一つの接点において男の心情がむすびついた場合は、男女の

それがおよびもつかぬ強烈な、いのちがけの〔愛〕が生まれる。

まして、武士の男色は特殊なものであったといえよう。

「あと三日にて、お別れでございますね」

「おれにとっては、三日が……いや、こうして一夜一夜をすごすその瞬間《とき》が永劫《えいごう》のも

のだ」

ここへ来るようになって、一月もたたぬのに、大石主税の風貌が、にわかに変った

ようである。

面皰《にきび》もうすくなり、何か、どっしりとした落ちつきが挙動に加わり、めっきりと大人びてきていた。

ついに、別れの夜が来た。

この日。

大石主税は、恵比須屋市兵衛によびもどされ、父・内蔵助からの伝言をきかされた。

「主税さま。ようござりますな、今夜かぎりでござります」

「わかっています」

「主税さまは御父上さまより一足お先に、江戸へ発足なさるとのことで」

「心得た」

「では、今夜かぎり……」

と、市兵衛は不安げに、声をくもらせた。

幸之助に魂をうばわれ、もしも主税がこの世にみれんをのこして、脱走でもしては……との気づかいからであったのだろう。

現に、いよいよ討入り決行となってからは、脱落する同志が急激に増え、去年、赤穂城下を退去したときの約半数に減ってしまった。

主税は、同志五十余名をひきいる頭領・大石内蔵助の子として、決死の壮挙へ参加

するだけに、もしも彼が脱落すれば、

（大石さまの面目は、まるつぶれになろう）

などと市兵衛は、町人ながら心配をし、今日も山科へよばれて行った折にも、

「色子との間がただごとではございませぬ」

と、内蔵助へ、

「このところは、茶屋へ泊りきりにて……」

「ほほう……」

「よろしいのでございましょうか」

「主税も、男として、この世に生くるあかしを知った。死にたくないという欲も、わいてこようも知れぬな」

「主税さまにかぎり、まさかに、そのようなこともございますまいが……なれど……」

「よいわ」

「はい？」

「この世はたのしいものよ。もしも、主税が、その色子と手に手をとって逃げ落ちたとしても、これは仕様もないことだ」

「な、なれど……」

「人さまざま、ということじゃ」

内蔵助は、市兵衛の不安などをいささかも気にしてはいない様子であったが、それだけに市兵衛は重く責任《せめ》をおぼえざるを得ない。

「では、明朝。一度、ここへもどってより、市兵衛どの同道の上、山科へ帰りますゆえ、よろしゅう」

こういって、大石主税《ちから》は〔玉水〕へ引き返して行った。

相川幸之助は、清々《すがすが》しく部屋をととのえ、真新しい夜具の用意をし、酒肴《しゅこう》の仕度にも念をいれ、たんねんに身じまいをして、主税を迎えた。

まげもゆい直し、引染友禅の七宝《しっぽう》配りの小袖《こそで》をまとい、化粧も美しく、全身に芳香をただよわせ、

「今夜一夜にござりますな」

と、主税を見上げた。

「うむ」

「では……」

幸之助は、三方《さんぼう》に木盃《もくはい》をのせたものを主税の前へ置き、しずかに自分もすわると、

「ごらん下さりませ」

いうや、用意の短刀を抜きはらい、いきなり左の小ゆびを切り裂いた。

「あっ……なにをする」

「左内さまも、私のように、して下さりませ」

と、幸之助が、ゆびの傷口からしたたる血しおを盃で受けた。

「おお……」

主税も、はっと気づいたらしい。

すぐさま幸之助の手から短刀を取り、わがゆびを切って、血を盃に受ける。

「あ……うれしゅうござります」

「お、おれもだ、幸之助……」

二人の血のまじり合ったそれを、二人はたがいにすすり合った。

部屋の外の奥庭で、虫たちが鳴きこめていた。

「かく、このように、たがいの愛《ちかい》をいたしましたからは、もはやおかくし下さいますな、大石主税さま」

「……やはり……やはり、知っていたか」

「あい」

「うむ」

主税、決然とうなずき、

「いかにも」

「いよいよ、御本望を……？」

「うれしゅうございます……なれど、哀《かな》しゅうございます」

「そうだ」

「…………」

「ごらん下さりませ」

幸之助は、ふところから、袱紗《ふくさ》に包まれた小さなものを出し、主税へわたした。

主税が袱紗をひらいて見ると、中に、小さな位牌《いはい》があって、そこに、大石主税・相川幸之助の名が並べて書きしたためられている。

「お前が書いたのか？」

「あい」

「うれしいぞ、幸之助」

「わたくしも……」

いいざま、狂おしげに、幸之助は盃へのこる二人の血をすすりこむように口中へふくむと、主税のくびへ双手を巻きしめ、口うつしにした。

六

この夜から十余日後……。

大石主税は、大石瀬左衛門・茅野和助・小野寺幸右衛門など上方の同志たちと共に、江戸へ向った。

これに遅れること約十日。

大石内蔵助も、潮田又之丞・近松勘六などを従え、最後に京都を発《た》った。

大石主税は、江戸にあつまった同志たちに迎えられ、日本橋・石町《こくちょう》の小山屋弥兵衛が家主《いえぬし》の小さな家へ旅装を解き、これへ、父・内蔵助も落ちつくことになる。

江戸でも、主税は垣見左内の変名をつかっていたので、この変名をつかい、京都の相川幸之助へ宛《あ》てて手紙を書き送った。

幸之助もこれにこたえ、京と江戸と……二人の文通は数度、おこなわれたようである。

こうして、討入りの日をめざし、江戸に集結を終えた赤穂浪士たちは緊迫の日々を送りはじめる。

京では……。

大石主税と別れてより、相川幸之助は陰間茶屋を引いた。

そしてまた、師匠の金沢五平次や、座本の山下半左衛門にも、

「もはや、このわたくしになすべきことは一つのみ」

といい、くわしくは事情《わけ》を語らず、

「身を引かせて下さりませ」

と、いいつのるばかりであったから、座本も師匠も気色を害して、はじめのうちは、なかなかに承知しなかったものだが、

「よしよし、わしにまかせておきなされ」

と、恵比須屋市兵衛が中へ入ってくれ、

「お前の身がらは、わしが引き受けよう」

座本や師匠たちへも相当の金をわたし、ようやくに幸之助は自由の身になれた。

以後は幸之助、一条・室町の恵比須屋の離れに暮すこととなり、

「幸之助は、主税さまが初めての、そして最後の愛《おもい》をかけた者じゃゆえ、たいせつにあつこうてやれ」

と、市兵衛が女房にいいつけた。

秋が去り、冬が来た。

この年、元禄十五年十二月十四日。

前日来の大雪がやんだあとの白一色に埋もれつくした江戸の町で、赤穂浪士四十七名が本所・松坂町の吉良屋敷へ討ち入ろうとしている。

浪士たちは二手に分れ、表門は頭領・大石内蔵助が指揮をとり、裏門の大将は息・主税ときまった。

赤穂浪士が吉良邸へ討ちこんだのは、十五日の午前三時前後であったろう。

この夜。大石主税は、相川幸之助がこころづくしの浅黄羽二重の肌着の上へ、定紋つき黒羽二重の小袖を着込み、短袖《みじかそで》の火事羽織へ白ちりめんのたすきをかけるという身仕度《いでたち》であったそうな。

もとより彼、大いに奮戦をしたことであろう。

吉良上野介の首を討ちとり、一人の戦死者もなく、浪士たちは、亡君がねむる芝・高輪《たかなわ》の泉岳寺へ引きあげ、幕府へもこのむねを届け出た。

幕府は急遽《きゅうきょ》、評議をひらいた。

将軍・綱吉は、去年の事変のときは激怒にまかせ、即日、浅野長矩へ切腹を命じたのに、赤穂浪士が吉良の首をあげたときくや、

「ようもしてのけた。あっぱれ、忠義のものどもじゃ」

感激をしたという。

独裁将軍の気まぐれは、いまにはじまったことではないが、この将軍に支配されていた当時の国民の怒りや不満は、あげて、赤穂浪士への称讃《しょうさん》にかわった。

幕府は、浪士たちを、その日のうちに、四人の大名の江戸藩邸へあずけることにした。

次のごとくである。

肥後・熊本城主・細川越中守
（大石内蔵助、吉田忠左衛門以下十七名）
伊予・松山城主・松平隠岐守《おきのかみ》
（大石主税、堀部安兵衛以下十名）
長門・長府城主・毛利甲斐守
（吉田沢右衛門以下十名）
三河・岡崎城主・水野監物《けんもつ》
（間瀬孫九郎以下九名）

○

年があけて、元禄十六年となる。

大石主税たち十名をあずかった松平隠岐守は、芝・三田の中屋敷へ浪士たちをうつし、邸内の長屋二軒へ、それぞれ五名ずつを収容した。

ここへ落ちついてから間もなく、主税は風邪をひき、高熱を発したが、松平家の看護は丹念をきわめたもので、間もなく快癒した。

この間。

幕府は、赤穂浪士の処分につき、熱心に評議をかさねた。

浅野長矩が、簡略に、しかも事件発生の当夜に腹を切らされたときとは非常なちがいである。

将軍・綱吉も、今度は、

「何とか、浪士たちを救う道はないものか」

などと、眼の色を変えていい出す。

しかし、去年の行きすぎで、さんざんに懲《こ》りているから、老中・大目付など幕閣の評議を重んじることにしたようだ。

二月に入るや、赤穂浪士の切腹がきまった。

同時に、吉良上野介の息・左兵衛《さひょうえ》に対し、

「家を取りつぶしの上、信濃・高島の諏訪安芸守《すわあきのかみ》へ永《なが》あずけにする」

との、幕府の沙汰が下った。

ここに、今度こそ〔喧嘩《けんか》両成敗〕の定法が、あやまりなくもちいられたことになる。

大石内蔵助以下の本望は、まさに達せられたといってよい。

二月四日の午後……。

浪士たちへ、切腹の申しわたしがおこなわれた。

すでに前夜、このことは浪士たちへ、ひそかにもらされていたから、みな、おどろくこともない。

松平屋敷へは、目付・杉田五左衛門がおもむき、切腹の申しわたしをすると、十名の浪士代表として、十六歳の春を迎えたばかりの大石主税良金が、

「ははっ」

顔面を紅潮させ、懸命に声を張り、

「いかようの重罪にもおよぶべきところ、すべよく切腹おおせつけられ、ありがたく存じたてまつる」

と、あいさつをした。

申しわたしが終るや、間もなく切腹である。

浪士たちは、身をきよめ、肌着を替え、浅黄無垢《むく》の小袖、麻の裃《かみしも》という死装束であったが、松平家から支給されたこれらの衣類のうち、大石主税は肌着のみを自前のものにした。

そばで、これも着替えにかかっていた堀部安兵衛が、

「その肌着は……？」

問われて主税が、

「討入り当夜のものでござる」

ぱっと顔をあからめた。

「ほ……では、恋人《よきひと》の手ぬい、とでも申されるか」

「は……ま、そのような……」

「これはおどろきました。主税どのがぬけぬけと申されたわ」

「ごめん下され」

「いやなに、おそれ入りました」

死を前にした緊張に強張《こわば》り、鉛色に変じている主税の顔をながめ、堀部安兵衛が、あたたかく何気もない口調で、

「主税どの」

「はあ」

「われらはこれより、一日のねむりにつくのでござる。さようにおもわれい。それがしもそのようにおもうております」

主税が、うれしげに笑い、

「いかにも……」

「いささか早目なれど、共に眠《やす》みましょうな」

「はい」

切腹が、すべて終ったとき、夕闇が夜の闇にうつりつつあった。

その翌日の午後。

松平中屋敷をおとずれた若い旅僧がある。

「大石主税さま、知合いのものにござります」

というので、門番があわてて奥へ通じると、浪士たちの世話をしつづけてきた奥平次郎太夫が、

「お通し申せ」

邸内の一室へ僧を通し、出て見ると、

(これは……?)

次郎太夫が瞠目《どうもく》した。

とっさに、美しい尼僧と見て、すぐにまた、

(もしや、相川幸之助では……?)と、直感したのである。

奥平次郎太夫は老巧円熟の武士で、大石主税は、この人の親切ないたわりにほだされ、この人にのみ、幸之助への愛をうちあけ、次郎太夫は一度だけ、主税の手紙をあずかり、これを京へ送ってやったものだ。

幸之助は、青々とまるめたあたまをうつ向け、

「昨日。切腹を……いま、案内《あない》をして下されました方よりうかがいましたが」

「いかにも」

「ま、やはり……間に合いませなんだ」

「京よりおこしか？」

「今日、江戸へ入りまして、すぐさま……」

「相川幸之助どのか？」

「は、はい。もしや、奥平次郎太夫さま……」

「さよう」

ひれ伏した幸之助が、

「主税さまのお手紙を、わざわざ、京にまで……かたじけのうござりました。あのお手紙を読み、矢も楯《たて》もたまらず、京を発《た》ってまいりましたなれど……」

「いつ、出家なされた？」

「主税さまとお別れしてより、間もなくにて……」

「主税どのの菩提《ぼだい》をとむらうためとか」

「あい」

「そのとき、主税どのの切腹を、こころにきめてか？」

「たとえ討死になさらずとも、御公儀のおさばきは切腹ときめておりました。わたくしは——それでのうては、またふたたび、片手落ちのおさばきとなりましょう。まさかに、こたびは御公儀も……と、そうおもいましたなれば……」

紙のように、艶《つや》の失《う》せた顔に、哀しげな微笑をうかべていう幸之助を見つめ、奥平次郎太夫は感嘆のうめきをもらした。

ときに、相川幸之助十八歳。

やがて、泉岳寺に赤穂浪士の法要がおこなわれた当日。幸之助は泉岳寺へおもむき、亡き主税はじめ浪士たちの墓へ詣《もう》でたが、間もなく江戸を去った。

これよりのち、相川幸之助は、あの位牌をまもり、大竜寺の僧として生涯を終えた。

男《なん》色《しょく》武士道

一

これまでに何度か耳にしている種類の悪口や陰口ならば、凝《じっ》とこらえて聞きながしもしたろうが、そのとき、佐藤勘助が自分へあびせかけた、

「尻《しり》奉公」

の一言には、おとなしい鷲見左門《すみさもん》も、さすがにたまりかねた。

十五歳の美少年である左門が、主君・池田出雲守《いずものかみ》長常の小姓をつとめてい、出雲守の寵愛《ちょうあい》がまことにふかいことは、家中で知らぬものはない。

「左門は、殿さまの寵童である」

とのうわさもある。

殿さまの男色の相手を、左門がつとめているというわけだ。

それにしても〔尻奉公〕とは、あまりにも下卑をきわめた侮蔑《ぶべつ》のことばであったといえよう。

場所は、江戸城・数寄屋橋にある池田出雲守屋敷内の、家来たちの長屋がたちならぶ通路の外れである。

佐藤勘助の長屋も、鷲見左門の父・藤右衛門の長屋もここにあって、殿さまの小姓をつとめる左門が御殿を退出し、父の長屋へもどろうとするとき、馬屋の方向からやって来た佐藤が、

「ふん。尻奉公なら気楽なものじゃ」

すれちがいざま、左門へ、この言葉をたたきつけた。

佐藤は、徒士組《かちぐみ》の同僚・大河原六蔵と連れだち、大河原も、左門への軽蔑を、そのうす笑いにこめている。

すれちがって、つきあげてくる怒りに耐え、それでも左門は数歩を歩んだけれども、ついに、

「待たれ」

ふりむいて、声をかけた。

「何!!」

佐藤も大河原も屹《きっ》となり、

「何か、申すことがあるか!!」

つめよってきた。

みずみずしくゆいあげた前髪だての下の、細っそりと白い左門の面に血がのぼり、ふっくらと紅《あか》いくちびるが微《かす》かにふるえてい、その左門の怒りの美しさに、佐藤も大

河原も息をのんだほどである。

「いま、何と申されたか?」

左門は、必死に声を張っていった。

武士の子といっても、十五歳の少年だし、体質もあまり丈夫ではなかったし、

「左門へは、あまりむりをさせてはならぬ」

池田出雲守じきじきのお声がかりで、小姓たちが武術の稽古《けいこ》をするときも、

「左門はやすめ」

などと、いたわるほどの左門だけに、たくましい体軀《たいく》の二人の若い藩士を詰問《きつもん》するためには、相当の気力を必要としたろう。

出雲守が、この少年のか細い肉体を愛撫《あいぶ》したことは一度もない。それは、だれよりも左門自身が知っている。

素直な気性で、機転がきき、それでいて出しゃばらぬ左門を、あくまでも〔愛すべき小姓〕として召しつかっていたにすぎない。それにしても、左門への嫉妬《しっと》と反感が小姓たちの間にも下級藩士の間にもたかまっていたのは、むしろ当然というべきであった。

左門の父・鷲見藤右衛門は、ながらく病床についたきりだった。

「父も子も弱い。左門が丈夫な躰《からだ》にならぬと、鷲見の家名にもかかわろう」

という出雲守のいたわりが、だれの目にもあきらかであった。

ちなみにいえば、左門の母は、すでに亡《な》い。

「いま、私とすれちがいざまに申されたことば、もう一度うかがいたい」

「うかがって、どうする。え、どうする?」

佐藤勘助の顔が、憎悪《ぞうお》にゆがんできた。

半月ほど前の夜……。

佐藤は、

「急用あり」

と、左門を馬屋傍《わき》の暗闇《くらやみ》へよび出し、

「左門どの。な……よいではないか。な……」

いきなり、ふとい腕で左門を抱きしめ、独り身の若者の強烈な体臭を発散させつつ、ぬるぬるした口を左門のそれへ押しつけ、せわしなく左門の腰のあたりをまさぐろうとしたものだ。

もがきつつ左門は、自分のくちびるを吸いつづけている佐藤の口へ嚙《か》みついた。

「あ……」

おどろいた佐藤が飛びはなれた隙に、左門は夢中で逃げたのである。

そのときの左門に嚙まれた傷痕《きずあと》が、まだ佐藤勘助の口辺にのこっていた。

「こりゃ、左門」

佐藤が左門の肩を小突き、

「いま、おれがいうたことを、もう一度きいたら、汝《われ》どうする？」

「む……」

「刀にかけてのことだろうな、おい」

こうなると左門もためらわざるを得ない。

下士ながら、剣術と槍術《そうじゅつ》では、池田家中でもきこえた佐藤勘助だし、そばで冷笑をうかべている大河原六蔵も剛の者だ。いざ喧嘩《けんか》となっても、とうてい勝目はない。尚《なお》いっそうの恥を重ねるのみだ。

ただもう、ひざ頭が激しくふるえ、五体が宙に浮いたような心細さで、くやしさと怒りに目もくらみ、声も出なくなった左門へ、

「ばかめ!!」

と佐藤は、自分の求愛を強硬にしりぞけられたうらみをこめ、

「かっ……」

左門へ痰唾《たんつば》を吐きかけるや、大河原をうながして立ち去った。

この日。

寛永十七年（一六四〇年）四月二十日というから、現代より三百三十年ほど前のこ

とになる。

鷲見左門は、通路と御殿の大台処《おおだいどころ》をへだてている土塀へ寄りかかり、おのが激動興奮にさいなまれながら、泪《なみだ》あふれるにまかせていると、

「左門ではないか、どうした？」

人気ない夕闇の中から、声がかかった。

どっしりとおもくて野ぶとい声だが、得もいわれぬやさしげな口調である。

声だけをきくと、四十男のそれにも思えるが、この声の主は、千本九郎（九郎太郎ともよばれたという）といって、左門と同じ殿さまの小姓をつとめ、十九歳であった。

二

鷲見左門の〔男色〕について、殿さまとの間がうわさされているのと同時に、いや、それよりも層倍の真実性をもって評判されているのが、この千本九郎との仲であった。

もしも先刻、佐藤勘助が九郎との仲を揶揄《やゆ》したのなら、左門は顔をあからめ、うつ向いたまま声もなかったにちがいない。

このほうは、本当であったからだ。

左門や九郎が生きていた時代《ころ》は、女性同士の愛には社会もきびしかったが、男の同

性愛には寛容であった。ことに、武士たちの〔男色〕など、かくべつにめずらしいことではない。そのころの徳川三代将軍・家光も美童を愛し、女体には目もくれなかった時期があるほどだ。

もっとも、男色といえど一様ではない。

男どうしが、たがいの裸身を抱き合い、愛撫し合って、性欲を発散させるのが、その極致だとすれば、ただ静かに手をにぎり合ったのみで、たがいの胸のうちを語り合い、精神的に強く愛をかたむけるかたちもある。

どちらにせよ、この道へ入ると、感情の起伏がはげしい女性のめんどうな愛情よりも、男どうしの愛には男の誠意がこもってい、男は男の精神をよくわきまえているがゆえに言葉へ出さずともしっかりと通じ合う醍醐味《だいごみ》へ到達して、ぬきさしならなくなるという。

千本九郎は幼年のころ、

「熊の子」

と、よばれたそうな。

むっくりと肥えた体軀で、小さくまるい双眸《そうぼう》や、ふとい眉毛《まゆげ》、肉づきのよい鼻などによって形成されている九郎の顔貌《がんぼう》には、十九歳のいまも幼年のおもかげが濃く残されていると見え、殿さまの出雲守長常も、

「これ、熊よ」

などと、たわむれてよぶことがある。

鷲見左門は、二年前に小姓づとめをするようになったときから、先輩で四歳年長の千本九郎と同じ組へ入り、当直も非番も同じであるところから、

「九郎どの、九郎どの」

と慕い、九郎もまた、弱々しげな左門をことごとにかばってやるうち、交情いよいよ深まるばかりとなった。

九郎の父・千本小兵衛は馬廻役《うままわりやく》をつとめていたが、左門が御殿へ上るころ病死している。さらに九郎も左門同様の一人子であったから、たがいに兄弟のない物さびしい生いたちにも共感がわき、

「しっかりと御奉公をいたそうな」

「はい」

はげまし合ううちに、いつしか、左門が九郎の胸もとへ甘えかかり、九郎は左門の肩を抱き、白くたおやかな彼の手ゆびを、おのが厚い掌に包みまさぐりつつ、語り合うようになった。

語り合いつつ、九郎のくちびるが左門の額や頬へふれることもある。

そうしたとき左門は、うっとりと両眼をとじ、九郎のつつましげな愛撫に身をゆだ

ねている。

「……両人、断金の仲なり」

と、物の本に書きのこされている二人の愛のかたちは、この程度から深くはすすんでいない。

たがいに、たがいの裸身をたしかめ合ったことなど、むろん無い。

だからといって、これが単なる男の友情とはいいきれまい。

それよりも、もっと深い……それでいて濃厚な男色の関係より更に清冽《せいれつ》な、若者どうしの愛情であった。

それだけに……。

千本九郎からやさしく声をかけられたときには、

「く、九郎どの……」

矢も楯《たて》もたまらず、九郎の厚い胸へすがりついた。

「どうした?」

「くやし……くやしゅうござる」

「何と……ま、こちらへまいらぬか」

九郎は、はじめて自分との仲を、だれかにからかわれたのだろうと、考えたらしく、

「おれが長屋へまいれよ。共に夕餉《ゆうげ》しよう」

左門の手をとり、馬屋の西側の自分の長屋へ連れて行った。

夕闇が夜の闇に変りつつある時刻で、宏大な藩邸内の通路を往来する藩士の姿も絶えている。

千本九郎が住む長屋は、左門のそれよりも上級のもので、これは九郎が、やがて亡父の後をつぎ、馬廻役に列することを物語っている。

いまの九郎は、元服もすませ、前髪をおとした一人前の武士なのだが、小姓たちの〔束ね〕をしているし、殿さまが重宝がって、なかなか手ばなさぬのだ。

九郎の長屋には、家来もい、小者・下女もいる。

夕飯をすませてから、

「左門。ろくに箸《はし》もつけなかったではないか……顔の色がよくない、どうしたのだ?」

「はあ……」

「さ、きこう。落ちついてはなせ」

「はあ……」

「おれと二人きりじゃ。何事も、つつみかくすな」

そこで、左門が語った。

語り終えたとき、千本九郎は、ややしばらく沈思をしていたが、やがて、

「気の毒ながら……」

いいかけて、口をつぐみ、今度はかっと両眼を見ひらき、

「気の毒ながら左門。御奉公も、これまでと思え」

いいきったものである。

左門も武士の子であるから、その意味がすぐにわかった。

「佐藤勘助を討て、と申されますか」

「いかにも……からかうにも程というものがある。また、おれとおぬしの仲をののしられたのなら我慢もしようが……事もあろうに、殿へ尻奉公とは、勘助も言語道断。これはな、おぬしが武士としての役目を何一つ果せず、只もう色の道ひとつで殿に御奉公いたしておるということだ。これはな、よいかな左門。おぬしをののしったのと同時に、おのが主君をののしったことになるのだぞ」

この時代の感覚としては、一国の主である殿さまは、取りも直さず一国の象徴といってよい。

池田出雲守が領有している備中・松山（現岡山県・高梁《たかはし》）六万五千石は、日本国の中にある〔一個の国〕であって、こうした国々を諸大名それぞれに治めるのが、いわゆる〔封建〕の政治形態なのであり、将軍はその上に君臨をする。

ゆえに、君主をののしることは、わが国をののしることになる。

一国の指導階級である武士がみずから国をののしったのでは、その国、たちゆく道理がない。

それもこれも、左門自身が原因となって佐藤の悪口をゆるしたことなのだから、左門みずから、武士としての恥をそそがねばならぬ。

そそぎたいのは山々であったが、

「う、討てぬ……私には勘助を討てぬ……」

左門が、うす紫の小袖《こそで》の肩をふるわせ、九郎のひざへ突伏した。

「討て。きけば大河原も居合わせたそうな。このことは、たちまちに家中へひろまるだろう。おぬしは笑いものにされる」

「なれど……」

「おれが助太刀をする」

「え……？」

「断金のちかいをたてたるおぬしの恥は、そのまま、おれの恥じゃ」

「九郎どの」

「なれど、このことは他言無用」

「はい」

「左門。いいきかすことがある。何事にも、おれの指図通りにせよ」

しばらくして、千本九郎に送られ、鷲見左門が自分の長屋へ帰った。

左門は、病父に、今日の事件を一語も洩《も》らさず、いつものように看病の手をつくした。

一刻《いっとき》（二時間）ほどして……。

ねむりについた病父を残し、左門は大刀を腰に、そっと家を出て、千本九郎と打ち合わせた御台処外の土塀の陰へ向った。

なまあたたかい初夏の夜ふけである。

うずくまっている左門へ。

「まいったな」

と九郎が近づいて来た。

「よいか」

「はあ」

「父《てて》ごへ、こころおきなく別れをつげてきたか？」

「ひそかに……父上は知りませぬ」

「殿と父ごへ当てた手紙は、したためておいたな？」

「はい」

「それでよし。さ、ここに三十両ほどある。この金で、約束の日まで、かくれて暮していてくれ」

「私も、佐藤勘助と共に死にます」

「ならぬ。先刻もいうたように、これは只の喧嘩ではない。勘助めの非を糺《ただ》すための果し合いゆえ、いざともなれば、おぬし、この事件の申しひらきをせねばならぬ。ゆえにこそ、しばらく身をかくしておれと申すのだ」

「は……」

「おぬしが死ぬべきときは、おれが手にかけよう」

「おねがい、いたす」

「さ、まいろう」

三

徒士組《かちぐみ》・長屋の最北端に、佐藤勘助の住居がある。

〔三間仕切〕の小さな長屋で、それぞれに板塀に囲われてい、門を入ると玄関前の庭が十坪ほどある。江戸時代も後年になると、大名の徒士は俸給五両三分余のごく軽い身分に下落してしまうが、寛永のこのころ、池田出雲守の徒士組は三十石前後の藩士によって組織されていたようである。

独り身の佐藤勘助は、小者一人を相手に暮していた。

二人とも寝入ったところへ、

「ごめん。ごめん下され。鷲見左門でござる」

玄関の戸をひそかに叩《たた》き、まぎれもない左門の声がしたので、

「よし。おれが出る」

と、勘助は起き上り、玄関へ出ようとする小者を制し、それでも大刀をつかんで、

「何用か？」

玄関の土間へ下りた。

「申しあげたいことがござる」

「何だと……」

左門の声が、ふるえて、

「馬屋の裏手まで、おこし下さるまいか……」

「馬屋だと……」

「いかにも」

「ふうむ……」

佐藤、にやりとした。

彼は勘ちがいをしたらしい。

前に、左門を連れ出し、むりやり手ごめにかけようとしたのが馬屋裏手の物陰である。

(ははあ……左門め、おれに今日、なぶられたことを内密にしてもらいたいがため、おれに身をまかすというのだな)

　こう考えた。

戸を開けて見ると、左門が一人きりで立っている。

「一人だな?」

「いかにも……」

　曇った夜だし、左門が、どのような顔つきをしているのか、よく見えなかったけれども佐藤は、なよなよと立ちすくんでいるかのような左門の細い躰《からだ》を見ると、欲情がこみあげてきた。

「よし。少し待て」

　うなずいて、佐藤は手早く着替え、袴《はかま》もつけ、大小を帯した。いやしくも殿さまの屋敷内だし、夜まわりの藩士にとがめられた場合、寝衣姿は〔いいのがれ〕もならぬ。むろん、左門もきちんとした服装であった。

「すぐに戻る」

と、小者へいいおき、佐藤は玄関から門へ、

「だれかに見られてはまずい。気をつけて、な」

左門の耳へ口をすりつけるようにしてささやきつつ、外へ出て、門の戸をしめてから、

「さ、来いよ」

左門の手をつかんだ瞬間であった。

「勘助、覚悟!!」

声をかけざま、佐藤の腕をふりはらった左門が、ぬきうちをかけた。

「あっ……」

小びんのあたりを斬《き》られ、おどろいて飛び退《の》いた佐藤勘助が、

「うぬ。こいつめが!!」

激怒して抜刀した。

「ひえ……」

まるで悲鳴のような声をあげ、それでも必死懸命の左門が夢中で斬りつけた。その刃を、

「ばかめ!!」

佐藤が、むぞうさにはらいのけた。

「あっ……」

左門の刀が、はね飛ばされ、通路の石畳へ音をたてた。

その通路の向う側、榎《えのき》の大木の陰から突風のように走り出た人影が、佐藤勘助のななめ横へ迫り、

「千本九郎、助太刀」

低く、声をかけた。

「や……」

あわてて、刀を取り直した佐藤の傍《わき》を飛びぬけざま、千本九郎が抜く手も見せぬ一撃。

びゅっ……血が疾《はし》り、佐藤の上半身がのめった。その肩へ、九郎の二の太刀が打ちこまれた。

「むうん……」

うめいて、倒れ伏して、もう佐藤はうごかぬ。

「左門。急げ、とどめじゃ」

「は……」

左門がよろよろと近づき、小刀をぬいて、佐藤の喉《のど》を刺した。

「よし。急げ、早う刀を拾え」

「は、はい」

二人とも、たちまち闇へ溶けてしまった。

あっという間の斬り合いであったが、相当の物音がした。しかし、佐藤家の小者も、この異変に気づかず、ねむりこんでいたようである。

佐藤勘助の死体を発見したのは、藩邸夜廻りの士であった。

すでに半刻《はんとき》（一時間）を経過している。

この間に……。

鷲見左門をひそかに邸外へ逃がした千本九郎は、何くわぬ態《てい》で自分の長屋へもどり、庭づたいに寝間へ入って床についた。この若い主人の行動を、九郎の奉公人たちはだれも知らず、ねむりこけている。

朝になって、大さわぎとなった。

目付役が諸方へ出張《でば》って〔ききこみ〕をする。

九郎も、殺人脱走をしてのけた左門とは只ならぬ仲だというので、念入りに取りしらべをうけたが、

「それがしは、夢も見ずに寝入っておりましたゆえ、何事も存じませぬ。それにしても左門、よくも見事に佐藤勘助を斬り伏せましたな」

「左門が夜ふけに呼び出しをかけたことは、たしかじゃ。勘助方の小者が申したてたぞ」

「ははあ……」

「このことを、左門はおぬしへ、いささかも洩らさなんだというのか？」

「いえ。夕暮れどきに、ここへまいりまして、勘助より耐えがたき侮辱をうけた、と、かように申しておりましたが……」

「どのような？」

「くわしゅうは語りませなんだ。それがし折を見て、ゆっくりと、問いただすつもりでおりましたなれど……」

その侮辱の顚末《てんまつ》は、左門が書きのこしておいた殿さまと父へあてた手紙に、すべて記されてあった。

すぐに、証人として、あのとき佐藤と連れ立っていた大河原六蔵が取りしらべをうける。

大河原は、はじめ、

「佐藤は、尻奉公なぞと申しませぬ。よくは聞きとれませなんだが、そのようなことは……」

などと、いいのがれていたが、では池田出雲守がじきじきに調べるときかされるや、とたんに青くなり、すべてありのままに申したてた。

「ふとどきな……、勘助めは、左門をはずかしめたばかりでなく、根も葉もないことをいたて、主たる躬《み》をもはずかしめたのじゃ。なれど、喧嘩《けんか》両成敗は武家の掟《おきて》ゆえ、左門も追い放ちにいたす」

こうして、鷲見家も佐藤家も取りつぶしになってしまい、勘助は斬られ損となった。

乱暴者の彼には、他家へ嫁いでいる姉と妹があるが、姉のいさなどは、

「自業自得というもの」

吐き捨てるようにいったとか、いわぬとか……。

勘助の親類たちも沈黙をまもっているのみだ。

ところで、家が取りつぶしになれば、左門の父・鷲見藤右衛門も藩邸内で病気をやしなっているわけにはゆかぬ。

すると……。

「おそれながら……」

千本九郎が、直接に、出雲守長常へ、

「先刻、御門前の路傍にうち倒れておりましたる浪人。病《やまい》おもく、老齢にござりまして、ふびんにおもわれ、それがしが長屋へ引きとりましてござりまする」

ずばりといった。

出雲守は苦笑し、

「その浪人は、左門が病父と同じ姓名であろう」

「ははっ」

「よきにいたせ」

「おそれいりたてまつる」

「ときに、九郎」

「はっ」

「こたびの左門の事件は、重々、わしにも責任があることじゃ」

「は……？」

「わしはな、左門をいたわりすぎたぞよ」

「………」

「そちも、そう思うか？」

「おそれながら……」

「ま、よいわ、わしはな、九郎……」

「は……」

「わが身の病弱とひきくらべ、左門の病弱がいとおしゅうてならなんだのじゃ」

九郎が瞠目《どうもく》した。

池田出雲守は、このとき三十二歳で、八年前に父・長幸の後をついだのだが、それからは病床についたことを家来たちは見もせず聞きもしない。夫人や側妾《そくしょう》との間に一男（すでに早世している）三女をもうけているし、武術も狩りも好み、どちらかといえば武張ったほうの大名なのである。

だから千本九郎が、殿さまみずから「わが身の病弱とひきくらべ……」といったのに、おどろいたのもむりはない。

「わしが病弱ときいて、不審か？」

「は……」

「三十余歳のいままで、耐えに耐えてきておるのじゃ。少年のころから、一日として躰のぐあいがよいということはなかった。そちは知るまいが、わしが幼少のころ、まことにひ弱く、医者なぞは十歳まで生きてあればよいほうじゃと申したそうな……。それでな、亡《な》き父・承国院様（長幸）は、嫡子《ちゃくし》のわしをしりぞけ、弟の三之助をもって後をつがせるつもりであった」

そのことは、うすうす千本九郎も耳にしている。

池田の家中が二派に別れ、小さな御家騒動のようなものが起きたそうだが、このとき出雲守の叔父で幕臣の池田長頼が、

「これは、どこまでも長男たる長常に後をつがせるべきだ」

と主張し、このため、池田家の反対派の親族と抜刀して闘い、二名を殺傷し、自分も切腹している。

この叔父の尽力があればこそ、長常は松山六万五千石の城主となれた。

「亡き叔父上のためにも、わしは病弱であってはならぬ。六万五千石の国と家と家来を抱え、りっぱに責を果さねばならぬ。ともすればくじけかかる我身を押え、必死に、ここまで生きぬいてまいった。なれど、まことは……九郎、だれにも申してはならぬぞ。まことは、つらい。こうしてここに、すわって在ることさえ、ふしぎなほどに、わしの躰はいたみおとろえているのじゃ」

出雲守長常の顔は色くろくて、毛髪もゆたかである。血色が悪いともおもえぬ。

千本九郎は、平伏したまま、しばらくは顔も上げられなかった。

「余人には、わからぬことよ」

「いささかも、存じあげませなんだ」

「よいわ。それよりも九郎。左門をどこへかくしたのじゃ」

「は、いえ、私めは、まったく存じませぬ」

「うそを申せ。断金の仲のそちに、左門が、うちあけぬ筈《はず》はない」

「存じませぬ」

「きっとか？」

「きっと、にござります」

「わしに、うそは申すまいな」

「申しませぬ」

九郎は、きっぱりといいきった。

四

鷲見左門が佐藤勘助を斬って倒したこの事件について、藩士たちは、

「まさに、九郎が助太刀をしたにちがいない」

「それでなくては、あの剛の者を、左門の細腕で討てるものか」

ときめこんでいたようだ。

ところが、その後の取りしらべによって、千本九郎が、斬り合いの時刻に間ちがいなく自分の長屋で眠っていたことを、千本家の奉公人が口をそろえて証言をしたし、九郎も動ずることなく、

「まったく、こころづかぬこと」

押しきってしまったので、

「やはり、九郎は助太刀をしなかったようじゃ」

「まことらしいな」

「となれば、左門は、ようもしてのけたものよ」

「やはり武士の子じゃなあ」

「見上げたものだ」

「捨身の一刀ほど、おそろしいものはないわい」

人びとのうわさも、このように変ってきた。

一カ月もすると、池田出雲守家中に起った、この事件は落ちついたようである。

幕府へも、正式の〔届け〕がなされたし、そうなると、わずか十五歳の少年にすぎぬ鷲見左門が敢行した所業は、

「池田家に、そのような若者がいたのか」

「なんと、こころにくきやつ」

「それにしても見事なる進退ではないか」

江戸の武家たちのうわさにも、のぼるようになった。

左門は、あの夜に藩邸を逃げてから、千本九郎の指図どおり、京都へ行き、寺町五条上ルところの〔弓師〕徳守定重方にかくまわれていた。

この弓師・定重は、千本家の遠縁にあたる者で、祖父の代には武士であったという。

夏がすぎ、秋も暮れようとするころ、弓師の家にとどまっている左門へ、父・藤右衛門の死が報ぜられた。

知らせてよこしたのは千本九郎で、

「……もはや、江戸へもどっても大事ないとおもう。藤右衛門殿の病気は、その後、少しずつ快方に向い、明春には、ひそかに父子の対面もかなうこととおもい、みななよろこんでいたところ、急に亡くなられた。まことに残念ではあるが、左門殿もかねて覚悟のことと存ずるゆえ……」

と、手紙にしたためてあった。

すぐに、左門は京を発し、江戸へ向った。

鷲見藤右衛門は、浅草・鳥越の〔全徳寺〕へほうむられていた。千本九郎のはからいによるものである。

左門は江戸へ入るや、九郎のいいつけのまま、すぐに全徳寺へ向った。

しかし、九郎は左門の面前へ二度とあらわれず、全徳寺の和尚《おしよう》が、

「これよりは、なにごとも好きになされ、と、かように九郎どのは申されておりましたぞ」

と、いう。

左門は、全徳寺の世話で、鳥越に浪宅をかまえることにした。

年が明けて、寛永十八年になると、左門が江戸へもどったことを知った九鬼大和守《やまとのかみ》から、

「ぜひとも、当家へ召し抱えたい」

申しこみがあった。

つづいて、真田《さなだ》・南部・佐竹などの大名家や、名ある幕臣からも、左門を獲得すべく、使者が浪宅を訪問して来る。

鷲見左門は、あの事件が、これほどの名誉を自分にあたえてくれたことを、はじめて知ったわけである。

(困った……)

左門は、おもいなやんだ。

佐藤勘助を斬《き》り伏せたのは自分ではなく、千本九郎なのだ。

(立派な武士は、九郎どのではないか)

けれども、真相をあかすわけにはゆかぬ。

九郎は、すべてを左門が仕とげたことだと、主の池田出雲守へいいきってしまってある。ここで、左門が真実を世にあかしたなら、九郎は殿さまへ嘘《うそ》をついたことになってしまう。

(困った。わしは、はずかしい……)

ついに、おもいあまって、全徳寺の和尚を通じ、一度だけでよいから九郎どのへお目にかかりたい、と、ひそかに申しこんだが、

「もはや二度と会うこともあるまい。佐藤勘助をしゅびよく討ちとり、みごと、ひと

り前の武士となったからには、左門殿一人の了見にてはからうべきでござる。かようにおつたえ下され」

九郎は和尚に、そういった。

(会うてはくれぬのか、九郎どの……)

左門は、このところ、なつかしい九郎のおもかげをしのび、夜もねむられぬことさえある。

小袖《こそで》を通しておっていた九郎の好もしい体臭や、あたたかい掌や、熱くしめったくちびるの感触を想《おも》い、ふとくてやさしい声音を耳によびさまし、

(ああ、九郎どの。ひと目、会いとうござる)

泪《なみだ》さえ、うかんでくる。

春がすぎるころになると……。

左門、いやでも進退を決めなくてはならなくなった。

仕官を熱望するわけではなかったが、諸家の、ことに九鬼家のさそいが執拗《しつよう》であったし、使者として度々浪宅へあらわれる伴《ばん》清左衛門という中年の家臣の老巧なかけひきと人柄のよさに、左門も好意を抱かざるを得ない。

ことに、九鬼大和守の江戸藩邸は、池田家と同じ数寄屋橋門内にあり、殿さま同士も仲がよい。

青年大名の九鬼大和守は、摂津・三田《さんだ》三万六千石の領主であった。

「私めは、かくべつの才覚もなきものにて、お召し抱え下されても、まんぞくな御奉公ができかねようかと……」

左門はこの辞退のことばを、何度、伴清左衛門へ向ってくり返したか知れない。

それでもよい、と伴は熱心である。

「生来の病弱にて……」

とも、左門はいった。

ほんとうのことをいったつもりなのだが、

「は、はは……、なにを申される」

伴は笑いとばしてしまった。

もっとも、あれから約一年を経たいま、左門の容姿はかなりの変化を見せてきていた。

美男であることにはかわりないのだが、この一年の緊張の連続がどのような作用をおよぼしたものか、細ければ細いなりに、しっかりとした体軀《たいく》となり、血色もよく、何やらたくましげなものが引きむすんだ口もとのあたりへただよってきている。むろん、これは左門自身の気づかぬことであった。

「……それほどまでに、おおせつけ下さるなれば……」

「御承知下さるか?」

「何ごとも伴様へ、おまかせいたしまする」

「これは、ありがたい」

左門も、思いきって仕官する気になると、

(どうせ、一度は死ぬるつもりでいた身じゃ。九鬼家へ奉公をしたなら、何事にも、あのとき佐藤勘助へ斬ってかかったときの捨身で立ち向ってくれよう)

そして、

(いざともなれば、死ねばよいのだ)

と、決意をした。

こうなると、一年前の鷲見左門とは大分にちがってきたわけだが、本人は、その変化を知らず、以前のままの自分だと思いこんでいる。

人間というものは、何がきっかけとなって、自分も他人も知らぬ自分自身の一面を引き出されるか知れたものではない。

九鬼大和守の家来となった左門は十六歳であった。

「百石二人扶持《ぶち》じゃそうな」

「九鬼家では二百石というたが、左門が辞退したというぞ」

「もったいないことを……」

「それにしても大した出世じゃ」

と、池田家では左門のうわさでもちきりである。

「先《ま》ず、めでたい」

と、池田出雲守も、

「当家へもどしたくとも、もどせぬ左門。九鬼殿がひろうてくれて、わしもうれしい」

ひそかに、千本九郎へいった。

九郎は二十歳になり、小姓組を出て、亡父の役目をつぎ、相変らず黙々と奉公にはげんでいた。

この年。

池田出雲守は、他の大名と共に、幕府から江戸城・石垣の普請《ふしん》を命ぜられ、みずから工事を指揮し、繁忙をきわめている。

「殿は御無理を重ねすぎておられるのではないか?」

「どうも、お疲れのようじゃ」

家来たちも、一丸となって課役にはたらきながら、

「御幼少のみぎりには御躰《おからだ》もあまりお強くなかった、と、きいておる。あまりに御無理をなされては……」

心配しはじめた。

暑い夏のさかりに、工事は頂点にさしかかっていた。

「八月いっぱいに終るよう」

と、幕府は命令してきている。

池田家の受けもちは、紅葉山《もみじやま》と西の丸の石垣なのだが、もっとも工事のむずかしい場所であった。

「お休み下されませい」

千本九郎は何度も進言をしたが、

「これしきのことにまいるようでは、一国の主《あるじ》もつとまらぬではないか」

若いときから、みずからの弱い躰へ鞭《むち》をあたえつづけてきているだけに、出雲守も強情である。

とうとう、八月下旬までに工事をやりとげてしまった。

「みなも、ようはたらいてくれた」

この年、三十三歳の出雲守は、やつれきった顔をよろこびでいっぱいにし、家来たちをねぎらったが、九月へ入って間もない或る朝、突如、倒れた。

厠《かわや》から出て、髪をゆわせていたとき、

「むう……」

異常なうめき声を発し、のめりこむように倒れ伏し、狼狽《ろうばい》した侍臣たちが抱き起したとき、多量の血を吐いた。

そのまま、意識が混濁し、九月四日に息が絶えたのである。

これは、出雲守自身が予期せぬことであった。

池田家は大さわぎとなった。

なぜなら、急死した殿さまの後つぎがいないからである。後つぎのない大名の家は絶えねばならぬ。

出雲守は、正夫人との間に長男・万太夫をもうけたけれど、これは五歳で病死してしまい、あとは三人の女子で、いざとなれば、末むすめに養子を迎えるつもりでいたが、まさか、急にこのような事態になろうとは……。

重臣たちは、殿さまの死を秘密にし、すぐさま幕府へ養子縁組のことを、出雲守の遺言として届け出たが、

「末期《まつご》の養子はゆるしがたし」

と、はねつけられてしまった。

どうにも仕方がない。

殿さまの死を、六日として正式に発表し、ここに池田家六万五千石の所領は幕府に没収されることになった。

殿さまの家がつぶれたのである。

家来たちは、たちまち食禄《しょくろく》をうしない、浪人となって巷《ちまた》へほうり出された。

千本九郎も例外ではない。

(おれは、以前からあれほどに、殿のお躰のことを御家老方へ申しあげておいたに
……あの老人たちは、まだまだ大丈夫なぞと安閑と日を送り、なんの手段《てだて》もせなんだ)

それが残念であった。

重臣たちが本気になれば、殿さまだとて、無下《むげ》にこれをしりぞけるわけにはゆかない。

しかし、老臣どもは、病床につかぬかぎり、出雲守の病体をみとめようともせず、気にもかけなかったところがある。

(ばかな……)

みすみす六万五千石の家をつぶしてしまった残念さ口惜しさは非常なものであったが、これを千本九郎は口にのぼせたことはない。

武士たるもの、愚痴をこぼすべきではないのだ。

また自分も、ここまで出雲守の病気が昂《こう》じていたとは思わなかった。

(おれも、ばかだ!!)

なのである。

そうと知っていたら、殿さまの前で腹を切っても、

「御養生なされますよう」

と、諫言《かんげん》をしたろう。

浪人となった千本九郎は、京の弓師・徳守定重方へ身をよせた。

そのころ、鷲見左門は九鬼家の本国・三田へうつり、屋敷をもらって奉公をつづけている。

五

それから二年後の、寛永二十年の晩秋となって……。

「当家、江戸屋敷へおこしねがいたい」

と、千本九郎へ本多能登守《のとのかみ》から使者が立った。

九郎はまだ、京の弓師・定重方に寄宿し、依然、浪人ぐらしをつづけてい、

「もう武家奉公なぞ、のぞまぬ。ここにいて弓師になってしまいたい」

と、定重へもらしていたようだ。

そこへ、本多家からの招きであった。

どこのだれが、

（おれのようなものの仕官を……？）

九郎は考えて見たが、まったく、こころあたりはなかった。

本多能登守は、徳川譜代の大名で、遠州・掛川五万石の城主である。

その〔殿さま〕が、じきじきに九郎を見たいという。

これは、九郎を「召し抱えたい」という意味にとってよい。

わざわざ、京都まで使者が来たのだから、ことわっては礼を失することになるし、九郎にとっても武家奉公ができるなら、それにこしたことはないのだ。

使者と共に、九郎は江戸へ向った。

幕府は、去年から譜代の大名たちにも参覲《さんきん》を命じたので、それまでは江戸城・三の丸の本家屋敷をつかわせてもらっていた本多家が筋違橋《すじかいばし》内へ新邸をいとなんで間もないときであった。

木の香がにおう、この新邸へ到着した千本九郎は、その翌日になって、本多能登守に引見された。

九郎は、二十二歳になっている。

「千本九郎正実にござります」

「うむ」

うなずいた能登守が、

「そのほう、旧主・池田出雲守につかえしころ、鷲見左門と断金の仲であったそうな」

にっこりしていう。

「は……？」

九郎は、表情を変えない。

「左門が、十五歳の折、佐藤勘助なる剛の者と果し合いをいたしたとき、そのほう、見事なる助太刀をいたしたそうじゃな」

何気もなくいう能登守は、

「そのことを耳にして、ぜひとも、そのほうをわが家来にいたしたくなった。二百石をつかわす、どうじゃ？」

「おそれながら……」

「二百石では不足か？」

「その鷲見左門、徒士《かち》一名を討ち果しましたることはまことでござりますが、私めが助太刀をいたしたることなど、まったくもって、おぼえがござりませぬ」

九郎もまた、事もなげにいう。

「申すな、すべてわかっておることじゃ」

「私めには、とんとわかりませぬ」

「これ、九郎」

「はい」

「このこと、いま左門がつかえている九鬼大和守殿家中では、だれ知らぬものがない、と申すは、左門みずからが、真相をうちあけたからじゃ」

それは、こういうことなのだ。

九鬼の家来となってから二年。左門の奉公ぶりは、実にしっかりしたもので、家中の評判もよく、殿さまの大和守も、

「うわさにたがわぬものじゃ。よい者を家来にしたぞ」

大よろこびで、側近《そば》くめしつかう。

左門は小姓組の〔束ね〕をするようになった。こうなると適材適所というわけだから、万事に手ぬかりなく、それでいて少しも出しゃばらぬ。

「なるほど、なるほど」

と、大和守はいよいよ満足であった。

けれども、鷲見左門の新しい苦悩は、旧主・池田出雲守が急死し、池田家がほろびたときからはじまっている。

多勢の家来たちと共に、あのなつかしい千本九郎も食禄をうしない、浪人の身とな

ってしまった。

それにひきかえ、

(九郎どのの名誉を横取りしてしもうた自分が、いま、このようにめぐまれて暮している。ああ、九郎どのにすまぬ)

と、いうわけだ。

それでも左門は、二年を耐えた。

京の弓師・定重へ、

「九郎どのは、もしや、そちらに滞留しておられまいか。おられなければ、どうか居所を教えていただきたい」

と、三田から何度も手紙を出したのだが、いずれも九郎が見てにぎりつぶしてしまっている。

ところが、この春になって、左門へ加増の沙汰があった。

大和守は、左門へ百石を加えて計二百石の身分にし、さらに重い役目につけようといい出したのだ。左門は強く辞退をしたが、きき入れない。

ここで、ついに左門がたまりかねた。

「申しあぐることがござります」

と、大和守へ申し出て、あの事件の全貌《ぜんぼう》をつつみかくさずうちあけたのである。

「ふうむ……」

　きき終えて、大和守は、しばらく沈黙をしていたが、

「よくぞ、申した」

「これまで、いつわりのままにうちすぎましたること、まことにもって……」

「そち、腹を切るつもりじゃな」

「……………」

「ゆるさぬぞ」

「は……」

「そちは、わしにいつわりを申したが、千本九郎との約定《やくじょう》はたしかにまもりぬいた。ちがうか？」

　その通りである。

　九郎との堅い約束のもとに、左門はこれまで真実をかくしぬいてきたのである。

「わしにうそをつかせたのは、その千本九郎ではないか、ちがうか？」

「おそれいりたてまつる」

「ここで腹切ったりしたならば、千本のこころざしにそむくことになろう、どうじゃ」

「は……」

「これまで通りに奉公せい。なれど、加増はとりやめる。そのほうが、そちの気もやすまるであろう」

その席には、侍臣三名と小姓一名がいて、彼らにも、

「このことは、だれにも洩《も》らすな」

と、大和守は念をいれたのだが、そうはゆかぬ。

だれからともなく、うわさが家中へひろまってしまった。

だが、悪い性質のものではない。

だれもが左門の苦悩に同情をし、その正直さをほめたたえた。

ことに、殿さまひとりにではなく、家来四名がいるところで、悪びれずに、すべてをうちあけたことが、

「なかなかに、出来ることではない」

高く評価されたのである。

「と、いうわけでな。いや、実に見上げたものだ。年は十八歳なれど肚《はら》はすわっておるわい」

と、左門のことを、九鬼家の臣で堀田彦七郎という江戸屋敷づめの者が、本多能登守の侍臣で内海助太夫へ物語った。

この二人は、主人がちがっても親の代からのしたしい交際がある。

「ほほう」

と、内海助太夫もひどく感動をし、折を見て主人の能登守へ、

「鷲見左門もりっぱなれど、その千本九郎と申す仁《じん》のさむらいごころ、まことにさわやかなものでございますな」

酒の相手をつとめながら、物語した。

能登守も身を乗り出し、聞き入っていたが、

「千本九郎を召し出《いだ》せ」

と、命じた。

本多家では八方手をつくしたあげく、ようやくに九郎が京にいることをつきとめ、使者を急行せしめたのである。

「どうじゃ、これで、そちもなっとくいたしたであろう」

本多能登守が、とどめを入れたつもりでいうと、千本九郎はいささかも動ぜず、

「いささかも相わかりませせぬ。左門は気が狂うたのではござりますまいか」

と、こたえた。

六

「では……」

本多能登守が、同じ席にひかえていた侍臣・内海助太夫へ目くばせをした。

「ははっ」

内海は、かねて用意しておいた一通の書状をささげ、これを千本九郎の前へおいた。

「どうじゃ、九郎。その書状の筆におぼえがあるか?」

見て、九郎が、

「まさに、鷲見左門の筆蹟《ひっせき》に相違ございませぬ」

「中を読んで見よ」

「は……」

書状の内容は、次のごときものだ。

「……佐藤勘助を討ちとりましたとき、助太刀はまさに千本九郎殿。九郎殿の助勢あってこそ、私は勘助を討つことができたのであります」

という、左門自身がしたためた〔証明書〕なのである。

宛名《あてな》は、内海助太夫になっている。

これは、内海が左門のもとへ、

「実は、わが殿が、千本九郎殿を召し抱えたしとの御意向にて、ついては、われら耳にきく千本九郎殿助太刀の件、御貴殿より証明をいただきたい」

と、手紙で申し送ったので、折返し、左門が証明してよこした書状なのである。

左門にしてみればためらうべきことではなかった。

九郎の助太刀の見事さをきき、本多能登守が召し抱えようとしている。浪人に落ちた九郎がふたたび返り咲こうとしているのだ。

すでに、自分の〔殿さま〕へ秘密をうちあけてしまっていた左門だから、むしろ勇躍して証明を書き送った。

千本九郎が仕官することを得るなら、

（どのようなこともする）

つもりの左門であった。

「どうじゃ？」

眉《まゆ》ひとつうごかさず、冷然として書状を読み終えた九郎へ、本多能登守が、

「かくなっては、もはや、つつみかくすこともあるまい」

すると九郎が、しずかに書状を折りたたみながら、ふとためいきを吐き、両眼をとじた。

能登守も、その席にいた本多家の家臣たちも、不審にたえない。これまでして自分の手柄を押しかくそうとする九郎の気もちがはかりかねたのであろう。

「これ、九郎。いかがいたした？」

「は……これはまさに、鷲見左門の筆でござりますゆえ、左門が書いたものにちがいございますまい」

「そうか。わかってくれたか」

「乱心でござる」

「なに？」

「左門は狂人になり果てたのでござりましょう」

「何と申す」

「左門が乱心いたしたからには、武士の本体をうしなったも同然。もはや何ごとも申すことはござりませぬ」

「待て」

「私めは左門の無二の知音《ちいん》にござりましたゆえ、この書面をもって、左門を狂人となすは、こころ苦しゅう存じまするが……なれど、私にとって、まったく身におぼえのなきことを申したてておりますのは、乱心狂気と見るより仕様もござりますまい」

「ふうむ……そのほう、強情だの」

「先《ま》ず、おきき下されませい」

「む？」

「私、能登守様はじめ御家中のかたがた列座の席において、左門を狂人あつかいにすること、本意ではございませぬ。なれど……なれど、狂人がたてたる証明を真実のものとおもわれまいては、左門も私も父祖の名を汚すことに相なります。さらに、亡《な》き旧主・池田出雲守じきじきの取りしらべに対しましても、左門一人にて佐藤勘助を討ち果したること、はきと言明いたしてございます。となれば、もしも、このような狂気のあかしが世にひろまり、狂人の申したてが真実となりますれば、われら、亡き旧主人に対し、うそいつわりを申したて、旧主・出雲守は、われらにあざむかれたるまま世を去ったことに相なりまする」

「むむ……」

「わが主人をあざむくことは、わが国をあざむくこと。武士たるもののなすべきことにはございませぬ。これは……腹切っても相すむことではございませぬ。なんとなれば、旧主も世を去り、われら故国も無き身にござれば……」

「よし、よし。相わかった」

すると、千本九郎は手にした左門の書状を真二つに引き裂き、あくまでもしずやかに、これをふところへ仕まいこんだ。

「これ、千本殿……」

あわてて、擦り寄る内海助太夫へ、

「内海殿。ただいま申しのべたるごとく、これは乱心者の書状にござる。取るにたらぬ紙くずでござる」

「な、なれど……」

「申しあげます。なにとぞ、鷲見左門のもとへ、私めをお連れいただきたい。私、左門と対面いたし、きびしく申しきかせ、かれめの狂気を……」

「もう、よいわ、やめい」

と、本多能登守が、

「千本九郎。すべて相わかったぞ」

「は……?」

「われら、このように、めんどうなる手数をかけ、そのほうをためしたのは、まことに悪かった」

「いえ、そのようにおおせられましては……」

「わかった。すべて、わかった……」

能登守は、なんと泪《なみだ》ぐんでいるのだ。

「九郎、わしにつかえぬか」

「なれど、私めは、助太刀なぞ、いたしたこともなき無能の者にて……」

「その無能がほしい」

能登守は、九郎の胸の底にあるものを、見ぬいていた。

「どうじゃ、本多家のものとなってくれるか?」

「ははっ」

これで、きまった。

千本九郎へは、鉄砲頭として五百石の高禄《こうろく》があたえられた。

九郎が名を〔九郎太郎〕とあらためたのは、本多家の臣となってからであるらしい。


そして、水のように歳月がながれていった。

本多能登守忠義は、その後、掛川から越後の国・村上へうつされ、さらに陸奥《むつ》・白川の城主として十二万石を領有するほどになった。

能登守が病歿《びょうぼつ》したのは延宝四年(一六七六年)九月で、歿年七十五歳であった。

千本九郎太郎は、そのとき五十五歳。

健在で、本多家につかえている。

鷲見左門も五十一歳の老人になり、これも相変らず、九鬼家につかえていた。

二人が別れてから、三十六年が経過してい、二人は一度も会うことがなかった。

左門は、阿佐という妻をめとり、二男四女をもうけている。阿佐は同藩の士・茂松長兵衛の次女であった。

だが、千本九郎太郎は妻もなく、子もない。

彼はこれまでに、主君や重臣たちから何度も妻帯をすすめられた。その度に頑とし

て、承知をせず、

「それがしが御奉公は一代かぎり」

といい、日々たゆむことなく勤務にはげんだ。

加増や昇進の沙汰があるたび、これを辞退しつづけてきたところは、左門も九郎太

郎も期せずしておなじであった。

鷲見左門は、延宝七年に五十四歳で病歿している。

そのころの九鬼家は、大和守久隆の子・隆昌を経て、その養子・和泉守《いずみのかみ》隆律の代に

なっていた。九鬼の殿さまは若死が多い。

左門の死については、なにもつたわっていない。

六人の丈夫な子をもうけたのだから、妻女との仲も、およそ察しがつこうというも

のだ。

老いた左門が、死にのぞんで、千本九郎太郎のことをどのように想いうかべたこと

か……それは知らぬ。

この左門の死後、三年を経た天和二年の夏に、千本九郎太郎が六十一歳で病歿し

た。

白川城下の自邸の病間に横たわっていた九郎太郎が、その日の昼下りになって、

「伊平はおらぬか」

と、家来の瀬古伊平をよびつけた。

伊平は七十をこえた老人で、九郎太郎が本多家へ召し出されたときから、身近くつきそっている家来であった。

「およびでございますか」

と、あらわれた伊平に、

「ま、すわれ」

「はい」

「人ばらいを……」

で、つきそいの侍女が去った。

病間に面した奥庭に、蟬《せみ》が鳴きこめている。

立木のみどりに夏の陽が映り、部屋の中までも青くそまっているかのようだ。

微風に、庭の車百合《くるまゆり》が、わずかにゆれている。

「伊平よ」

「はい?」

「お前より先に逝《ゆ》くことになったようじゃ」

「いかさま」

と、伊平もこれをみとめているらしい。

率直無類の瀬古伊平なのである。

そうした彼の性格が、九郎太郎にふかい信頼を抱かせるのだ。

「今日、明日のうちかとおもわれる」

「はい」

「そこでな、たのみがあるのじゃ」

「うけたまわります」

「そこの手文庫の鍵《かぎ》が、これにある。ふたをあけてくれい」

「はい……開きましてござる」

「その、その段の奥に、何やら布で包んだ品があろう？」

「ござりまする」

「これへもて」

伊平が手文庫の中から出したものは、古びた松葉小紋の裃《かみしも》の切れはしをもって包んだ、小さな、かるい一物であった。

裃の紋が見え、包みのまわりは、糸でぬいかためてある。紋は〔九枚笹〕で、これが亡き鷲見左門の紋どころであることは知る人ぞ知るだ。

すると、この袢は左門がむかし、池田出雲守の小姓をつとめていたころ、御殿へ出仕するたび身につけていたものであろう。

九郎太郎は、左門が出奔した後、左門の病父を引きとり、世話をしていたから、おのずと、こうしたものを手に入れておいたにちがいない。

この袢の切れはしに包みこまれた中身は何か……。

「軽いものにござりますな」

瀬古伊平がさし出す包みを受け、千本九郎太郎はわが胸へ抱きしめるようにし、両眼をとじ、

「伊平。この品を、わしが遺体と共に、土へ埋めよ」

「心得まいた」

「中身は、書状の切れはしなれど、かまえて他人に見せるな」

「私めも、そのかがり糸をほどきませぬ。御安心下されませい」

伊平は、女の手紙だろうとおもったらしく、おもわず微笑をうかべた。

それを、眼をあけた九郎太郎が見て、

「ふ、ふふ……伊平。そりゃ、おもいちがいじゃわえ」

と、苦笑をもらし、

「中は、男の手紙よ」

「ははあ……」

「眠うなった。すこし、団扇《うちわ》で風を送ってくれい。もしやすると、このままになってしまうやも知れぬが……」

夢の茶屋

一

木立をぬけて来た二つの駕籠《かご》が、浅草・奥山裏《おくやまうら》にある茶屋〔玉《たま》の尾《お》〕へ着いた。日もあかるい晩春の午後である。

葉桜の間を白い蝶が一羽、はらはらとたゆたっていた。

茶屋という名目ではあるけれども、奥山裏の百姓地にあるこの家は、飲食の商売をしているようにも見えない。

金龍山・浅草寺《せんそうじ》境内の北面、本堂の裏手一帯を俗に〔奥山〕とよぶが、ここを一歩出ると、浅草田圃《たんぼ》が北へひろがり、浅草寺境内のにぎわいが、まるで嘘《うそ》のようにおもわれる。

茶屋〔玉の尾〕は、道に面して店をひらいているわけでもない。

自然のままの木立の中に、柴垣《しばがき》でかこまれたわら屋根の、風雅な造りの小さな家が三戸ほど肩を寄せ合ってい、これらの家は二つの庭をへだてて建てられていた。中へ入ると物音ひとつしない。

駕籠から下りたのは、男と女であった。

女は、町家の女房ふうの身なりをしており、細面の美しい顔だちであった。

男は侍である。

四十がらみの立派な風采《ふうさい》をしているし、

「ふうむ……このような場所に、このような……」

いいさして、あたりを見まわした口調にも、なかなかに貫禄《かんろく》がある。

どこぞの大名の、しかるべき家臣か、それとも旗本か……いずれにせよ、女づれで此処《ここ》へ駕籠を乗りつけて来るような男ではない。

「ここは……」

と、女が侍の手をとって、これをおのれのふところへ抱きこむようにしながら、

「十年ほど前までは、夢の茶屋とか、夢茶屋とか、そういっていたのでございますよ。ごぞんじでございましょうか……」

「いいや、知らぬ」

「そこへ入って、男と女が、つかの間の夢を見るのだそうでございますよ」

「つかの間の夢とは、どんな？」

「まあ……何も彼も、ごぞんじのくせに……」

「どこから入る？」

「さ、こちらへ……」

この家には、別に店がまえもなければ、入口もないように見えた。

柴垣の枝折戸《しおりど》を開け、二人はもつれ合うようにしながら奥へ入って行った。

これを、見ていた男がいる。

男は、二つの駕籠が入って来るのを小さな窓の障子の隙間《すきま》から見まもっていたのだが、中年の侍が駕籠からあらわれたとき、

(おや……?)

細い両眼が、針のように光った。

「野郎……飯沼新右衛門《いいぬましんえもん》ではねえか。こいつは、おどろいたな」

二人が奥へ入るのを見とどけ、障子を閉めてから、男は口に出してつぶやいた。

「こいつは、おもしろい」

〔玉の尾〕の内では〔見張り所〕とよばれている小さな部屋へ寝そべり、男は煙草《たばこ》を吸いはじめた。

この男、名を矢口仁三郎《やぐちにさぶろう》といい、年齢《とし》は二十五歳。まだ若いのだが頬骨の張ったひげあとの濃い顔つきが十も老《ふ》けて見える。

それは悪事・曲事の老け、だともいえよう。

五十俵二人扶持《ににんぶち》の御家人の次男坊に生まれた仁三郎の悪事といっても高が知れているが、それだけに、危ない目を何度もくぐりぬけて来た疲労が顔かたちへ浮いて出る

のだろう。悪事が大きければ、仁三郎のような薄暗い老け方はしないものだ。

（どれ、飯沼の面《つら》を見てくるか……）

仁三郎は立ちあがった。

はしくれながら〔さむらいの家〕の子に生まれたおもかげは、いまの仁三郎の風体にも、口のききようにも態度物腰にも残っていない。

それでも縞《しま》の着物に角帯をきちんとしめ、足袋をはき、身ぎれいにしているのは〔玉の尾〕の主人《あるじ》が口やかましいからである。

「おう。友七。ちょいと替ってくんねえ。妙に、腹がへってきやがった」

と、仁三郎が小廊下の向うの部屋へ声をかけ、廊下を突き当って左へ折れた。

まったく、この家の造りはふしぎをきわめている。座敷女中もいないではなく、料理人もいて、客の酒食のもとめにも応じる。

それでいて、そうした気配がほとんど感じられないのだ。

すべてが、ひっそりとおこなわれ、部屋の間仕切りや廊下の戸にも凝った仕掛けがほどこされてい、外面から見たのでは、屋内のくわしい様子がわからぬようになっていた。

〔夢の茶屋〕とは、よくいったものである。

こうした茶屋が、浅草や下谷《したや》の諸方に生まれたのは十五年ほど前のことで、一口にいうなら男女の〔密会〕専門の茶屋なのだ。男女が密会するためには他に〔出合茶屋〕も〔水茶屋〕もあるし、船宿もある。近年は〔汁粉屋〕や〔蕎麦《そば》屋〕にも、そうした設備がほどこされているそうな。

しかし〔夢の茶屋〕と俗によばれる場所では、たがいに見知らぬ男女が情痴で一時《いっとき》をすごし、たがいの名も住所《ところ》も知らぬままに別れるという、つまり、種々雑多な女が男を外からくわえこんで来たり、または〔夢茶屋〕そなえつけの女へ客を運んで来たりするわけで、いわば一種の〔売春宿〕なのである。

それを〔夢茶屋〕などとよんで、何やら秘密めかした環境と手数《てかず》をもうけ、客の好きごころをさそうのは、相手をする女たちが、一様に娼婦《しょうふ》と片づけてしまえぬところもあり、それにまた趣向を凝らして客から高い金を取るのが目的なのである。

二度と、同じ女を相手に出さぬのも特徴といってよいだろう。

徳川将軍が天下を統一し、日本に戦乱が絶えてから百七十年ほども経たいまとなっては、地方は知らず、江戸・大坂などの大都市の繁栄は底知れぬものとなり、人心の緊迫はうしなわれて、新奇・珍奇の流行を追う風俗が人びとの暮しのあらゆる場所を侵し、武士も町人も男も女も、

「何事も金の世の中」

と、なってしまい、そのくせ、米が国の経済の主体なのだから、天候不順で米が取

れないとなれば、何千何万もの餓死者が出る。

と、いっても、飢饉《ききん》のない国の大名は、

「われ関せず」

であるし、都市の町人は飢饉に乗じて金もうけをする始末であった。

先年……。

幕府老中に任じた奥州白河十一万石の城主・松平越中守《えっちゅうのかみ》は、

「武士は質実剛健のむかしにもどれ」

の方針を押しすすめ、

「何事にも倹約を第一に……」

と、幕府政治を切り替え、年毎《としごと》に金銀のちからを町人にうばい取られつつあった武家階級をきびしく監視すると同時に、町人たちへも、

「ぜいたくな着物、男女のことをあつかった読みものや絵の売買、風俗をみだす茶屋などをきびしく取り締る」

断を下した。

「芝居見物も、ほどほどにせよ」

と、いうのである。

事実、官憲の取締りも非常にきびしい。

その中で、かつての夢の茶屋の一つであった〔玉の尾〕がそのすじの手入れもうけずに、ひっそりと営業をつづけているのであった。

仁三郎が〔飯沼新右衛門〕だと見きわめた中年の侍は、女のおきたの案内で、奥の棟の座敷へ庭づたいに入った。

音もなく、酒肴《しゅこう》がはこばれ、さしつさされつするうちにどちらからともなく手をさしのべ、抱き合って倒れた。奥の小部屋には夜具をのべてあり、香がたきこまれている。

女の細くて白い躰《からだ》が蛇のようにくねり、侍の肥《ふと》った躰に組みしかれると、押しつぶされてしまいそうに見えた。

寝間は雨戸に閉めきられてい、行燈《あんどん》がともっている。小さな床ノ間の地袋戸棚の戸の隙間から、矢口仁三郎はこのありさまを凝視していた。

「会いたい。これからも会いたい。な、女。どうじゃ……どうじゃ、会《お》うてくれるか……たのむ、たのむ」

と、飯沼新右衛門が年甲斐《としがい》もない甘い声で、おきたへささやきかけつつ、半狂乱の態《てい》で女体をむさぼりはじめた。

仁三郎は、わざと舌うちをもらしてやったが、無我夢中の飯沼は気づくどころではない。

（あきれ返って、ものもいえねえ）

この地袋戸棚は、丈が少し高い。

一旦、官憲が踏みこんで来たときの脱出口なのであった。

戸を開け、身を横たえて戸棚の中へころがりこむと壁の向うの〔隠し廊下〕へ出られる。こうした仕掛けなどは、当時、この種の家にはいくらもあったのだ。

二

女は、名をおきたといい、浅草寺境内の西側に立ちならぶ茶屋の一つで、若宮稲荷《いなり》の前にある〔よしのや〕という菜飯《なめし》茶屋ではたらいている。

むろん、ここは参詣人《さんけいにん》の酒食のための茶屋であるから、女たちが客をとるわけにはまいらぬ。

〔よしのや〕の茶汲女《ちゃくみおんな》のうち、三人ほどが〔玉の尾〕で客をとっている。これは菜飯茶屋の亭主も知っていて、別の経路から客がつくと、女に暇をあたえて商売をさせ、分け前をとっていた。

茶汲女に女房の姿をさせるのも〔夢の茶屋〕の技巧のひとつであるし、また事実、ほんとうの町家の女房がひそかに客をとることもあるのだ。

何やら秘密めいた、猟奇的な仕組みにつられて来る上客が絶えない。このごろのように、お上《かみ》の風紀取締りがきびしくなればなるほど、しかるべき身分のある武士たちや、名の通った商家の主人などは、うっかりと、おのれの〔好色〕を満たすことができにくくなる。

事が終ると……。

「いま、すぐにもどりますから……」

と、おきたがくちびるを飯沼新右衛門の耳へつけてささやき、寝間を出ていった。

それきり、おきたはもどらない。

かわりに〔玉の尾〕の雇人《やといにん》が、勘定を取りにあらわれるのであった。

「女は、みんな、ちゃんとしたところのひとばかりでございますから、早く家へもどりませぬと大変なことになりますので」

と〔玉の尾〕では客にいう。

まさに一時の夢であった。それが、はじめからの約束だから、客も文句はいえない。勘定をはらってぼんやりと外へ出て行くことになる。

飯沼新右衛門は、駕籠《かご》をよばせた。

駕籠も〔玉の尾〕と特約をむすんでいる。浅草山之宿《やまのしゆく》・六軒町の駕籠屋〔河辰《かわたつ》〕からよぶのであった。

飯沼が駕籠から下りたのは、駒形堂前であった。

ここで〔河辰〕の駕籠を帰し、悠然として飯沼は、すぐ目の前の船宿〔小玉屋〕へ入って行った。

大川（隅田川）に面した、このあたりの船宿の中でも小玉屋はもっとも格式が高く、かまえにも風格がある。小玉屋の先代の主人は、なんでも幕府の御舟手《おふなて》方の同心をつとめていたのが、わけあって退身し、船宿をはじめたというだけあって、武家の客が多い。

「これは、これは、飯沼様」

と、主人の伊兵衛が出迎えるのへ、

「酒をな、半刻《はんとき》（一時間）ほどもしたら駕籠をよんでもらいたい」

「承知いたしましてございます」

飯沼は、二階座敷へあがった。

七ツ（午後四時）ごろだろうが、めっきりと日も長くなり、大川の水はまだ陽ざしにふくらんでいる。

酒肴をはこんで来た女中を去らせてから、飯沼は、肥えた体軀《たいく》に似合わぬ細っそりとした右の手ゆびを鼻孔へ当てて見て、くすりと笑った。先刻、女の躰を執拗《しつよう》にまさぐってきた手ゆびなのである。

飯沼が酒を一口、二口とのみ、煙草入れを出そうとして、

(無い……)

はっとした。

(あの茶屋へ置き忘れてきた……)

らしい。

(あれは、いかぬ)

夢の間の情事というので、女の名も知らぬし、こちらの身分も名も、茶屋では知っていないはずだが、煙草入れも煙管《きせる》も定紋入りの立派な品だし、亡父の形見でもあった。

(ともあれ、引き返して……)

腰をあげかけたとき、襖《ふすま》が開いた。

矢口仁三郎が、飯沼新右衛門の煙草入れを見せながら、座敷へ入って来た。

「お忘れもので」

「おのれは、矢口……」

「久しぶりで」

船宿の内儀や女中の顔が、廊下でおろおろしている。ここへあげる前に飯沼へ通じておこうとしたのを、仁三郎が押し通って来たのであった。

愕然《がくぜん》としながら飯沼は、女たちへ目顔で、

「去れ」

と、いった。

「先刻は、おたのしみでございましたね」

「…………」

「私も、ちょうど、奥山裏の玉の尾におりましたので」

「み、見たのか……」

「見ねえわけにゃあいきませんよ」

と、仁三郎が居直った。

「あなたがお抱きあそばした女は、私の女房なので」

「な、なにを、ばかな……」

「どうしてくれますね？」

むろん、おきたなどとは口をきいたこともない仁三郎なのだが、しゃべっているうちに嘘《うそ》の中へ没入してしまい、額に青筋が浮いて出た。

「お前さんには、これで二人も、自分《てめえ》の女をひどい目にあわされたのだ。こうなれば後へ引くわけにはいきませんよ。出るところへ出ようじゃございませんか。それまでは、この煙草入れをあずかっておきましょうよ。女房も可哀相だが、お前さんを道づいにしてやる。私もいのちがけさ。お前さんに食らいついて地獄へ落ちこんでやるつもりだ。

いまを時めく奥御祐筆組頭《ごゆうひつくみがしら》・飯沼新右衛門様が他人《ひと》の女房と、事もあろうにあんな汚ねえ場所で乳くり合っていたことを、お上が知ったらどうなるか……おもってみただけでもたまらねえ。さ、どうしなさる。覚悟をきめて返事をしてもらいたい」

飯沼は蒼白《そうはく》となって、仁三郎をにらんでいるが、袴《はかま》をつかみしめた両手が微《かす》かにふるえていた。

今日の〔遊び〕の手引きをしてくれたのは、屋敷へ出入りしている道具屋で、下谷広徳寺通りに店舗をかまえている山城屋長助である。

骨董《こっとう》が好きだった亡父に可愛《かわい》がられた山城屋が、神田小川町の屋敷へ出入りをするようになってから十五年ほどになる。

飯沼新右衛門の〔かくれ遊び〕に、山城屋長助は、なくてならぬ男であった。

先日あらわれた山城屋が、

「おもしろいところが見つかりました。ま、おまかせ下さいまし」

といい、手はずをつけてくれた。

今日の昼すぎ。ひとりで、この船宿で待っていた飯沼へ、河辰の駕籠が「山城屋さんからのお迎えでございます」といい、迎えに来てくれた。

山城屋はあらわれず、玉の尾へ着いて見ると、うしろの駕籠から女が下りて、すぐさま、こぼれんばかりの愛嬌《あいきょう》をたたえ、親しげに口をきいてきたのだ。

山城屋の紹介だけに、まさか悪事がからんでいるともおもわれないが、

(山城屋とて、気づかなかったことやも知れぬ)

そう考えられぬこともない。

(それにしても、矢口仁三郎に見られたとは……な、なんたることだ)

であった。

いま、飯沼新右衛門がつとめている奥御祐筆という御役目は、幕府最高機関である老中・若年寄の秘書官ともいうべきもので、種々の機密にたずさわるし、その組頭ともなれば、三、四百石の旗本ながら権威は非常なものとなる。

それだけに収賄《しゅうわい》の機会も多い。

諸大名なり幕臣なりが、幕府や将軍に対して事をはかろうとするとき、先《ま》ず、奥御祐筆を、

「抱きこむ」

ことが常識とされていた。

現・老中筆頭(幕府の首相)である松平越中守は、就任以来、奥御祐筆の入れ替えをおこない、

「こころ正しきもの」

を人選して役目に就かしめたが、さいわいに飯沼新右衛門は、引きつづいて奥御祐筆組頭に居残ることを得た。

なにしろ、

「奥御祐筆を一代つとめれば、蔵が建つ」

といわれたほどの御役目であるから、飯沼の内証は実にゆたかなものなのだ。

それを飯沼は、

「気ぶりにも見せぬ」

のである。

御城でも自邸でも、謹厳そのものであって、若党侍として奉公にあがっていたときの矢口仁三郎が、屋敷の女中のおすみへ手をつけ、これを身ごもらせたとき、

「不義者めが!!」

激怒した飯沼新右衛門が、二人を庭先へ引き出し、木刀をふるってめったやたらに打ち叩《たた》き、

「手打ちにいたすところなれど、犬畜生を斬《き》る刀は持たぬ。出て行け!!」

と、いった。

左腕の骨が折れたおすみを背負い、当時二十歳の仁三郎が泣き泣き、冬の雨の夜の

中を飯沼屋敷から追い出されてから、五年を経ている。

「旦那、おすみは、あれから間もなく死にましたよ。お前さんになぐりつけられ、骨を折られたのが原因《もと》だ……とはいいませんがね」

仁三郎の細い眼が、殺気に光っている。

飯沼は、声もなかった。

もしも、奥御祐筆の自分の、今日のことが老中の耳へ達したなら、取り返しのつかぬことになる。前の田沼政権のころなら問題にもされぬことだし、もみ消しもたやすいことなのだが、いまの松平政権は、

「重箱の隅を楊子《ようじ》でせせる」

ように、末端までの監視がきびしく、うるさい。

うかつにはうごけないのである。

「か、金で……」

と、ようやく飯沼新右衛門がいった。

「すむことか?」

仁三郎が口をゆがめて、

「すませてもいいが、そのかわり、下手に身うごきはなりませんよ。あなたが、ひとりで金を持って来るのだ」

「む……わかった」

「百両、お出しなさい」

「え……」

「安すぎるほどだ」

「む……出す」

「明日、持っておいでなさい」

「明日は、御城へ上らねばならぬ」

「では、明後日。小石川の伝通院前の坊主蕎麦《そば》で待っていますよ。時刻は八ツ（午後二時）。間違えたら、ただごとじゃあすみませんぜ」

三

矢口仁三郎が去ったあとで、飯沼新右衛門は船宿から使いを出した。

一つは、広徳寺門前の山城屋長助へ、

「すぐに、駆けつけて来てもらいたい」

といい、一つは神田小川町の自邸の用人に、

「駕籠をたのんで迎えにまいるよう」

と、いいつけたのである。

山城屋長助が、駕籠で駆けつけて来るまでに一刻《いっとき》（二時間）とはかからなかった。

それから間もなく、飯沼家の若党と中間《ちゅうげん》が迎えに来た。

飯沼はこれを待たせておいて、山城屋との密談をつづけたのである。

山城屋は一語もさしはさまずに、すべてを聞き終えてから、

「これは、あの茶屋の主人が仕組んだことではございますまい」

と、いった。

平常、人ざわりのよい微笑の絶えたことがない山城屋長助だが、さすがに、むずかしい顔つきになっている。

「山城屋、どうしたらよい？」

「さよう……」

「百両で、すべてが片づくのならよいのだが……」

「百両、お出しなされますか？」

「それですむのなら、いたし方もあるまい。だが、後へ尾を引くようになっては困る」

「さようで」

「このまま、矢口仁三郎のいうがままに、金をわたしてさしつかえないだろうか？」

「ふうむ……あの矢口さんが、玉の尾にいた、というのでございますね」

「そう申した」

「よろしゅうございます」

「な、なんと？」

「金は、明後日に？」

「そうだ」

「それまでに、私が玉の尾をしらべて見ましょう。その上で、もしも、玉の尾があなたさまを目当てに、仁三郎をつかって仕組んだ狂言なれば、その百両はお出し下さるにはおよびませぬ。いいえ、それは私がお引き合わせをいたしたのでございますゆえ、私の責任《せめ》にございますから……なれど、もしも仁三郎ひとりの考えでしたことならば、これはあなたさまの蒔《ま》いた種でございます」

「わかっている……が、それにしても、けしからぬやつだ」

「ま、おまかせ下さいまし」

山城屋が、はじめて笑った。

世間の裏も表も知りつくしている山城屋なのである。

飯沼新右衛門も役目柄、顔もひろいし、これが以前のことなら、

（なんとでも手段《て》はあるのだが……）

なんといっても、いまの幕閣は監視の目がうるさい。これまでに飯沼たち奥御祐筆が自由自在にあやつっていた書類を、老中筆頭・松平越中守はいちいちみずからの目をもってたしかめ、微細にわたって指示をあたえるほどだ。

飯沼も、うっかりと妙なまねはできない。

あの殺気と憎悪《ぞうお》にみちた矢口仁三郎の眼の光りも不気味であった。

(やつめ、何を仕出かすか、知れたものではない)

のである。

幕府政道の中枢《ちゆうすう》ともいうべき御役目にたずさわる身で、あのような〔隠れ遊び〕をしていることが上《かみ》の耳へもれたなら、場合によっては、

(切腹をおおせつけられるやも……?)

であった。

つまり、それほどに、松平老中は綱紀にきびしい。

こうなれば、山城屋長助ひとりがたよりであった。

山城屋は、こういった。

「明後日は御屋敷からお出になりませぬよう」

「かまわぬのか?」

「金をわたすようになれば、私が代りに仁三郎へ……」

「大丈夫か?」

「おまかせ下さい。年《と》は老りましてもぬかりはございませぬ」

「よろしゅうたのむ」

飯沼新右衛門を屋敷へ帰してから、山城屋長助は、

「酒を、たのみますよ」

といい、この船宿へ居残ったのである。

山城屋は、小玉屋の者を使いに出した。

山城屋の呼び出しをうけて、間もなく小玉屋へあらわれた男の顔を、この浅草界隈《かいわい》で知らぬものはないといってよい。

土地《ところ》のものが、

「聖天《しょうでん》の元締」

とよんでいる、この男は名を吉五郎といい、浅草一帯の香具師《やし》の〔束ね〕をしていた。

金龍山・浅草寺や本願寺をはじめ、浅草には著名な寺社が多く、したがって盛り場の繁昌はいうまでもない。

こうした盛り場で客を呼ぶいっさいのことに、吉五郎は顔を売っているし、屋台店や物売り、見世物興行などで稼ぐ香具師を一手に束ねている聖天の吉五郎の威勢は大

変なものだそうな。

それでいて吉五郎は、浅草聖天町の小さな家に娘のお半と二人きりで暮している。六十をこえた小柄な吉五郎が朝早く、自分の家のまわりの道を掃き清めている姿などを見ていると、どこの町の片隅にもころがっている変哲もない老爺《ろうや》としかおもえない。服装《みなり》も粗末なものだし、だれに対しても腰が低く、ていねいな口ぶりであった。

「浅草の盛り場《とこ ろ》を、あんなにおだやかな元締がたばねていてくれるのだから、こんなけっこうなことはない」

と、浅草の人びとは、吉五郎を自慢にしているらしい。

香具師の元締といえば、裏へまわると得体も知れぬ暗黒面を持ち、

「金しだいで人殺しも引きうけるそうな」

などといわれている。

それだけに、聖天の吉五郎の人柄が高く買われているのであろう。

「元締。わざわざ、すまなかったねえ」

と、山城屋長助が、小玉屋の二階座敷へ吉五郎を迎えて、

「いつも、達者でけっこうだ」

「旦那も、おすこやかで……」

「ありがとう。ま、こっちへ寄って下さい。久しぶりだ。ゆっくりとやりたいね。ま、

ひとつ」

「これは、どうも……」

「いまね、熱い酒《の》が来ますよ」

「で……？」

「あ、さっそくですがね。ほれ、奥山の裏の玉の尾。先日、二度ばかりお世話になりましたよ。いや、なかなかに結構。しずかだし、木が茂っていて、まるでその箱根の温泉《ゆ》へ女でもつれて行ったような気分になってしまった」

「おさかんなことでございますねえ、旦那」

「若い女の肌は、私のような年寄りにはいちばんの薬さ」

「お気に入りましたか？　お相手をさせましたのは、茶汲女《ちゃくみおんな》なぞじゃあございません。まだ肌の荒れていねえむすめたちを……」

「ありがとう、ありがとう」

「世の中が、ばったりと不景気になってしまったもので、あんなむすめたちまで躰《からだ》を投げ出すのでございますよ」

「人助けをしているようなものさ」

「こいつは、どうも……」

「さ、そこでね」

「へ……？」

「今日、私が引き合わせたさる御方を玉の尾へ……」

「さようで。たしかお相手は、よくえらんでおいたはずでございますがね」

「いえ、そのほうは御まんぞくなのだよ。女のことじゃあない、ともいえないのだが
……」

「なにか、不都合なことでも？」

「玉の尾の亭主は、たしか、元締の片腕だとかいわれた才兵衛さんだね」

「さようで、年を老《と》りましたので、玉の尾を仕切らせておりますが……」

「若い者《の》もいるのかえ？」

「そりゃあもう、女とお客との連絡《つなぎ》やら……それに、こんな小むずかしい世の中になりますと、お上の目をはばかるのに、いろいろと手数もかかります。ですから旦那、どうしても、お遊びの金が高くなるのでございますよ」

「玉の尾に、仁三郎という若いのがいますか」

「え……仁三《にさ》というのはおります。しっかりした男で、二年前に私のところへころげこんでまいりました」

「ふうん、そうかえ……」

「旦那。いやでございますねえ。奥歯へものがはさまったような……」

「客へ出す女と、お前さんのところの若い者とが、くっついているようなことはないだろうね？」

「とんでもねえ。そんな場ちがいを、この吉五郎がするとおもっていなさる？」

「そうだろうねえ。まして、二十年前に、お前さんが金ずくで、浅草の縄張りをひろげなすったとき、三百両の金を用だてたのは私だ。いえ、その金は利息をつけて返してもらいましたよ。そのことをいっているのじゃあない。私の大事なお客のことをいっているのだ」

「それが、今日の？」

「ま、きいておくれよ、元締」

にやりとして山城屋長助が、

「事と次第によったら、元締に腹を切ってもらわなくてはなりませんよ」

と、いった。

四

この夜、矢口仁三郎は〔玉の尾〕へもどらなかった。

翌々日の八ツ前に、仁三郎は小石川・伝通院の境内へ姿を見せた。

無量山・伝通院は、徳川初代将軍の生母、お大《だい》の方が葬《ほうむ》られている名刹《めいさつ》で、応永年間の創建といわれる。

幕府の庇護《ひご》もなみなみでなく、堂宇・寮舎が百におよぶという広大な境内である。

この日は、朝から雨がふりけむっていた。

仁三郎は一抱えの風呂敷包みを手にして、伝通院の裏門に近い〔多久《たく》蔵主《ぞうす》稲荷《いなり》〕の境内へ入り、日野屋という茶店で、酒を一本のんだ。

「すぐもどるが、この包みをあずかっておいて下さい」

と、仁三郎が茶店の主人にたのみ、伝通院の境内へ出て、中門の手前にある鐘楼の下へ立ち、傘をすぼめた。

総門からの参道を中門へ入って来た女がこれを見て、

「仁三郎さん、もう、見えていますよ」

と、声をかけた。

女は、門前の〔坊主蕎麦《そば》〕の女中でおかかという。

三十がらみの、気性のしっかりした女で、仁三郎とはもう三年ごしのつきあいであった。

つきあい、といっても二人の間は客と女中のそれにすぎないが、仁三郎にとってはいろいろと、おかかが居てくれなくては困る事があるのだ。

「野郎、ひとりで来たか？」

「いえ、お武家さまじゃあない。どこぞの大店《おおだな》の旦那衆のような、年寄りの……なんでも、代りにお金を持って来なすったそうです」

「ふうん……ひとりか？」

「ひとりきりです」

「お前が、ここへ来たのをだれにも知られてはいまいね？」

「大丈夫ですよ、仁三さん」

「よし。先へ帰っていてくれ」

「よござんすか」

「いいとも。おれは、すぐに行く」

おなかが去った後で、仁三郎は、しばらく考えこんでいた。

雨が強くなってきている。

やがて、傘をかたむけて仁三郎が歩き出した。中門をぬけ、総門を出て表町の通りを突切り、右側の横道へ入ると、左手に〔坊主蕎麦〕があった。

小体《こてい》な店だが、丸坊主の亭主・為蔵《ためぞう》が打つ蕎麦のうまさは、このあたりで評判のものだ。

二階に、小座敷が二つある。

その一つに、山城屋長助がぽつねんとすわっていた。

仁三郎が入って来て、するどく山城屋を見た。

「お前さんか……」

もとは、飯沼屋敷に奉公をしていた矢口仁三郎が、山城屋を見知っているのにふしぎはない。

「そうだね」

「矢口さん、しばらくでしたね」

山城屋が二度、玉の尾へ遊びに来たとき、仁三郎は女とのつなぎをつけに外へ出ていたので、これを知っていなかった。

「飯沼様の代りにまいりましたよ」

笑って山城屋が、ふくさ包みを出してひろげた。

小判で百両、まさにあった。

「わけはききなすったのか、山城屋さん」

「別に……ただ、この金をあなたにわたすよう、飯沼様からいいつかりましたので。あ、ちょっとお待ち下さいまし。飯沼様は今後、あなたさまとは何事も……」

「なかったことにしろというのだね。わかっているよ」

「まことに？」

「うそはいわねえ」

「それでは、おうけ取り下さいまし」

「証文を書こうか」

「要りませんよ、そんなものは……」

「ふうん……」

仁三郎の頬骨がぴくりとうごいた。

暗い眼の色になって、仁三郎が凝《じっ》と山城屋を見まもった。

「では、金と引きかえに、飯沼様のお煙草《たばこ》入れを返していただきましょうかね」

「よし」

仁三郎が出した煙草入れを受け取るや、

「では、ごめんを……」

山城屋長助は、呆気《あっけ》ないほどに淡々と腰をあげ、仁三郎を見返りもせず、座敷を出て行った。

待たせてあった駕籠《かご》に乗った山城屋が去って行くのを、二階の窓から見送った仁三郎は目の前の百両へ手をのばした。

仁三郎が、これだけの大金を手につかんだのは、生まれてはじめてのことだ。

しかし、微笑の一片も彼の顔には浮かんでいない。むしろ陰鬱《いんうつ》にだまりこんだまま、仁三郎は百両の小判をいくつかに分けて懐紙《かいし》に包み、これをふところへしまいこんでから、女中のおなかをよんだ。

入って来たおなかへ、仁三郎は小判一両を出して、

「これを店へわたしておいてくれ」

「こ、こんなに……いいんですか」

「かまわねえ。それから熱い酒と、紙と筆がほしい。それと……そうだな、どこかで桐油《とうゆ》紙と紐《ひも》を買って来てくれ。それがすんだら半刻《はんとき》ほど、おれをひとりにしておいてくれ。半刻たったら、お前が天ぷら蕎麦と酒をはこんで来てくれ。そのときに、お前にたのみたいことがある」

おなかは、うなずいた。

仁三郎の顔が緊張におおわれているのを、おなかは見逃さなかったけれども、それがどうしてなのか、すこしもわからなかった。

おなかは、いいつけられたとおりにした。

仁三郎は、黙然と酒をのんだ。

五

〔坊主蕎麦〕を出たとき、

(これで、いいのだ)

仁三郎の口もとへ、はじめて、さびしげな微笑がただよった。

桐油紙へくるんだ金七十両を厳重に紐でむすび、さらに風呂敷へ包み、手紙をそえた。

文面は、簡単なもので、およそ、つぎのごとくであった。

これまで、いろいろとめんどうばかりかけてきたが、これからは二度と顔を見せない。おれは遠いところへ旅に出て、二度と、江戸へ帰って来ぬつもりだ。お初のことは、よろしくたのむ。

お前たちで、お初の身をうまくはからってもらいたい。お初も幼いことゆえ、おれがことも忘れてくれるだろう。父親も母親も死んでしまったことにしておいてくれ、たのむ。

この金は汚れた金ではない。安心をして、お前たちやお初のために用立ててもらいたい。

仁三

孫六どの

お初は、死んだおすみが生んだ仁三郎の子で、五歳になる。

孫六は、仁三郎が少年のころまで、本所・石原町の父の家にいた下僕であった。

おすみと不義をして、飯沼屋敷を追い出されたとき、仁三郎は先《ま》ず、父・与十郎のもとへ帰ったのだが、

「馬鹿め。おれがところに、きさまたちが住む余裕《ゆとり》はねえのだ。どこへなりと、消え失《う》せてしまえ」

父は口汚くののしり、母亡きのち、父が家へ引きずりこんでいる妾《めかけ》のおのえも、うす笑いをしながら冷やかに傍観しているのみであった。

兄の彦太郎は、父同様に手のつけられぬ道楽者だし、このときは家にいなかった。いたところで、とても仁三郎の味方をしてくれるような男ではない。

五十俵二人扶持《ぶち》の御家人《ごけにん》といえば、徳川将軍の家来の中でも、

「まるで、滓《かす》のような……」

存在であり、しかも御役にもつけぬ小普請《こぶしん》ともなれば、当てがいぶちの安い俸給を

もらい、ぶらぶらと自堕落に日を送るのが大半であって、ろくなことをおぼえはせぬ。

そうした家の次男坊に生まれた仁三郎が、それでも懸命に書物を読んだり、手習いをしたりしているのを見た遠縁の幕臣で馬杉庄左衛門という人が、

「仁三郎は、あわれな……」

と同情をしてくれ、飯沼家へ若党奉公ができるように口をきいてくれたのであった。

飯沼家へ奉公をしてからも、よいことはなかった。

主人の飯沼新右衛門は口やかましいばかりでなく、

「おのれの父のようなやつどもが、御公儀を食い荒しているのだから、たまったものではない」

露骨に軽蔑《けいべつ》し、事あるごとに、仁三郎へ当てつけがましくいうのだ。

矢口仁三郎は、いよいよ陰鬱な若者となっていったのである。

女中のおすみは、無口でおとなしく、いつも沈んだ眼の色をしている若者に、むすめらしい同情をよせた。

屋敷内の蔵の中で、物置で、おすみとあわただしくもとめ合ったことが、いまの仁三郎の脳裡《のうり》を埋めこんだように、鮮烈なかたちで残されている。

おすみは、京橋・弓町に住む弓師・小左衛門の三女であるが、不義で身ごもった躰《からだ》では、

「とても、もどれませぬ」

と、おすみがいった。

おすみは、小左衛門の妾腹《しょうふく》に生まれていたし、飯沼家へ女中奉公にあがる前も、肩身せまく暮していたらしい。

そうしたおすみの身性《みじょう》に、若い仁三郎は同情もし、こころをひかれたのであろう。

父の家を出て、矢口仁三郎がおもい出したのは、自分が飯沼家へ奉公中に暇をとり、目黒の甥《おい》夫婦のもとへ帰った老僕の孫六のことであった。

孫六は、仁三郎の祖父の代から奉公にあがり、ずっと独り身のまま矢口家にいて、仁三郎のめんどうを実によく見てくれた。

父の代になってからも、亡母のいよがやさしい人柄だったので、

「辛抱をした」

とのことである。

いよが亡《な》くなって、父は得体の知れぬ女を引きずりこむ、借金は増えるで、乱脈をきわめたが、それでも尚《なお》、孫六がいてくれたのは、少年の仁三郎のことが気にかかったからだという。

仁三郎は、孫六からよく小づかいをもらって、筆や紙を買ったものだ。

その仁三郎も、いよいよ家をはなれ、飯沼家へ奉公に出たので、孫六は安心をして

甥に引き取られたのである。

おすみをつれてあらわれた仁三郎を、

「よく、此処《ここ》へ来なさいました」

と、孫六はよろこんで迎えてくれた。

甥夫婦は、中目黒村の百姓をしている。

そして、おすみがお初を生むと間もなく亡くなったのちも、子のない甥夫婦が、お初を育ててくれている。

矢口仁三郎が、お初をあずけたまま、行方知れずになったのは、そのときからだ。

以来、仁三郎の人生が一変した。

博打《ばくち》も酒も、すぐに悪事とむすびつく生き方が、百姓にはなりきれぬ仁三郎の、必然、落ちて行くべきところであった。

年に数度、仁三郎は目黒へ出かけて、陰ながら、お初を見ていた。

顔を見せなかったのは、

（いまに、なんとかして、むすめと二人で暮せるようになってから……）

というよりも、むしろ、自分が名乗り出るよりも、孫六や、その甥夫婦にお初をまかせておくことが、

（お初のしあわせなのだ）

と、考えていたからにちがいない。

〔坊主蕎麦〕の、おなかにたのみ、とどけた手紙と金七十両が、

〔生きているおれが、最後に、してやれることだった〕

のである。

仁三郎は、飯沼の代りに山城屋があらわれたことで、

〔おれのいのちはねえ〕

と、直感した。

道具屋の山城屋長助は大金持だし、高利貸しもしている。

いま、仁三郎が世話になっている聖天の吉五郎をはじめ、両国一帯の盛り場をたばねている香具師《やし》の元締・羽沢の嘉兵衛も、山城屋から大金を借りたというし、武家方でも山城屋にあたまがあがらぬ人びとが、ずいぶんといるそうな。

〔玉の尾〕の黒幕が聖天の吉五郎だということは、むろん、仁三郎もわきまえている。

〔金をわたしておき、おれが坊主蕎麦屋を出るのを見て、きっと、殺そうとするにちげえねえ。聖天の元締も山城屋にたのまれたのでは、いやとはいえまい。それに、おれは玉の尾に傷をつけた男だものな〕

仁三郎が、多久蔵主稲荷境内の茶店へもどったころ、おなかは坊主蕎麦から駕籠で出ていた。

主人のゆるしを得て、仁三郎の使いに中目黒村まで行くのだ。たっぷりと〔こころづけ〕をはずんであるので主人もいやとはいわなかったし、おなかへは金二両をあたえておいた仁三郎である。

これまでにも数度、仁三郎はおなかに目黒の孫六のところへ使いに行ってもらっている。もっとも一両とまとまった金をとどけたことはない。お初の玩具《おもちゃ》に一分《いちぶ》を包んで送るのが精いっぱいだったのだ。

（金は、無事にとどく）

聖天一味も、まさかに、おなかへ金をあずけたとは知るまい。

おなかも、たのまれた風呂敷包みの中に七十両もの大金が入っていようとは、おもっていまい。

仁三郎のふところには十五両ほどが入っている。

聖天一味の暗殺をまぬがれたときは、江戸をはなれて上方《かみがた》へ行くつもりでいるからだ。

茶店の奥の小部屋で、仁三郎はあずけておいた包みを開いた。中に旅仕度が入っている。道中差もととのえてあった。

「すまなかったね」

旅姿となった仁三郎は茶店の亭主へ〔こころづけ〕をわたし、境内を出て行った。

雨が激しくなっていた。

まだ七ツ（午後四時）前なのだろうが、あたりは薄墨をながしたように暗かった。

仁三郎は強い雨に笠を打たせ、前かがみの姿勢で、それでも油断なく、伝通院裏門の傍道《わきみち》をすすんだ。

左側は伝通院の土塀。右手は杉木立である。

その杉木立から、ものもいわずに躍り出した男が仁三郎の前へ立ちふさがった。

（来やがったな……）

仁三郎は道中差を引きぬき、男へ叩《たた》きつけた。

やぶれかぶれで、やれるところまでやってみようという覚悟は、すでにきまっている。

仁三郎の刀は空を切った。

「畜生……」

わめいたが、どうにもならぬ。さむらいのはしくれだが矢口仁三郎は、剣術のけの字も知らない。

その男へ向って、やみくもに刀を振りまわしている仁三郎へうしろから、別の男が音もなくせまって来た。

別の男は棍棒《こんぼう》をふるって、仁三郎の足をなぐりつけた。

「うわ……」

突き飛ばされるように倒れた仁三郎のくびすじを、先の男がなぐりつけた。

仁三郎は気をうしなった。

ぐったりとした仁三郎の躰を二人の男が杉木立の中へ担《かつ》ぎこんで行った。

これを見たものは、だれもいなかった。


その夜。

浅草・駒形堂近くの船宿〔小玉屋〕で、山城屋長助と聖天の吉五郎が密談をかわしていた。

「そうかえ、そうかえ。いや御苦労さん。矢口仁三郎は、もう、この世にはいないのだね」

と、山城屋。

「わしのすることでございます。ちゃんと始末はつけておきましたよ、旦那」

山城屋が、金十両を出した。

「殺しの相場は二十五両ときいているが、私とお前さんの仲だ。これでいいね」

「へい」

吉五郎は眉毛《まゆげ》ひとつうごかさずに、十両をふところへしまい、

「では、これで」

と、立ちあがった。

「御苦労さん、御苦労さん」

その翌朝になって……。

山城屋長助が、神田小川町の飯沼屋敷を訪れた。

「で、どうであった?」

飯沼新右衛門が急《せ》きこんできいた。

「矢口仁三郎は、あの世へ行きましてございますよ」

「そ、そうか……たしかに、だな?」

「私のしたことでございます」

「む、そうであった。そうか、そうか……これでよい、これでよい」

山城屋は十五両の金を出して、飯沼の前に置き、

「ところが、百両のうち、これだけしか仁三郎は持っておりませなんだそうで」

「金はいい。金など、どうでもよい、矢口が片づいてしまえば……」

「なれど、あの百両はあなたさまから出たものゆえ、これは御返しをいたしておきまする」

「念の入ったことだな」

「ところで……」

「む？」

「人ひとり殺しまして、大分に金がかかりましてございます」

「あ、そうか、心得ている。いかほどじゃ？」

「二百両」

「なんと……」

「お安いものでございます。仁三郎は、これこの……」

と山城屋が飯沼の煙草《たばこ》入れを取り出して、

「この煙草入れに訴状をつけて、仁三郎はお上の御評定所《ごひょうじょうしょ》か、または御老中様の御屋敷へ訴え出るつもりでおりましたそうな」

「さ、さようか……」

「お安いものでございます」

「ま、仕方もないことじゃ」

と、飯沼新右衛門が苦く笑い、奥から二百両の小判を出して来て、山城屋長助へ渡した。

「あるところには、あるものでございますな」

「いうな。そのうちお前は、どれほど上前《うわまえ》をはねるのじゃ？」

「とんでもございません。私はただ、飯沼様御身の上のことをおもえばこそ、してのけたのでございます」

「ま、よい。ま、よい。ともあれ、矢口仁三郎は、あの世へ行ってくれたのだからのう」

「さようでございますとも」

六

この年の夏がすぎようという或る日に……。

突如、山城屋長助が急死をした。

山城屋は、この日の午後に、同業者の寄合いがあって、浅草石浜の真崎《まさき》稲荷の社前にある武蔵屋《むさしや》という料亭へ出かけた。

寄合いが終ったのは、六ツ半（午後七時）ごろであったそうな。

十八人の道具商たちは、舟や駕籠《かご》で、それぞれ帰途についたのだが、そのうちに、山城屋がよんだ駕籠だけが残ってしまい、

「山城屋の旦那は、まだですかえ？」

と、駕籠かきが武蔵屋の女中にいったので、

「あれ、どこへ？」

武蔵屋のものが、広い料亭の内外をさがしはじめた。

山城屋は、寄合いがあった奥座敷の外廊下を突き当ったところにある便所から出て来た。

生きて出て来たのではない。

念のため、女中が便所の戸をあけると、中に山城屋が背中をまるめてうずくまっていた。

便所の中は、血の海であった。

武蔵屋では、大さわぎとなった。

山城屋長助は、心ノ臓を一突きに鋭利な刃物で刺され、息絶えていたのである。

山城屋殺しの捜査は、この年が暮れても、いっこうにすすまなかった。

町奉行所ばかりか、盗賊改方も出張って来て、ずいぶんと手をつくしたのだが、山城屋殺害の理由もつかめなかったし、武蔵屋の主人夫婦や奉公人たちを、いくら洗ってみたところで、なんの手がかりも得られなかった。

いっぽう、山城屋の妻子や奉公人からも得るところはない。

山城屋の出入り先へも調べが行った。

飯沼新右衛門も、その対象となったが、

「ただ父の代よりの出入り商人、というだけのこと」

と、飯沼はこたえた。

しかし飯沼も、仁三郎事件の後だけに、何やら不気味であったようだ。

年があけた寛政二年（一七九〇年）の春。飯沼新右衛門は、病気を理由に、奥御祐筆の役目を辞し、幕府はこれをゆるした。

こうして無役になった飯沼だが、金銀はしっかりとためこんであるから、別だん、困ることもない。

ただ飯沼は、幕府の官僚としての栄達をあきらめたのではあるまいか。

自分の秘密をにぎっていた山城屋が死んだことには、飯沼も胸をなでおろしたろうけれども、その死にざまが異常であるだけに、不安がつのってきて、これ以上、要職にとどまっていることに堪えられなかったのであろう。

（山城屋は、仁三郎を殺したと申していたが……もしや、仁三郎は生きていたのではあるまいか？　……山城屋を殺したのは仁三郎なのではないか？　……山城屋は仁三郎を殺さずに、わしから大金をかすめとったのではないか……山城屋なら、やりかねぬことだ）

と、飯沼新右衛門は感じていたやも知れぬ。

退職してから、飯沼は急に心身がおとろえ、四年後に病死している。

そのことはさておき……。

飯沼新右衛門が役目を辞して間もなくのことであったが、浅草・奥山裏の〔玉の尾〕が廃業をして、好色のなじみ客をひどく嘆かせた。

春が、すぎようとしていた。

飯沼新右衛門が山城屋長助の手引きで、はじめて〔玉の尾〕へ遊びに来てから、ちょうど一年の歳月がすぎ去ったことになる。

雇人も去って、森閑としずまり返った〔玉の尾〕の奥の一間で、聖天の元締・吉五郎が、玉の尾の主人・才兵衛と酒をくみかわしていた。

吉五郎が、香具師の元締だなどとは、

(とても、おもえぬ)

ような風貌《ふうぼう》をそなえているのと同時に、才兵衛にも、

(これが聖天の元締の片腕といわれた男には、とても見えない)

のである。

でっぷりと肥《ふと》った才兵衛は、もう七十をこえていよう。小柄な吉五郎とは対照的な大男で、血色のよい顔が元気いっぱいに見えるし、陽気な人柄であった。

才兵衛は若いころ、

〔仏の才兵衛〕

といわれたそうで、自分より年下の吉五郎をもりたて、浅草の縄張りをひろげ、自分は陰のちからになっていて、すこしも不満をもらしたことがない。

若いころの吉五郎は、深川一帯をたばねている香具師の元締で〔不動の仙蔵〕という親分の下ではたらき、修行をつんでから、仙蔵の差金で浅草へ喰いこみ、先代の聖天吉五郎の養子となった。

ここへ漕《こ》ぎつけるまでの苦心は大変なもので、

（いまはあんなにおだやかな爺《じい》さんになってしまったが、むかしの吉五郎どんときたら、何人殺《あや》めたか知れたものじゃあねえ）

と、香具師仲間の長老たちは陰でもらしていた。

そうした長老たちも、いまは、ほとんど死に絶えてしまっているから、若いころの吉五郎を知っているものは、片腕の才兵衛ぐらいなものであろう。

「さて、才兵衛どん……」

と、吉五郎が才兵衛の盃へ酒をみたしてやりながら、

「この玉の尾を店仕舞にしたからは、当分、聖天町のおれがところで骨やすめをしておくれ」

と、いった。

「ええ、そうさせてもらいましょうよ」

才兵衛は、いささかもこだわるところがなかった。

「店をたたむにもおよばなかったが、いったんけちがついたからには危ねえことだ。それに、お上のお取締りもいよいよ強《きつ》くなる一方だし、女の肌身を客に売って諸方へつながりをつけたところで、もうどうしようもねえわさ」

「おたがいに、こう年を老《と》っちゃあね」

「そのことよ。もう、この稼業《かぎよう》にもあきてしまった」

「だからといって、こうなってはお前さんも、勝手に身を引くわけにもいきませんねえ」

「跡目を、だれにつがせるか……おれも、もう六十四だ。むすめのお半に養子をもらって跡目を、と思っていても、いってえ、だれをもらおうかというと、こいつなかなか……」

「ざっと見たところ、子分の中に八人はいますからねえ」

「さ、その八人のうちから一人をえらぶ。この仕事を、これから才兵衛どんにしてもらいてえのだ」

「めんどうだなあ、元締」

「たのむぜ、くされ縁だとおもってくんねえ」

「ふ、ふふ……」

「それがすんだら、お前と二人で、川向うの、どこかしずかなところへわらぶき屋根の家でもつくり、草や花でもいじりながらのんびりと暮してえな」

「よござんすね、元締。そのときに入用の金は、ちゃんと別に、とってありますよう」

「いや、まったく、お前なりゃこそだ。ありがてえ、ありがてえ。そうなったら才兵衛どん。縄張りも、むすめのことも、おれは忘れちまうよ。それよりもお前と二人で、こころしずかに死ぬ日を迎えようじゃあねえか」

「よござんすね」

「ま、ひとつ」

「へ……すみませんねえ」

「しずかだのう」

「女のにおいが、ようやく消えましたよ」

「ときに、才兵衛どん。山城屋殺しも、どうやらうまくいったねえ」

「捜査《おしらべ》は打ち切りになったそうで……」

「それにしても、すまなかった」

「なあに……だが、七十をこえて、久しぶりに殺しをやって見ましたが、まだ、いけますよ、元締。もっとも、この通り肥っちまったので、便所の中で山城屋を殺《や》るのが、ちょいと骨でござんした」

「いや、まったく見事というよりほかに、いいようがねえやな」

「ま、山城屋なぞは、あの世へ行ったほうがいい。世のため人のためというやつで」

「そうともね。なまじ、こっちの稼業へ首を突っこみ、顔をきかせて恩を売るものだから、両国の羽沢の嘉兵衛や深川の二代目もうるさがっていたことだしなあ」

「それはそうと、元締」

「なんだえ？」

「お前さん、あの仁三郎をなんで逃がしてやったので？」

「そうよなあ、仁三は、おれたちに傷をつけて、客にゆすりをかけた。こいつは稼業の掟《おきて》でゆるせねえことだったが……ま、かんべんしてくんねえ。あのとき仁三を、伝通院の裏手で引っさらい、そのまま上方へ逃がしたわけは……」

「その、わけは？」

「仁三の子供を育てている中目黒村の百姓爺《じじ》いで、孫六というのがいてねえ」

「ふむ、ふむ……」

「この孫六、実は、おれの実の兄なのさ」

「そいつは、はじめてききましたが……」

「いや、兄が一人いることは、前にもいったぜ」

「そんな気もするが……」

「兄きは、仁三郎の実家へ長い間、奉公をしていてね。まるで仁三を自分《てめえ》の子のように可愛《かわい》いがっていたのさ」

「じゃあ、それで仁三郎を手もとへ引き取りなすったので？」

「仁三にはいってねえが。なにしろ仁三郎はあのころ、すっかり自棄《やけ》になっていて諸方のごろつきどもとつきあい、つまらねえ悪事をつみかさねていたものだから、兄きも心配してな。それならいっそ、お前が引き取ってめんどうを見てくれ、とこうたのんで来た」

「なるほど」

「そこでおれは手をまわし、鳥越《とりごえ》の松浦様の中間《ちゆうげん》部屋の賭場《とば》にいた仁三郎へ、友七をさしむけてさそいをかけ、うまく手もとへ引き取ったところが、あのさわぎを引き起してしまやあがった……ま、こういうわけだよ、才兵衛どん」

「そうか……それで、すっかりわかりましたよ、元締」

「仁三郎も、いまごろ、どこで何をしていやがるか……」

「江戸へ、いつかは帰って来ましょうねえ」

「たった一人のむすめがいるのだからね。だが、もうこれからは知っちゃあいねえわい、これからは一日も早く、お前と二人で隠居すること、こいつを考えなくちゃあ、な……」

「それについても、早く跡目を決めねえと……だが、こいつ、なかなかにむずかしい。身内一統をまるくおさめるまでが大変だ」

「たのむよ、才兵衛どん」

「いつもいつも、ひどい役目ばかりだ」

「これも、くされ縁、くされ縁」

「おや……」

「どうした?」

「元締。ごらんなせえ、窓から虻《あぶ》が入って来た……もうすぐに、夏でござんすねえ」

狐と馬

一

横山馬之助は、神田・駿河台《するがだい》に屋敷をかまえる夏目内蔵助《くらのすけ》の家来であった。

「馬之助とは、ようも名づけたものじゃ」

と、主人の夏目内蔵助がにが笑いをして馬之助の顔を見るたびにいう。

長い。とにかく、顔が長い。

「ひ、ひいん……」

と、いなきそうに長いのである。

こういうのを、まことの〔馬面《うまづら》〕というのであろう。

もっとも、馬之助が生まれたときは、色白の、ふっくらとした可愛《かわい》い顔だちであったというが、生まれた年が、寛政十年（一七九八年）の午年《うまどし》だったところから、父の横山又十郎が、

「めんどうだから、馬之助と名づけてしまえ」

といった。

父の又十郎は五十俵二人扶持《ぶち》という、徳川将軍の家来の中で、もっとも身分の低い

御家人《ごけにん》だし、御役目にもつけず、あてがいの俸給をいただき、なすこともなく、ぶらぶらとしていて、好きなものは酒と博打《ばくち》のみ。

外出《そとで》をするときには、腰の大小の刀が、

「重くてならぬ」

という。天下泰平の徳川将軍の世も、十一代ともなれば、横山又十郎のようなさむらいが、増えるばかりであったのだ。

馬之助が五歳になったころから、あごが少しずつ長くなりはじめ、十二、三歳のころには完全な〔馬面〕となってしまった。鼻すじがふとく長い。その長い鼻から、いつも青い鼻汁がたれている。二十をこえてからもこれが直らず、当人も苦にしているのだ。顔が長くても背丈はずんぐりと短かった。

横山の家は、兄の文五郎がつぐことになっているから、〔じゃま者〕の次男・馬之助は、しかるべき養子の口をさがすか、または、どこぞの大身旗本の屋敷へ奉公をするか……いずれにせよ、いまどき、なかなかにそうした口はない。

ところが、さいわい伝手《つて》があって、横山馬之助が夏目内蔵助の家来になれたのは、二年前のことで、ときに二十一歳であった。

「あいつはだめだよ。ぼんやりとしていやあがって、できることといえば青鼻汁《あおばな》をたらすことだけだ」

などと、夏目屋敷の小者や下男が陰でうわさをしているように、馬之助は失敗ばかり重ねてきている。馬之助の役目は〔中小姓〕というので、主人の手紙を代筆したり、使者に立ったり、いわば主人の秘書のようなもの、であるから、気のきいた人づきあいのよい若者でなくてはつとまらぬ。

馬之助は字も下手だし、気ばたらきもない。主人の内蔵助が口述するのを手紙に書いてゆくことなど、とうてい出来ない。

「いま一度、おおせきけ下さいますよう。いえ……いえ、その前のところを、いま一度……」

などと、何度も何度も聞き返すものだから、夏目内蔵助もさじを投げ、

「馬めは、使い走りのみでよい」

と、いうにいたった。

用人の佐野源右衛門などが、

「役に立ちませぬゆえ……」

解雇したらよろしゅうございます。と主人に進言すると、夏目内蔵助は笑って、

「よいわ、馬めが、この屋敷におると気もはれる。おもしろいやつゆえ、飼うておこう」

と、いった。

馬之助は、いささか愚鈍であるが、まことにもってほがらかな天性をそなえていて、いかに叱《しか》りつけられ、失敗を重ねようとも、これを苦にしない。いつも、にこにこと笑ってい、愚鈍ながら骨身を惜しまずにはたらく。だから内蔵助の奥方なども、

「馬之助の一頭ほどは飼い殺しにいたしましても、よいではございませぬか」

などと、大いに馬之助をひいきにしてくれているし、女中たちにも評判がよいのである。


さて……。

その日。すなわち文政三年（一八二〇年）早春の或る日のことであったが……。

主人の使いで、飯田町に屋敷がある旗本・戸田右近《うこん》のもとへ出かけて行った横山馬之助が、八ツ半（午後三時）ごろに、駿河台の屋敷へもどって来た。

門番をしていた足軽の山田卯吉《うきち》が、

「や、馬さん、お帰り」

からかい半分に、増上慢な声をかけると、いつもなら、人の善い笑いと共に「只今」とこたえる横山馬之助が、ぐいと胸を反らせ、大音声に、

「清めろ、清めろ!!」

と、卯吉を叱りつけた。

（………？）

卯吉は虚をつかれて、眼を白黒させ、

「き、清めろ、とは、いったい何のことで……？」

いう間に馬之助が、ぐんぐんと玄関へ上り、折しもあらわれた同輩の、これも中小姓の肥田忠太郎へ、

「この家の主人、夏目内蔵助に対面いたしたい」

悠然と、いいはなったものだ。

肥田も仰天した。とっさに返事もできなかった。

馬之助は、そこへどっかとすわりこみ、

「早く、主人へ取次ぎをいたせ」

威張り返っている。

肥田も卯吉も、

（馬め。とうとう、気が狂った……）

と、おもったそうな。

とにかく、用人へ通じ、用人から夏目内蔵助へ、このことを取次ぐと、

「なに、馬めが玄関先にすわりこんで……ふむ、ふむ……気が狂ったと申すか。ふむ、ふむ。……ま、よい。ともあれ、書院へ通しておけ。わしが見てつかわそう」

こころのひろやかな内蔵助は怒るどころか、半ばおもしろがって、そういった。

二

夏目内蔵助は、このとき五十二歳で、御使番という役目についていた。

この役目は、戦場にあって大将の伝令をつとめたり、戦功の調査にあたったりするが、戦乱の絶え果てた現在では、諸大名の動静を視察し、将軍の上使をつとめたりする。

なかなかに骨の折れる役目であるし、人材がそろっている。

それだけに夏目内蔵助は人柄がよくねれているし、こころにゆとりがある。

(馬之助め。いったい、どうしたわけなのか……?)

書院外の廊下へ出て行き、襖《ふすま》をすこし開け、中をのぞいて見て、

(ふむ、これは、ただごとでないな)

と、おもった。

なんと、横山馬之助は書院の床の間へすわりこんでいるのだ。

両眼を凝《じっ》と空間の一点にすえ、身じろぎもせぬ。

長い長い馬面は、いつも血色がよくないのだが、それにしても、まるで死人のように、つやの失《う》せた灰色の顔に変っているし、そのくせ瞬《まばた》きもせぬ両眼がらんらんと不

気味に光りかがやいているではないか……。

「いかがでございますか？」

と、ついて来た肥田忠太郎が恐る恐るきくのへ、

「よいわ、下っておれ」

「は……」

「案ずるな。わしにまかせておけ」

いい捨てて、内蔵助が書院へ入って行った。

これを見るや床の間の馬之助が、ぱっと飛び出して来て畳の上へ両手をつき、

「はじめてお目にかかります。突然に参上つかまつり、申しわけもございませぬ」

いかにも神妙に、あいさつをした。

（これは、まさに狂うたな）

と、おもいはしたが内蔵助は、

「これはこれは、ようこそ」

うけて、馬之助の前へすわると、馬之助が、

「私は、天日と申す狐にござります」

こういうのだ。

人間に、狐がつくということを、耳にきいてはいても、実際に見るのは夏目内蔵助、

はじめてであった。

(狐つきと申すのは、こうしたものなのか……それにしても馬めは、使いに出て、狐に取りつかれたものか……いずれにせよ、芝居をしているとはおもえぬし……さりとて、これまで異状のなかった馬之助が、急に気が狂うたともおもわれぬが……?)

とまどいながら、内蔵助が、

「それでは、身どもが家来、横山馬之助の躰《からだ》に、おぬしが入ったと申すのかな?」

「はい。馬之助どのの躰を、お借りいたしておりますのでござります」

甲高いが、妙にやさしげな声で馬之助がいう。いつもの彼の声とはまるでちがっている。

「私は、空狐にござります」

「から、ぎつね?」

「はい、ゆえに、躰はござりませぬ。実は、先年の夏に、江戸表《おもて》へ用事がござりまして、はるばる上方《かみがた》からやってまいりましたところ、大へんに疲れておりましたので、亀戸《かめいど》天神の境内の藤棚の上で、とろとろとまどろんでおりましたが……そのとき、犬に吠えられ、びっくりいたして藤棚からころげ落ち、犬に噛《か》み殺されてしもうたのでござりまする」

「ほう……それは、気の毒な……」

「そのときから、私の躰は無くなりまして、魂のみとなりましてござります。いまは何ひとつ、恐ろしいものはござりませぬ」

「なるほど」

しだいに、内蔵助ははなしにひきこまれた。

横山馬之助が、このような悪ふざけをするはずがない。また気が狂ったにしては、はなしのすじみちが通りすぎている。

（これは、やはり、狐がついたか……）

と、おもわざるを得ないではないか。

「空狐になりましてから私は、ずっと江戸におりました」

「ほう……」

「去年は、遊び半分に、目黒の碑文谷《ひもんや》の仁王さまを流行《はや》らせました。これはもう、大へんな大当りで、江戸はもとより近在からも、たくさんに参詣《さんけい》にまいりまして、そのお寺は大もうけをいたしましてござります」

「ふむ、ふむ」

「ところが、そのお寺の和尚《おしょう》が、すっかりよいこころもちになり、金もうけに夢中となってしまいました。まことに、こころがけがよろしくございません。私も愛想をつかしまして、逃げてしまいましたところ、その寺は、すっかりさびれてしまいました」

それから、この天日狐は信州から越後の方へ出かけたのだという。

「越後の、さるところに、剣術の道場をかまえている男がござりまして、こやつ、なかなかにおもしろい人物でございました。剣術のすじはよくないのですが、一所懸命に剣術へ打ちこみ、飯もろくに食べず、修行をいたしておりましたから、これは見どころがあるとおもいまして、私が、ちと手助けをいたしてやりました」

「手助けを、な?」

「はい、陰ながら私が、その剣術つかいの後見をいたしてやりましたので……つまり、私が術をつかいまして、その男の陰武者を出してやりますと、相手の剣術つかいは、その陰武者のほうへ打ってかかりまする。打ってかかったところで何もございませぬ。つまり、私が術をつかって見せますゆえ……」

「なるほど」

「打ちこみますと陰武者は消えております。相手がびっくりいたしますところへ、私が後見をしている剣術つかいが木刀を打ちこみますから、これはもう百発百中、相手を打ち負かすことができるのでござります」

こういうわけで、その剣客は越後から信州にかけて、ならぶ者がないほどの名人になってしまったらしい。

「すると、その剣術つかいは、むかしのきびしい修行も忘れ、すっかり慢心してしまいました。弟子も何十人と増え、お金も入ってまいりますし、試合をするたび、負けることがござりませぬゆえ、ついつい、慢心を……」

「ふうむ、さもあろう」

「そこで私も、その剣術つかいがきらいになり、越後を出て、またしても、こうして江戸へもどってまいったのでござります。いまごろ、越後の剣術つかいは、もとのような男になって、もはや試合に出ても勝てますまい」

「それにしても……これは困る」

「と、申されますのは？」

「おぬしが躰を借りた横山馬之助は、よい男だ。狐に取りつかれると、後々、廃物同様の、役にたたぬ躰になってしまうというではないか。それでは馬之助が可哀相じゃ」

「大丈夫でござります。そのようなまねをする狐は悪い狐なのでござります。こやつらを野狐《やこ》と申しまする。私は善狐《ぜんこ》でござりますゆえ、悪さはいたしませぬ」

「なれど、仁王を流行らせたり、剣客に悪ふざけをしたりして、おぬしも罪なことをするではないか」

「はい……」

と、恥ずかしげに馬之助はうなだれ、

「私も、魂だけでさまよっておりまするると、大へんに疲れるのでござります。その疲れがひどくなりますと、人間の躰を借りて入りまする。すると、これが養生になりまする。疲れがやすまりまする」

ふしぎなことをいう。よくはわからぬが、狐の世界には、また、いろいろなことがあるのであろう。

人間の躰を借りたからには、その人の役に立ってやりたいと、善狐たるものは、みな、そうおもうのだそうな。

「私が躰をお借りいたしました馬之助どのは、いつも、青鼻汁《あおばな》をたらしておいでのようで……」

「いかにも」

「三十歳になるまで、これをほうっておきまするると、悪い病気になってしまいますよ。私は、この病気をぬき取ってさしあげたいのでござりますが、いかがでござりましょうや?」

「そ、それは……」

「半年ほどいたして、私が馬之助どのの躰からぬけ出し、退散いたしました後も、決して青鼻汁をたらさぬようになります」

「それは、まことのことか？」

「はい。半年後の馬之助どのをごらん下さりませ」

と、そういっているのが、ほかならぬ横山馬之助なのだから、まことにこれは奇妙なことなのである。

三

翌朝になると……。

横山馬之助は、平常の彼にもどった。

といっても、それは夏目内蔵助の家来としての彼にもどったわけで、そのかわりに彼の性格は一変した。

それはさておき、前日に書院で、内蔵助が馬之助の躰を借りた狐と対談していたとき、中小姓の肥田忠太郎は襖の陰で耳をすませていたそうである。

ずっと後になって、肥田が主人の内蔵助へ語ったところによると、

「殿のお声も、また、馬之助の声も、まったくきこえませなんだ」

そうである。

「それはおかしい。わしと馬めは、ひそひそばなしをしていたわけではない。それが

襖の陰にいたお前にきこえぬはずがないではないか」

「いえ、それがまったく……そこで私、殿の御身が案じられてなりませぬゆえ、ひそかに襖の隙間《すきま》からのぞいて見ましたところ……」

「む。なんといたした？」

「殿のお口と、馬之助の口が、ぱくぱくとうごいていたのでござります」

「たわけたことを……」

といったが内蔵助も、実は寒気をおぼえたものである。

内蔵助は、馬之助に狐が取りついていることを、家族にも奉公人にも語らなかった。

これは、天日狐から「内密におねがいいたしまする」と、念を押されていたためもあるし、

（これより半年の間、馬之助がどのような変化を見せるであろうか……？）

と、興味津々《しんしん》たるものがあったからだ。馬之助に狐がついていることが他の者にわかってしまっては、馬之助自身はさておき、何かと屋敷内がさわがしくなる。家族や奉公人たちも気味がわるいにちがいない。

ところで横山馬之助の性格が、どう変ったか、というと……。

先《ま》ず、顔つきが変った。

馬面が、どことなく引きしまってきて、血色もよろしくなり、あの青い鼻汁がきれ

いに消えてなくなった。

以前はとろんとしていた両眼に光が加わり、立居ふるまいがきびきびとしてきた。

こころみに内蔵助が、手紙の口述筆記をさせて見ると、

「心得ましてござります」

すらすらと筆を走らせ、それが見事な筆跡で、一度もつかえることなく書き終えてしまったものだから、これには内蔵助も瞠目《どうもく》した。

（まさに、狐が乗り移っている……）

と、おもうよりほかに考えようがないではないか。

そして、声は以前の馬之助の声にもどったのである。

使者に出しても、その口上のさわやかさ、礼儀の正しさ、はきはきとした応答の仕様など、

「あれが馬之助か……」

だれが見てもおどろく。

夏目家のように、旗本も千石どりの屋敷になると、屋敷内も表と奥の区別がはっきりしているし、奥には侍女が六人、これを取締まる老女もいる。表の奉公人は、家老格の用人が二人いるし、給人・中小姓などの侍に、若党・足軽・小者をふくめて二十をこえる。

その中で、中小姓・横山馬之助の活動はとみに生彩をはなちはじめた。

気転が、すばらしくきくようになったし、用人のいいつけなどは、一をきいて十を知るというありさま。

以前のように、いつもにこにこしているお人善しの風貌《ふうぼう》はまったく消えたが、そのかわりには何をやらせても失敗がない。

同じ中小姓で、以前には馬之助を圧倒していた肥田忠太郎も、完全に差をつけられてしまった。

こうなると、あの長い長い、間の伸びすぎた顔にも、

「見るからに男らしい」

「たのもしげな……」

などと、奥の女中たちが、眼の色を変えはじめた。

「まことにもって、ふしぎなことで……」

佐野用人も、内蔵助に驚嘆の声を発した。

内蔵助には、小太郎光房といって馬之助より一つ年下の跡取り息子と、次女・なみ(十八歳)がいる。長女・梅子は、すでに他家へ嫁いでいた。

小太郎は学問好きで、読書にはげんでいるのだが、そのうちに馬之助が小太郎の勉学の相手をするようになった。

「父上。おどろきました」

と、小太郎が、

「あれほどに馬之助が学問をしておりましたとは……」

「ほほう」

「私が問うて、わからぬことは、何一つありませぬ。大へんな物知りです」

「おどろいたな」

「おどろきました」

奥方も、内蔵助に、

「殿。人というものは、あのように、急に、顔つきも人柄も変るものでございましょうか？」

「まことにのう……」

「なにやら、気味がわるいほどにて……」

「まことに、のう……」

こうするうちに、半年の歳月がすぎ去った。

四

とりわけ暑さのきびしかった、この年の夏がようやくすぎ去った或る日の午後に、夏目内蔵助は横山馬之助を居間へ呼び、親類にあたる前田采女正《うねめのしょう》の用人へあての手紙を口述筆記させていた。

いつものように、馬之助はすらすらと筆記し終え、筆を硯箱《すずりばこ》へおさめるや、きちんと姿勢を正し、

「申しあげまする」

と、いった。

内蔵助は、ぎょっとした。

その声が、半年前に書院で語り合ったときの天日狐のものだったからである。

「お約束の半年がすぎましてござります。かたじけのうござりました。おかげさまにて、ゆるゆると保養させていただきましてござります」

と、馬之助が両手をつかえ、上眼づかいに内蔵助を見やって、きょろりと笑った。

内蔵助は、ぞっとした。

「わ、ついつい忘れていた。む……な、なるほど、あれより半年になるのう」

「はあい」

「では、その……いよいよ、なにか、馬之助の躰《からだ》をはなれる、と、申すのか？」

「はあい」

「で、どこへ?」

「また、上方のほうへまいろうかと存じまする」

「な、なれど……」

と、内蔵助はあわてた。

「後に残されし、馬之助めはどうなる?」

「御案じなされますな。これまでどおりでございます。わたくしが術を解かぬかぎり、馬之助どのは利発者の御家来として、殿さまの御役に立ちましょう。保養をさせていただきました、せめてものお礼ごころにございまする」

魂だけの天日狐に、なんで保養が必要なのか、そこのところがよくわからない。しかし、狐の世界には人間のうかがい知れぬものがあると見てよい。

「では、この御手紙、わたくしが麻布《あざぶ》の前田様御屋敷へおとどけ申します」

「む、たのむ。そして、おぬしは、いつ……?」

「御手紙をおとどけいたしましたのち、馬之助どのの躰からぬけ出し、上方へまいります。前田様からこなたへ帰って来ました馬之助どのの躰には、もはや、私は入っておりませぬ」

「さ、さようか……」

「殿さまのおやさしいこころづかいを、わたくしはいつまでも忘れませぬでございりましょう。かげながらわたくし、殿さまの御身をおまもりさせていただきまする」

一礼するや馬之助は……いや天日狐は、居間から出て行った。

それから横山馬之助が帰邸するまでの時間の長かったことは、まる一日がすぎたようにおもえた。

夕暮れどきになって、馬之助はもどって来た。そして、間ちがいなく前田家用人の返事を持ち帰った。

どこにも異状はない。相変らず、きびきびとした横山馬之助の挙動であり、ことばづかいである。声も馬之助のものにもどっていた。

夏目内蔵助は、ほっとした。したけれども、今度は自分のあたまが狂いそうになってきた。

そして、また一年が経過した。

馬之助の活躍ぶりは、依然として変らぬ。

用人の佐野源右衛門が、ついに、

「わがむすめ、加代の聟《むこ》に迎えたい」

と、いい出した。

加代はひとりむすめだ。いずれは養子を迎え、夏目家用人の職をつがせねばならぬ。

「それは、なによりのことである」

だれよりもよろこんだのは、主人の夏目内蔵助であった。馬之助が用人となってくれるなら、これほどにこころづよいことはないのである。

「いかがじゃ?」

内蔵助が、馬之助にはかると、

「殿のおおせなれば、私めに異存はござりませぬ」

と、いう。

これできまった。

馬之助の実家の父も兄も大よろこびだ。

翌文政五年の春に、横山馬之助は佐野用人の養子となり、加代と結婚をして、佐野馬之助となった。新郎は二十五歳。新婦は十九歳であった。

それで安心をしたのかどうか知らぬが、翌文政六年の夏に、佐野源右衛門が突然に亡《な》くなった。

いまでいう脳溢血《のういっけつ》であったらしい。

そこで馬之助は養父の跡をつぎ、夏目家の用人となったのである。

貧乏御家人の次男坊としては、この世智がらい世の中に、めでたい立身出世といわねばなるまい。

こうなると、馬之助の才腕はいよいよ生彩をおびてきた。

もう一人の用人・今村権之進が、いくらくやしがっても、およばない。

「夏目内蔵助も、まことによい用人をもったものじゃ」

と、佐野馬之助の評判は、幕府の高官たちの間にも知れわたるようになったのである。

また、二年ほどが経過した。

佐野馬之助の人柄が、だいぶんに変ってきた。

ことに、主人の夏目内蔵助が文政七年の秋ごろ、心ノ臓を患い、病床に親しむようになってから、尚更《なおさら》に変ってきた。

文政八年に、内蔵助は隠居し、家督を息《そく》・小太郎にゆずりわたし、みずからは〔安斎〕と号した。

小太郎は妻を迎え、父の名もつぎ、夏目家十代目の当主となった。

そうなってから、またまた佐野馬之助の人柄が変った。

いまや、夏目家の内政から外交のいっさいが、馬之助によって切りまわされている。

権威と実力とが相まって、馬之助の鼻息、すこぶる荒くなってきたのである。

馬之助は慢心増長しはじめた。おごりたかぶりはじめた。

いまや、他の家来、奉公人たちは男女を問わず、馬之助のきげんをうかがうようになってきている。

馬之助と加代との間に、源太郎という男子が生まれた。

その前後に、馬之助は、妾《めかけ》をもった。

芝の愛宕《あたご》権現《ごんげん》門前の茶店〔みよし野〕の茶汲女《ちゃくみおんな》・おひさという若い女を金二十両の仕度金をはらって引き取り、囲いものにしたのだ。

妾宅《しょうたく》を、根岸にかまえた。

これは、下谷・池之端《いけのはた》仲町の小間物屋〔吉野屋〕の持ち家だったのを買い取ったのである。

相当に金がかかった。

その入費は、みな、馬之助が主家の金を引き出していたのだ。

そのような悪事をはたらくためには、一味の者をつくらねばならない。

そこで、給人といって屋敷の会計をうけもっている井上平蔵という中年の家来が、馬之助に抱きこまれた。

このことを、だれも知らぬ。

知らぬがしかし、このごろの馬之助が威張り返って、こちらがあたまを下げてあいさつをすると、答礼するどころか反対に、馬之助のあたまがぐいと反り返ってしまうという……そうした変貌に、夏目安斎も、若い内蔵助も気づかぬはずはない。

「父上。馬之助にも困ったものです」

と、内蔵助がこぼす。

安斎は、いくらか病気がよくなり、床をはらっていたが、年齢も六十に近くなっていたし、気力もおとろえていた。

五

こうして、文政十年の春が来た。

夏目安斎五十九歳。内蔵助二十九歳で、安斎の奥方は四年前に病歿《びょうぼつ》している。

佐野馬之助は、三十歳になった。

この年の三月二十一日の朝、隠居の安斎が倒れた。今度は心ノ臓ではなかった。さいわいに一命をとりとめたが、安斎は口もきけなくなり、躰の自由をうばわれてしまった。

中風にかかったのである。

安斎が内蔵助のころからの知友で、幕府の表御番医師をつとめている藤本宗元が、今度も治療にあたってくれた。

口もきけず、手足の自由もないというのに、夏目安斎はまたしても生きのびた。

夏が来た。

或る日の昼下りであったが……。

安斎は、いつものように、ねむるともなきねむりの中にいた。ふっと目ざめては、また深いねむりにひきこまれてゆくのである。

意識も耳もたしかなのだが、口がもつれて、おもうこともいえない。筆をとって書きしるすこともできない。

(こうして、うつらうつらとねむりつづける毎日……そうしてやがて、永久にさめぬねむりへ入ってゆくのか……)

だが、後のことが気がかりであった。

このごろ、用人・佐野馬之助は、若き主人の内蔵助をたくみに籠絡《ろうらく》し、酒色の遊びにさそいこんでしまったらしい。

いま一人の用人・今村権之進は、はじめのうちは病間へあらわれ、くどくどと馬之助の悪行をいいたてていたものだが、ちかごろは、さっぱり姿を見せなくなってしまった。

おそらく今村も、馬之助に抱きこまれてしまったのであろう。

(ばかな、やつどもめが……)

元気ならば、なんとでもできようが、いまの安斎にはそのちからもない。病間に横たわっている安斎のおとろえた老顔が泪《なみだ》にぬれていることがよくあった。

さて、その日のことだが……。

深いねむりから目ざめた安斎の耳へ、庭に鳴きこめている蟬《せみ》の声がながれ入ってきた。

そのとき、藤本宗元が回診に来てくれた。

宗元医師は、つきそいの侍女を去らせ、二人きりになると、安斎の顔をのぞきこむようにして、

「殿さま、お久しゅうござりましたなあ」

と、いった。

安斎が、おどろきの眼をみはった。

いつもの宗元の声ではない。

(あ……あの声じゃ。七年前の、天日狐の声じゃ)

まさに、天日狐が藤本宗元の躰を借りてあらわれたのだ。

「久しぶりにて江戸へ保養にまいりましたが……なつかしさに、このお屋敷へ来て見て、まことにおどろきましてござります。馬之助どのは、やはり、おごりと慢心が出て、手のつけようがなくなりましたようで……」

安斎は、両眼に泪をいっぱいためて、ただただ、うなずくのみであった。

「私のしたことが、かえって、殿さまに御苦労をおかけしてしまいました。よろしゅ

うございます。よろしゅうございます」

「………？」

「元通りに……何事も、元通りにいたしまする」

「………？」

「さ、ぐっすりとおねむりなされませ、明朝まで……明朝、お目ざめになりましたときは、むかしの、七年前の殿さまになっておられます。私は、今夜のうちに、殿さまのお躰へ入りまする。さ、しずかに眼をおとじ下されませ。やすらかに、おねむりなされませ。やすらかに、やすらかに……」

宗元医師の……いや天日狐の声へひきこまれるように、安斎は眼をとじた。すると、たちまちに、深いねむりへ落ちこんだのである。

翌朝。

夏目屋敷は、大さわぎとなった。

つきそいの侍女が薬湯を煎《せん》じ、これを持って病間へ入って行くと、夏目安斎が寝床の上にすわっていて、

「用人を呼べ。佐野馬之助を呼んでまいれ」

さわやかな声で命じたものである。

侍女は驚愕《きょうがく》し、薬湯を取り落してしまい、しばらくは声も出なかった。

「大殿が、一夜のうちに快癒あそばされた」

「御用人を呼べ、と、おおせある」

「これは、大変なことになりそうだぞ」

中小姓の山田庄三郎というのが、邸内にある佐野馬之助の住居へ駆けつけると、さあ佐野の家でも大さわぎがもちあがっていた。

佐野馬之助が今朝、寝所から出て来たのを見て、妻女の加代が、

「あれ……」

悲鳴のごとき叫びを発した。

馬之助は、だらけきった長い顔をにたにたとほころばせ、青い鼻汁をたらしながら、

「お早う」

間のぬけた声で、朝のあいさつを妻女にしたのである。

妻女は、愚鈍だったころの馬之助を見知っている。それだけにおどろきも烈《はげ》しかったようだ。

〔大殿さま〕の夏目安斎に呼びつけられた馬之助用人が、自分の住居を出て、のろのろとした足どりで大玄関へ向う姿を、奉公人たちが息をのんで見まもった。

馬之助が病間へあらわれたとき、すでに当主の内蔵助が老父に呼びつけられ、きびしく叱《しか》りつけられているところであった。

小太郎……いや、当代の内蔵助は、もう顔面蒼白《そうはく》となり、おどろきと後悔とで茫然《ぼうぜん》としていたが、そこへ入って来た馬之助を見て、

「や、馬之助が……ち、父上。馬之助が、むかしのごとく鼻汁を……」

「当然である」

安斎は、おどろかぬ。

おどろかぬ父を見て、内蔵助のほうがおどろきを新たにした。

「これ、馬之助」

安斎の声に、馬之助がうつろな眼をあげ、

「はあい」

と、いった。

天日狐の声である。

安斎はおどろかぬが、内蔵助が気味悪そうに腰を浮かせ、

「ち、父上……」

「おどろくな」

「は、なれど……」

にたにたと、馬之助は笑っている。

安斎が凝と見て、

「気が狂ったようじゃ」

と、つぶやいた。

横山馬之助は、この朝に発狂し、翌文政十一年の夏に、三十一歳で病死してしまった。

天日狐は、夏目屋敷を去るにあたって、侍女・おもとの躰を借り、夏目安斎に、馬之助の死を予言している。

「七年前の馬之助なれば、それが寿命でござりましたゆえ、いたしかたもござりませぬ」

天日狐は、そういったのである。

ところで医師の藤本宗元は、安斎が奇蹟《きせき》的に快癒したことをきき、あわてて駆けつけて来たが、そのときすでに宗元の躰から天日狐は離脱し、安斎の躰へ入っていたのである。

宗元は、こういった。

「昨日、この屋敷へまいるつもりで、わが屋敷を出たことだけはおぼえておりますが、あとの記憶がまったくござらぬ。供の者が申すには、たしかに、ここへまいり、しばらくして出てまいったとか……それにしてもふしぎなことでござる。われながら、このようにおぼえがわるくなっては、こころ細うてなりませぬ。いやはや、もういけませぬ。男も六十をこえると、かようになりますものか……」

稲妻

一

このごろの水谷宗仙は、毎朝、雨音に目ざめる。
梅雨に入ってから、ずいぶん日日《ひにち》がたったような気がするけれども、
「今年の梅雨には、それにしてもひどいものだ。躰中《からだじゅう》に苔《こけ》が生えてしまうよ」
町の人びとは、げっそりとなっている。
だが、宗仙にとって、雨の日は、
（こころが安らぐ……）
のであった。
一年中、
（雨つづきでも、かまわぬほど……）
なのである。
雨の日には、人の往来がすくない。
宗仙を、
「親の敵《かたき》」

として、探しまわっている和田勝之助・平馬兄弟の眼も、雨の日には、(光るまい)

からだ。

また、いまは、江戸の町の片隅で医者になっている水谷宗仙自身も、外出のときには、自然に傘で面体を隠すことができる。

十年前までの宗仙は、名を谷山昌順といい、丹波・篠山《ささやま》五万石、青山下野守《しもつけのかみ》につかえる医者であったが、同じ家中の和田武兵衛を殺害し、篠山の城下を脱走したのであった。

殺害の理由は何かというと、まことに下らぬものなのだ。

二人で碁を打っていて、勝負の争いから、喧嘩《けんか》となったのである。

そのときのことを、宗仙は、よくおぼえていない。

場所は、宗仙の屋敷の奥座敷で、気がついて見ると、宗仙は武兵衛の脇差《わきざし》をうばって引き抜き、武兵衛の胸下へ突き刺していた。

武兵衛は、大刀を半分ほど抜きかけたままで、息絶えていた。

冬の夜であった。宗仙は、その場から金をふところにし、無我夢中で屋敷を逃げた。

当時二十九歳の宗仙は、妻のみなを病でうしなってから二年目のことで、後妻を迎えるための縁談が進行中だったのである。

そのときから十年の間に、水谷宗仙は一度も、自分を父の敵としてつけねらう武兵衛の遺子・勝之助と平馬兄弟に出合ったことはない。

こちらも必死で、諸国を逃げまわったものだが、和田兄弟も同様に、懸命となって宗仙を追いつづけているにちがいなかった。

水谷宗仙が江戸へ来て、下谷《したや》・坂本三丁目の小野照崎神社裏に一戸をかまえてから、今年でちょうど二年になる。

宗仙は、ひとりきりで町医者の暮しをつづけてきた。

(食べて行けるだけでよい)

だから、つとめて地味にやってきた。

評判がよくなると、どうしても人びとの口にのぼる。

それは、危険きわまりないことであった。

なかなかに、むずかしい。

小さな家の掃除やら食事の仕度は、表通りの、古着屋の女房がしてくれる。

その日の夕暮れになって……。

三ノ輪の裏の百姓・伝五郎の家へ往診に出かけた宗仙が、坂本の家へ帰って来た。

この近辺の、ささやかな町家や、百姓地に、宗仙の患者が多い。

そのほうが、万事に目立たなくてよいのである。

坂本三丁目の東側にある小野照崎明神は、坂本町の鎮守になっていて、社《やしろ》も小ぢんまりとしたものだ。この裏手の草地の一角に、水谷宗仙が住むわら屋根の家がある。この家は、近くの正覚寺の持家だそうで、台所のほかに三間の小さな家であった。

表通りは、上野山下から三ノ輪、千住《せんじゅ》を経て奥州街道へつながる往還だけに、びっしりと商家や飲食店が軒をならべ、日中は人通りが絶えぬ。

だが、一つ裏手へまわった宗仙の家のまわりは、ほとんど寺院ばかりだ。

その向うは、いちめんに入谷《いりや》田圃《たんぼ》と木立がひろがり、田園そのままの風景である。

家の中に、灯りがともっていた。古着屋の女房は、もう帰ったはずだが、夕飯の膳《ぜん》ごしらえをしたついでに、行燈《あんどん》へ灯りを入れておいてくれたのであろう。

家の前の道へ来て、宗仙はあたりへ眼をくばった。これはもう、十年来の習慣として身についてしまったものだ。

表戸は閉まっている。小野照崎神社の境内と垣根をへだてた裏口の戸が開けてあるはずであった。

雨と夕闇がたちこめる裏手へまわった水谷宗仙が、傘をすぼめながら石井戸の傍《わき》をまわりかけ、ぎょっとなった。

裏口の軒下に、黒い影がひとつ、佇《たたず》んでいるのを見たからであった。

その黒い影が、笑いをふくんだ声で、宗仙にこうよびかけてきた。

「先生。ずいぶんと久しぶりでございますねえ」

かすれていて男のようなささやき声だが、まぎれもない女であった。

二

この女は、名をお喜代といい、水谷宗仙が国もとにいた十年前のころ、おなじ篠山藩の足軽・井関藤七のむすめとして、城下の足軽長屋に父母や弟妹といっしょに暮していた。

当時、お喜代は十八歳で、宗仙の屋敷が足軽長屋の近くだったこともあり、井関藤七が何かと出入りをしていたものだから、藩医の宗仙も、たとえば藤七の女房が重病にかかったときなど、めんどうをみてやったりしたものだ。

そのころのお喜代は、血色のよい、いかにも健康そうなむすめであったけれども、無口で、そのくせいつもにこにこと笑ってい、病身の母親をたすけ、よくはたらいていた。

さて……。

十年後のいま、おもわぬ再会をした水谷宗仙だが、こうなってはお喜代を家の中へ入れぬわけにもゆかない。

入れて見て、宗仙は瞠目《どうもく》した。

小むすめのころは、どちらかというと太り肉《じし》のほうだったお喜代の肢体が、すっきりと細身に変ってしまい、化粧の気もなく処女のあぶらの照りをそのままに露呈していた顔がほっそりと白く、上品な町家の女房の衣裳《いしょう》を身につけ、しているのだかいないのだかわからぬほどの化粧の冴《さ》えが、

(別人のような……)

と宗仙をおどろかせた。

「どうして、ここを……？」

「半年ほど前から、二度も、坂本の通りで、先生をお見かけしました」

宗仙が、青ざめた。

お喜代は、何の用事で、自分をたずねて来たのであろうか……。

宗仙が、和田武兵衛を殺害した事件を、もちろんお喜代は知っている。

「御安心なさいまし」

と、お喜代が、

「先生。いまの私は、青山さまの御家中とは、なんのかかわりもないのですから……」

「どうして、江戸へ……？」

「八年前に……」

「八年、前?」

「はい。大坂から篠山へ商いにやって来た小間物屋に、だまされました」

「だまされた?」

「いっしょに、大坂へ逃れて捨てられました」

「捨てられた?」

「それから、いろいろなことをして、いろいろな暮しをいたしましたよ、先生……」

「いろいろな、ことを、な?」

「あい」

お喜代は、淡々として、

「いまは、落ちつきましたけれど……」

と、いった。

嘘《うそ》ではないらしい。

国もとの父母や弟妹にも、

「顔向けのならないことを、したのですから……」

いまのお喜代は、篠山藩の人びととは、いっさい無縁となったつもりでいる、と、いった。

「けれど先生……」

いいさしたお喜代の眼に、不気味な光が凝って、

「場合によったら、先生のことを、神田の御屋敷へ知らせるかも知れませんよ」

と、いいはなったものだ。

水谷宗仙、愕然《がくぜん》とならざるを得ない。

〔神田の御屋敷〕とは、青山下野守の江戸藩邸である。

そこには、和田兄弟の親類も江戸詰の家来として奉公をしているし、もしも、お喜代が宗仙の隠れ場所を告げたなら、篠山藩としても、

(だまって見のがすわけはない)

のである。

すぐに、この家と宗仙へ、監視の眼が光るにちがいない。

そうしておいて、一方、どこかにいる和田兄弟へこのことを知らせ、江戸へ呼び寄せる。

和田兄弟が、どこにいても、その場所を江戸藩邸の親類たちへ知らせてよこしていることは、当然といってよい。こうなったら宗仙は、たとえ江戸を逃げたとしても尾行をされ、足どりをつかまれ、遠からぬうち、和田兄弟の刃に、首をはね落されるにきまっているのだ。

「お、お喜代……」

と、水谷宗仙が腰を浮かせた。

「いけませんよ、先生」

お喜代が切りつけるようにいい、

「こんなことにはなれています。先生に私が殺せるものじゃあない」

「う……」

早くも、お喜代は台所の土間へ走り下り、後手に戸障子をさぐっているではないか。

「お、お喜代……」

「先生。私のいうことを一つだけ、きいて下さいますなら、先生のことなぞ、だれにもいいません。そればかりか、これからは、陰になり日向《ひなた》になり……いいえ、そうなれば、私がいのちにかけて、先生のお身をおまもりしてもようございます」

強まった雨が屋根を叩《たた》く音の中で、低い、かすれたお喜代の声が、はっきりと宗仙の耳へ入った。

宗仙は躰中《からだじゅう》が、あぶら汗にぬれつくしている。呼吸が荒くなっていた。

「その……その、たのみごと、というのは、いったい、何だ？」

「毒薬を一服、そっと私に下さいまし」

三

翌朝。

宗仙が目ざめたのは昼近くなってからであった。

昨夜、お喜代が帰ってから、宗仙は飯も喉《のど》へ通らず、寝酒をあおって床へもぐりこんだが、ねむれるどころではなかった。一晩中、悶々《もんもん》として考えつづけ、明け方になってから疲れ果ててしまい、ようやくねむりに入ることができた。

というのは、水谷宗仙が、決意をしたからだ、といえぬこともない。

お喜代は、帰りがけにこういった。

「先生。私にだまって、お逃げになろうとなすっても、だめでございますよ。この家のまわりには、ちゃんと見張りがついています」

嘘とは、おもえない。

いまのお喜代なら、それほどのことは、わけもなくしてのけるであろう。江戸という大都市には、金しだいで、どんな仕事でもする連中が、うようよしているのである。

(女とは、あれほどに変るものか……)

であった。

昨夜、おもいきって、

（殺してしまえばよかった……）

とも、おもう。しかし、できなかった。

もともと宗仙は小心者であったし、十年前のあの夜、大小の刀を所持していた和田武兵衛を殺せたことが、いまもって、ふしぎでならないのだ。

それからいままで、和田兄弟に首を討たれるのが恐ろしさに、神経をつかいぬいて逃げまわって来たわけだが、その小心さ、用心ぶかさが、水谷宗仙をこれまで生かしておいてくれた、ともいえるのである。

お喜代は昨夜、くわしいことを語らなかったが……。

なんでも、いまのお喜代は、日本橋辺の真綿問屋の主人の後妻に入り、三つになる男の子まで生んでいるらしい。

男にだまされて、捨てられて、大坂から江戸へながれつくまでのお喜代が、どのような暮しをしてきたか、それは、おぼろげながら宗仙にも察しがつく。

お喜代のはなしのふしぶしをたどると、江戸へ来てから、お喜代は諸方をわたり歩き、のちに浅草境内の料理茶屋の座敷女中をしていたところを、その真綿問屋の主人に見そめられた、ようにおもえる。

また、それだけのものが、お喜代にそなわっていたにちがいなかった。

さて、そこで……。

主人は、前妻との間に、今年二十五歳になる跡とりの長男をもうけ、これには嫁を迎え、孫も二人できたそうな。

それはよいのだが、跡とり息子夫婦は、後妻に入ったお喜代を憎悪《ぞうお》することおびただしく、これがために、

「そりゃもう、筆や口にはつくせぬほどの苦労をいたしましたよ」

と、お喜代はいった。

後妻になって、すぐ子が生まれたし、五十をこえた主人が大事にしてくれ、その上、店の奉公人を、この三年の間に、お喜代はすっかり手なずけてしまったという。

「ま、あれほどに憎まれなければ、私も、おとなしくやって行こうとおもっていたのですが……ですが先生。私は、去年の暮れに、坂本の通りの米屋から出ておいでになる先生を、ひょいと見かけて、そのとき、ふっと……」

ふっと、跡とり息子を毒殺することをおもいついたらしい。

真綿問屋の寮（別荘）が根岸にあって、そこからの帰りに、お喜代は宗仙を見かけ、後をつけて、住居をたしかめたのだ。

そのときのおもいつきは、日を経るにつれて大きくふくらみ、もはや堪えがたいほどになった。

跡とり息子が死んでしまえば、

（私の生んだ子が跡とり息子になれる……）

いまは、このおもいが、烈しい情熱となって、お喜代を駆りたてているのである。

つい、一月ほど前に、お喜代は坂本へ来て、宗仙がまだ、この家に住んでいることを確認し、昨夜の訪問となったのである。

「だがな、お喜代、さん……毒薬を人知れず用いることは、大変にめんどうで、むずかしいのだよ」

宗仙が、やっというのへ、

「だいじょうぶですよ、先生。だれにも知られず、だれもわからない場所で、うまくつかって見せます」

お喜代は自信にみちていた。

方法を考えぬいてのことで、迷いは消えていると見えた。

どんな方法で、毒を跡とり息子の口へのませるのか……それは知らぬが、落ちつきはらっているお喜代を見ていると、

（やれそうな……）

気もせぬではない。

そして、ついに……。

宗仙は承知をした。

毒薬は、今日の暮れ六ツ（午後六時）に、ここへ訪ねて来るお喜代へわたす約束になっていた。

四

この日も、雨であった。

古着屋の女房がととのえてくれた朝昼兼帯の食事をすませてから、水谷宗仙は、昨日も往診した三ノ輪の百姓・伝五郎の家へ行き、診察と投薬をした。

宗仙が家を出て行くのを見送った古着屋の女房が、家へ帰って亭主に、

「今日は先生、なんだか、とても、さびしそうな顔をしていなすったよ」

と、告げた。

「それじゃあ、夕飯には、なにかうまい魚でも見つけてきてあげろ」

「いいえ、今日は早いうち、お帰りなさるそうで、夕方は久しぶりで、先生が仕度をしなさるといいましたよ」

「へえ、そうかい。ま、なんだね。あの先生も、まだ四十になるやならずなのだから、ひとついい女房をさがしてあげたいものだ」

「そうだねえ。ほんとにそうだねえ」

宗仙は、七ツ(午後四時)ごろに帰って来た。

出て行くときには持っていなかった風呂敷包みを抱えて帰って来た。

そして、その風呂敷包みを解こうともせず、鍋《なべ》に残っていた茄子《なす》の味噌汁をあたため、香の物を出し、冷飯を食べ、腹ごしらえをすませた。

お喜代は、暮れ六ツきっかりに、宗仙の家へあらわれた。

「先生、毒薬の御用意は?」

「うむ……」

うなずいた宗仙の顔は、沈痛そのものであった。

そして、小さな畳紙《たとう》に包んだものを、お喜代へわたした。

お喜代が、中身をあらためた。

白い散薬であった。白さの中に、淡く、むらさき色がただよっている散薬であった。

「これが……?」

「うむ……その半分の量で、たちまちに死ぬる」

「かたじけのうございます」

お喜代が、畳紙を押しいただくようにした。

「お喜代。この家は、まだ見張られているのか?」

お喜代が笑って、

「申しわけございません。はじめから、見張りなど、ついてはおりません」

「…………」

「先生をだましてしまいました。申しわけございません。けれど先生。これからは大舟に乗った気でいて下さいまし。いずれは先生を躰ごと、私の家へ引きとらせていただきます」

まんざら嘘でもなさそうな、お喜代の声である。

「先生。これを……」

お喜代が、小判五十両を入れた袱紗《ふくさ》包みを、宗仙の前へ置いた。宗仙は、黙然《もくねん》と、これを受けとった。

「では、いずれ……」

お喜代が去った後、しばらくの間、宗仙はそこにすわりこんだままでいたが、やがて立ちあがり、五十両を胴巻に入れ、これを肌につけ、着替えをした。

それから、風呂敷包みを解いた。

中には、雨合羽、手甲、脚絆《きゃはん》、笠などの旅仕度が入っている。

これは、三ノ輪から千住へまわって買いととのえてきたものであった。

雨は、小やみになっている。

宗仙は、旅仕度をすませてから、名残り惜しそうに家の中を見まわした。

古着屋の女房へは、金十両に短い手紙をそえ、居間の机の上に置いてある。

この十年間に、これほど長く、一つの場所に住み暮したことのなかった宗仙なのである。

水谷宗仙の口から、ふかいふかいためいきがもれた。

宗仙は、またしても、みずから危険きわまりない流浪《るろう》の旅へ出ようとしている。

何故《なにゆえ》か……。

（あの女め……）

外へ出て笠をかぶったとき、さびしげな宗仙の口もとへ、わずかに笑いが浮かびあがってきた。

（あの薬を、小ざかしいお喜代は毒薬とおもいこんでいる。ばかめが……あの薬は、胃腸の薬、なんでもない粉薬だ。それとも知らず、どこかでいつか、あの女は、あの薬をつかう。つかうが、さっぱり効かぬわけだ。ふ、ふふ……）

雨は、ほとんどやんでいた。

どこへ行くのか水谷宗仙が、黒い闇《やみ》にのまれて立ち去った後に、突如、稲妻が疾《はし》った。

それからすぐに、雷鳴が近寄ってきた。

翌朝……。

江戸の町は久しぶりに、青空がのぞき、その青さがぐんぐんとひろがり、夏の陽光が燦々《さんさん》としてふりそそいだ。

梅雨が、明けたのである。

解説

佐藤隆介

この一冊のタイトルになっている「あほうがらす」とは、作者の文中の説明によれば、店も持たず抱え女もなく、単独で女を客にとりもつ所業《しわざ》をする者を、売春業者が軽蔑《けいべつ》していう当時の名称《よびな》、である。これを現代用語になおせば「ポン引き」ということになる。

阿呆烏《あほうがらす》といい、ポン引きといい、いわゆる売春禁止法に引っかかる違法の仕事であり、一般的常識からいえば、あまり自慢できる仕事というわけには参らない。

しかし、作者・池波正太郎は、阿呆烏の一羽である与吉にこういわせている。

「どんな稼業《かぎょう》にもぴんときりがあるのだ。あほうがらすのうちでも、おれだけの芸をもつ者は江戸にゃあ五人といめえ」

また、

「おれが気に入った女を、おれが好きな客にさし向けて、男と女のどちらにも傷がつかねえようにし、さらには女が、そうすることで幸福《しあわせ》にならなくてはいけねえ。それでなくては本格の阿呆烏ではねえのだよ」

これはどう見ても、作者自身が、阿呆烏というものを公認しているということである。むろん、そこに「本格の」という条件がつけられてはいるが。

ここで私は〔鬼平犯科帳《おにへいはんかちょう》〕に登場する盗賊たちを思い出す。あるいは〔仕掛人藤枝《しかけにんふじえだ》梅安《ばいあん》〕を思い出す。盗賊であれ、仕掛人という名の殺し屋であれ、それがあくまでも本格の、つまりは職業的倫理を守りぬく盗賊や殺し屋であるならば、作者はその存在を公認するのだ。

（結果として男なり女なりがしあわせになるのであれば、盗賊もよし、仕掛人もよし、阿呆烏も結構ではないか。杓子定規《しゃくしじょうぎ》に目くじらたてたところで、それでどうなるというのか……）

そういう作者のつぶやきが、私には行間から聞こえてくる。ここに作家・池波正太郎一流の人間観があらわれている、と私は思うのである。そして、その根本となっているものは、

「所詮《しょせん》、人間というものは理屈ではどうにもならない、矛盾だらけの生きもの」

という一種の悟りであり、

「あしたのことはだれにもわからない。わかっている唯一《ゆいいつ》のことは、人間は死ぬ、この一事のみ」

という諦観《ていかん》であろう。軽妙洒脱《しゃだつ》でユーモラスな〔あほうがらす〕の一篇《ぺん》にも、どちらかといえばペシミスティックな運命論者としての池波正太郎を垣間《かいま》見《み》てしまうのは私だけだろうか。

本書には〔あほうがらす〕のほかに十篇の短篇小説が収められているが、それらのどれにも共通して描かれているのは、人間という生きもののふしぎさである。たとえば〔火消しの殿〕は、忠臣蔵で有名な悲劇の主人公・浅野内匠頭《たくみのかみ》の、説明のつけようがない二面性を照射してみせた一篇である。一方ではほとんど狂気に近い執念で火消しの訓練に熱中し、また、色子《いろこ》（男色）に醜態をさらしながら、いざ吉良《きら》上《こう》野介《ずけのすけ》へ刃傷《にんじょう》におよんだ後の態度は、非の打ちどころのない立派さである。どちらの内匠頭が本当の内匠頭なのか……作者は登場人物の口をかりて、「そのうちのどれもが浅野侯の正体なのだ。お前も大きくなればわかる」

としかいわない。

〔運の矢〕の一篇は、その題名が暗示するように、一寸先のことはどうなるかわからぬ人間の「運」というものの恐ろしさ、そしてその運にもてあそばれる人間のおかしさを描き出している。

わからないのは運命だけではない。私たちは自分自身のことさえ本当にはわかっていないのだということを〔鳥居強《すね》右《え》衛門《もん》〕という作品は教える。嘘《うそ》をつき通せば命を助けようといわれて、強右衛門は嘘をつき通すつもりになっている。考えぬき、思案した末の決心である。その決心が最後の一瞬に、強右衛門の内部から衝《つ》き上げてきた名状しがたいものに吹きとばされてしまい、強右衛門は自分でも思いもかけなかったことを絶叫する。

人間が、ぎりぎりの瀬戸際《せとぎわ》に追いつめられたとき、突然に心の奥底から噴《ふ》き出してくるもののこわさ。それをこの一篇ほど劇的に描いた小説はそう多くないだろう。

頭の中でいくら考えたところでどうにもならない人間のふしぎさや運命のおそろしさを一方で語りながら、池波正太郎は、また一方で、そうした人の世のしがらみや運命とどのように対決し、あるいは折り合って、生きて行けばよいのかを示している。

男として自分に与えられた運命をあくまでも冷静に直視し、その中で男としての筋道をつらぬき通した見事な一例は〔荒木又右衛門〕の一篇に見ることができる。

昔から剣豪・荒木又右衛門は「伊賀上野の三十六人斬《ぎ》り」のヒーローとして芝居や映画でもてはやされてきた。しかし、池波正太郎がこの小説で描き切っているのは、華々しい剣の遣い手としての又右衛門ではない。一人の武士として己れの立場を自覚し、ひたすら時の法律を重んじ、感情を殺して筋道を通しぬいた「人間としての高貴さ」である。

描かれているのが天下無双の剣豪としての荒木又右衛門だけなら、それは単に爽快な一篇の読物に過ぎないだろう。池波正太郎の〔荒木又右衛門〕は、その種の読物とは本質的に異なっている。どのような時代になっても変わらぬ人の世の根本的な仕組み——変わるのは表面的なかたちだけである——それに対して人はいかに生きるべきかを、私たちはこの小説によって考えさせられる。これこそ娯楽読物と小説の差にほかならないだろう。

荒木又右衛門の生きかたが動かしがたい運命との対決なら、〔つるつる〕という作品の主人公が私たちに示唆《しさ》するのは、
「いかに与えられた運命と折り合って生きて行くか……」
ということだろう。

だれしも幸運の星ばかりを背負って生まれるわけではない。人はそれぞれに、種類や程度の差こそあれ、他人にはいえないコンプレックスを持っているのがあたりまえである。もう少し頭がよかったらと思い、あと五センチ背が高かったらと願い、せめて十人並みの器量だったらと思いながら、それをどうにもできないのが人間である。そういうさまざまのコンプレックスをマイナスの方向でしか吐き出せない人間もいれば、逆に与えられたハンディキャップを自らのバネとして生きる道を切り拓《ひら》いて行く人間もいる。〔つるつる〕の主人公は、題名通り、若くしてつるつるの禿頭《はげあたま》になってしまった人間だが、池波正太郎によって実にさわやかな人生を与えられている。

つねに人間を理論では割り切れぬふしぎな生きものとしてとらえ、不可知な運命にいつも最悪の条件を先に見てしまう、そういう意味で池波正太郎という作家はペシミスティックな運命論者であると私は思うのだが、だからといってこの作者は人生を生きるに値しないなどとは決していわない。むしろ逆で、「そういう人生なればこそ、面白がって生きればいいではないか、たった一度しかない自分の人生なのだから……」

と、教えているように思うのである。

主義主張やたてまえでは人間生きて行けない。人間の人間たるゆえんは、そういう割り切った理屈の中にあるのではなく、ついに割り切りようのない部分にこそある。池波正太郎がさまざまな作品を通じて再三いっているのはそのことである。

ここで私のような人間は大いに救われる思いをするのだ。それが池波正太郎の小説を読んでも読んでも読み飽きることがない理由である。読むたびに安心をし、生きて行くことが楽しみになるのである。

［あほうがらす］の一節にこうある。

これと目星をつければ、人柄のよさを第一に売り物にして近づき、信頼を得るや舌先三寸で客をあしらい、それから女をさし向ける。手もちの女をそれぞれに按配《あんばい》して客から金をとってやり、その金で女が幸福をつかむべく、最後まで目をはなさずに指導をおこなう。それがためには別に地道な稼業をもち、金にあくせくせず欲をかかず、この道をたのしむこころにならねばいけない。

人生をしたたかに楽しむ心得は、結局、この一文に尽くされていると私は思うのだが、如何《いかが》であろうか。

(昭和六十年一月、コピーライター)

「火消しの殿」「つるつる」「元禄色子」「男色武士道」「稲妻」は立風書房刊『稲妻』（昭和五十三年十月刊）、「運の矢」「あほうがらす」「狐と馬」は立風書房刊『運の矢』（昭和五十三年十一月刊）、「鳥居強右衛門」は立風書房刊『老虎』（昭和五十三年九月刊）、「荒木又右衛門」は立風書房刊『秘伝』（昭和五十三年五月刊）、「夢の茶屋」は立風書房刊『夜狐』（昭和五十三年五月刊）に、それぞれ収められた。

あほうがらす

新潮文庫　い－16－25

昭和六十年三月二十五日　発　行
平成二十二年三月三十日　四十七刷改版
令和　三　年二月二十日　五十五刷

著　者　池《いけ》波《なみ》正《しょう》太《た》郎《ろう》

発行者　佐藤隆信
発行所　株式会社　新潮社
郵便番号　一六二―八七一一
東京都新宿区矢来町七一
電話　編集部(〇三)三二六六―五四四〇
　　　読者係(〇三)三二六六―五一一一
http://www.shinchosha.co.jp
価格はカバーに表示してあります。
乱丁・落丁本は、ご面倒ですが小社読者係宛ご送付ください。送料小社負担にてお取替えいたします。

印刷・株式会社光邦　製本・株式会社植木製本所

ISBN978-4-10-115625-5 C0193